클로르프로마진

클로르프로마진

© 김세홍, 2018

1판 1쇄 인쇄 __ 2018년 07월 10일
1판 1쇄 발행 __ 2018년 07월 20일

지은이 __ 김세홍
펴낸이 __ 양정섭

펴낸곳 __ 작가와비평
　　　　등록 __ 제2010-000013호

공급처 __ (주)글로벌콘텐츠출판그룹
　　　　대표 __ 홍정표　디자인 __ 김미미　기획·마케팅 __ 노경민 이종훈
　　　　주소 __ 서울특별시 강동구 풍성로 87-6　전화 __ 02-488-3280　팩스 __ 02-488-3281
　　　　홈페이지 __ www.gcbook.co.kr　메일 __ edit@gcbook.co.kr

값 13,800원
ISBN 979-11-5592-220-0 03810

클로르프로마진

나의 끝나지 않는 하루

김세홍 지음

작가와비평

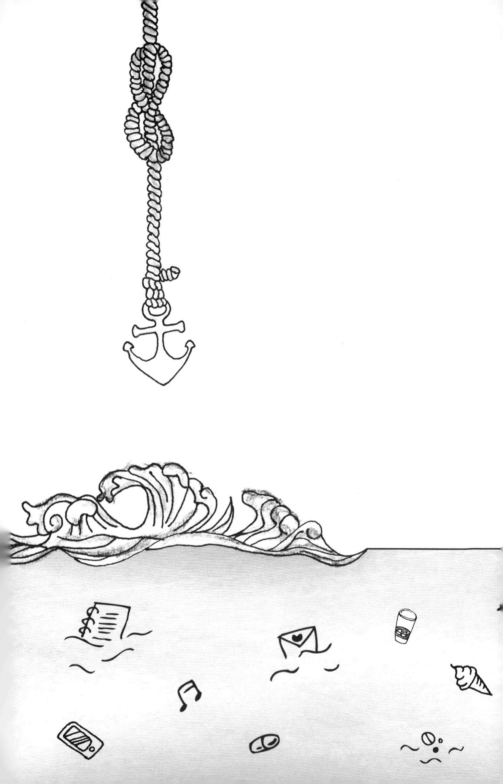

목차

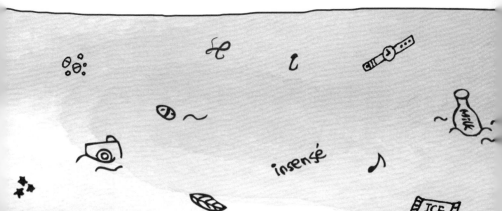

Paper

인정.

울면 인정하는 게 되니까

이 악물고 참아왔던 거다.

"하아⋯."

조금 이른 출근길. 설아는 하얀색 경차에 앉아 숨을 몰아쉬었다. 밤새 눈이 내렸는지 온통 하얀 세상이 유리창 너머로 흐릿하게 펼쳐진다. 아직 파란 빛이 가시지 않은 새벽. 하얗다 못해 눈부시게 쌓인 눈이 푸른 바다처럼 반짝반짝 빛이 난다.

올해로 서른을 맞이한 설아는 자신을 위한 선물을 하고 싶어 자동차를 마련했다. 나 자신만을 위한 거라며 큰맘 먹고 부린 사치는 결국 출·퇴근용으로밖에 쓰이지 않게 되었지만⋯.

시동을 켜고 부르르 떠는 차 안에서 커피가 가득 담긴 텀블러를 입으로 가져간다. 오늘부터 시작될 지옥 같은 마감 기한을 맞이해 오늘 하루도 무사히 마칠 수 있도록 하루를 위한 다짐을 하고 핸들을 잡는다. 차의 앞머리가 부드러운 곡선을 그리며 아무도 지나가지 않은 눈길을 헤집고, 얼마 가지 않아 깔끔하게 정리되어 있는 도로로 들어선다.

설아는 언젠가부터 아주 조그만 일을 하는 데도 결심이 필요했다. 오늘 하루를 시작할 수 있는 결심, 그리고 오늘 하루를 마무리할 수 있는 결심. 그 자잘한 결심들이 설아를 궁지로 몰아넣었는지도 모르겠다.

출근카드를 찍는 소리와 함께 열린 사무실엔 아직 한기가 가득하다. 아무도 없는 조용한 사무실. 형광등의 인조적인 빛이 깜박이며 사무실을 밝히고, 가장 안쪽에 있는 설아의 자리로 들어가 베이지색의 두꺼운 외투를 벗어 옷걸이에 건다.

"팀장님, 좋은 아침이요!"

두꺼운 목도리를 칭칭 감은 세희가 밝게 웃으며 들어온다. 언제나 밝게 웃고 있어 보고 있으면 기분이 좋아진다. 역시 사회 초년생의 상큼함은 그 무엇도 이길 수가 없겠구나 싶어진다. 설아가 이번 달 원고를 살피는 동안 세희는 갈아 놓은 원두를 기계에 넣어 물과 함께 내리고, 서서히 퍼지는 향은 금세 사무실을 가득 채운다.

"음~ 향기 좋다."

또각이는 구두 소리와 함께 요란하게 등장한 희경은 사무실에 들어오자마자 감탄한다. 하지만 그것도 잠시, 앓는 소리를 내며 높은 구두에서 내려온 희경은 낮은 실내화로 갈아신으며 발뒤꿈치를 주물렀다.

"그러게, 이 추운 날 십 센티 구두는 좀 오버아니야?"

나무라는 듯한 설아의 말에 희경은 고개를 좌우로 저으며 말했다.

"모르시는 말씀! 그 어떤 것도 내 패션을 제지할 순 없죠~."

패션의 F발음에 힘을 주며 말하는 희경의 꿈은 건축가였다고 한다. 과거형이 된 꿈을 위해 본인의 패션 욕망을 짓누르면서 고군분투 건축 사무실에서 일했지만, 현장의 거친 분위기를 버티지 못하고 패션잡지 쪽으로 직업을 바꿨으니, 이해할 만도 했다. 정확한 수치(數值)가 생명인 건축일을 해서 그런가, 모든 일을 수치로만 해결하려 하는 희경과 감성적인 감각을 유지하려는 설아는 자주 부딪치기도 했으나 붙은 정 무시 못한다고, 가장 오랫동안 호흡을 맞춘 희경은 설아의 가장 든든한 후배이자 파트너이기도 하다.

오전 9시 15분. 디자인팀과 기획팀 식구들이 모두 회의실에 둘러 앉았다.

"여러분도 아시다시피, 오늘부터 본격적으로 마감을 시작합니다. 모두들 각오 단단히들 하시고~. 이번 달 잡지 주제는 매년 그렇듯 '크리스마스'입니다. 매년 주제는 같지만 우리는 매년 다른 크리스마스를 만들어 내야 한다는 것, 저는 모두 알고 계신다고 굳게 믿고 있습니다. 파이팅 한번 외치고 시작할까요?"

설아의 말에 사무실은 파이팅이 넘쳐난다.

월간지를 만들어 내는 이곳의 시간은 항상 한 달 정도 빠르게 흘러갔다. 설아는 노트북을 꺼내 준비한 자료를 확인했고, 저마다 기사를 점검하고 자료를 찾아 레이아웃을 짜기 시작했다. 이럴 때 보면 참, 팀원들을 잘 만난 것 같아 절로 흐뭇한 미소가 지어졌다. 모두들 일에 취했는지, 무심코 시계를 확인하니 벌써 점심시간이 훌쩍 지나 있었다. 하지만 설아는 식사보다 아침부터 괴롭히는 두통에 휴식이 간절하다.

"식사들 하고 와~."

밥은 절대 거르면 안 된다는 희경의 등을 떠밀다시피 보내느라 진이 빠져 편하게 자세를 잡고 거의 반쯤 누워 잠이나 청하려던 참에 고요한 적막을 깨며 휴대전화가 울렸다.

"어."

"설아~. 나 웅이~."

"웅~. 밥 먹었어?"

"아니, 아직. 설은? 나 할 말 있는데, 오늘 만날 수 있을까?"

"오늘? 무슨 일인데? 지금 말하면 안 될까?"

"음…. 전화로는 좀 곤란한데…."

"음…."

"늦게라도 괜찮아. 나, 설아 집에서 기다릴게."

"…알겠어. 많이 늦을지도 모르니까, 너무 기다리지는 말고~."

"응. 수고하세요오~."

애정이 가득한 통화가 종료되고 나서도 설아는 한참이나 휴대전화를 손에서 놓지 못했다. 사실은 오지 않았으면 하는 바람이었다. 솔직하게 이야기하면 상처받아야 하는 웅이가 안쓰러워졌다.

웅이는 설아가 자주 가는 편의점의 알바생이었다. 이제 막 스무 살 된 꽃다운 청년. 웅이는 자기보다 열 살이나 많은 설아에게 누나라고 살갑게 부르기 시작하더니, 퇴근길에 출석도장 찍듯 편의점에 들르는 설아에게 매번 캔커피를 선물했다. 그의 젊음이 탐이 났는지, 질투가 났는지…. 설아는 별 다른 이유 없이 매일 같이 편의점에 들렀고, 그 꽃다운 청년에게 매일같이 캔커피를 받아 왔다. 그렇게 마시지 않은 캔커피 서른 개가 설아의 냉장고에 차곡히 쌓인 날, 처음으로 웅이가 설아의 집에서 묵었고, 불면에 시달리던 설아는 아주 오랜만에 달콤한 잠을 잘 수 있었다.

그렇게 시작된 웅이와의 인연은 빠르게 연인으로 이어지고, 서로가 서로의 연인임을 의식하며 지내온 지도 벌써 6개월째에 접어들었다.

설아의 달콤한 청년 웅이는 어른스러워 보이려는 노력을 많이 했지만, 설아 앞에서 너무나도 쉽게 젊음을 괴로워했고, 치기 어린 눈빛으로 모든 걸 세상 탓으로 돌리기도 했다. 웅이가 괴로움에 몸부림치면 칠수록 알게 모르게 설아의 괴로움이 하나씩 덜어지는 기분이 들었다면 그건 단지 질투 어린 이기심이었을까? 웅이가 입 밖으로 내는 괴로움의 수만큼 홀가분해지는 자신의 추악함을 깨달으면서도, 언제나 웅이의 달콤한 부름엔 거절이 없었다. 하지만 마감 기한은 예외였다. 온 신경이 마감에 집중되어 예민해지는 탓도 있겠지만, 사무실에 꼼짝 못하고 있는 시간이 하루의 절반을 넘게 차지하기 때문에 만남은 아예 기대도 못하는 처지였다. 충분히 이해할 수 있다는 웅이의 배려 덕분에 조금 억지스러워도 지금은 달콤한 청년의 칭얼거림이 듣고 싶지 않았다.

설아는 다시 느슨해지며 쉬어 보려 했지만, 차가운 바람을 몰며 식사를 마친 직원들이 들어왔다. 사무실은 금세 작은 소란이 일고, 높은 구두만큼이나 키가 커진 희경의 손에는 샌드위치가 들려 있었다.

"팀장님, 몸은 좀 괜찮아요?"

설아의 책상 위에 샌드위치를 올려놓은 희경은 움직일 때마다 귀걸이의 큼직한 알이 흔들렸다.

"응, 좀 괜찮아졌어~. 뭐 이런 걸 다 사 왔어~."

희경은 다시 높은 구두에서 내려오며 속사포처럼 잔소리를 시작했다.

"이제 마감 작업 시작하면 밥때 놓치기 일쑤일 텐데 언제 드시게요
~. 자꾸 식사 거르면 몸에도 좋지 않아요. 간단하게라도 먹어 둬야
에너지를 효율적으로 사용하죠. 그렇게 자꾸 습관처럼 식사 거르면
근육조직이 없어지면서 기초대사량이 떨어지게 되고, 기초대사량이
떨어지면 살도 쉽게 찐다니까요? 미리미리 예방해야죠, 팀장님 나이
도 있는데~."

장난끼 가득한 눈으로 입꼬리를 잔뜩 올린 희경은 놀리듯 나이를
들먹였다. 설아는 자꾸만 흔들리는 희경의 귀걸이에서 눈을 떼며 샌
드위치를 들고 일어섰다.

"네네~ 아이고, 감~사합니다."

설아는 희경이 보란 듯 허리를 굽혀 회의실로 향했다. 지끈거리는
두통은 가시사슬을 머리에 칭칭 감고 있는 듯했다. 약봉지를 뜯어
입에 털어 넣으려다, 눈에 걸리는 샌드위치를 보며 희경이 했던 말이
생각나 피식 웃음이 새어 나왔다. 언제 이렇게 나이를 먹었는지….
사실 고민을 해야 할 만큼 나이를 먹었다는 생각은 해 본 적이 없었
다. 단지 사무실 직원의 연령대가 점차 낮아지면서 부쩍 '어르신' 대
접을 받다 보니 자신도 모르게 나이든 사람이 되어 있었다. 그러다
보니 스스로가 나이든 사람이라는 것을 인정하게 되는 순간이 온
것이다. 모두들 그렇게 나이를 먹는 거라고 생각했다. 샌드위치를 한
입 베어 물고 점심시간을 넘기면서까지 아파하는 건 시간 낭비라는

생각에 커피와 함께 남은 샌드위치를 꾸역꾸역 처리하고 바로 약도 목구멍으로 넘겨 버린다.

　"팀장님, 편집….."

　이맘때, 그리고 이 시간에 걸려 온 전화는 굳이 전화기를 붙잡지 않아도 발신자와 내용을 알 수 있었다. 발신자는 삼 개월 전 바뀐 편집장이었다. 복지사업을 하던 곳에서 발행하는 소식지 편집을 진행했었다는 그는 무슨 이유에서인지 전에 있던 편집장을 밀어내고 들어왔다는 소문이 파다했다. 세희의 말이 끝나기도 전에 설아는 바로 연결해 달라는 눈짓을 했다.

　"네, 편집장님."

　사무적인 말투로 전화를 받은 설아는 선을 타고 들어오는 목소리만으로도 스트레스가 쌓인다. 매달 고정으로 편집장의 글이 잡지에 실리는데, 새로 들어온 편집장은 길어야 A4용지의 1/3 정도 분량의 글을 언제나 소설을 읽고 있는 것이 아닌가 착각할만큼 긴 장문과 사진을 보내 왔다.

　"응, 김 팀장. 글 메일로 보냈는데 확인했나?"

　"아, 잠시만요~."

　"그래그래. 항상 수고가 많아~. 내가 글재주가 없어서 생각나는 대로 썼으니까, 이번에도 부탁 좀 해~."

설아가 잠시 메일을 확인하는 동안 아니나 다를까, 전화기 너머로 들려오는 '내가 글재주가 없어서~'라는 말은 그의 마음에도 없는 고정 레퍼토리였다.

메일에는 나름 크리스마스 특별호를 의식한 듯 산타모자를 쓰고 있는 다정한 가족사진과 함께 작년 알래스카에 여행을 다녀왔던 이야기를 첨부했다는 글이 간단하게 적혀 있었다.

간단히 요약해 보면, 크리스마스를 맞이하기 전에 돌아오기로 계획한 일정이 여행사의 실수로 돌아오는 비행기표가 취소되고, 그 덕분에 예정에 없던 일주일을 더 알래스카에 체류하게 되었던 것이다. 그런데 잘 지내고 있던 여섯 살 난 막내가 체류기간이 길어지자 겁이 났는지, 울며불며 소란을 피우기 시작했고, 겨우겨우 호텔에서 구해준 산타모자를 쓰고 이글루 안에서 케이크를 먹었다는 라디오에서 흘러나올 법한 참 따뜻한 여행 일화가 아닐 수 없다. 단 몇 줄로 요약할 수 있는 글을 A4용지 3장을 꽉 채워서 보낸 것만 뺀다면 말이다. 아! 그리고 한 치 앞도 내다볼 수 없을 정도로 빠르게 바뀌는 치열한 패션잡지에 말이다.

"편집장님, 메일 확인했는데요, 이렇게 길게 안 쓰셔도 돼요…."

애써 감정을 누르며 말하는 설아의 입술에 경련이 일어난다. 마음 같아서는 '이렇게 장문으로 보내면 가뜩이나 바쁜 시기에 너무 곤란하다' 따지고 싶지만 목구멍까지 차오르는 말을 억지로 집어 삼킨다.

"응~ 아니, 김 팀장이 포인트만 쏙쏙 잘 뽑아주니까~. 어쨌든 수고하고, 마감 전에 들를게~."

설아의 말을 알아들었는지 어쨌는지, 여전히 천역덕스럽게 전화를 끊는 편집장의 의미를 다시 한 번 곰곰이 생각해 본다. 왜 있는 사람을 밀어내면서까지 패션잡지로 왔는지 도무지 이해할 수가 없다.

이해하려는 것 자체가 손해다. 설아는 마음을 가다듬고 A4용지 3장 분량을 줄이고 줄여 8줄로 재구성했다. 덧붙여 '독자 여러분들은 어떤 크리스마스 일화가 있을까요? 잊지 못할 자신만의 경험을 잡지사로 보내 주세요. 없으시다면 이번 크리스마스에 만들어 보는 건 어떨까요? 재밌는 사연들 기다리고 있겠습니다. 그럼 해피 크리스마스!!'라는 말로 마무리를 했다.

어느덧 시계는 오후 11시를 가리키고 있고, 마감 첫날인 만큼 무리가 가지 않게 이쯤에서 퇴근하는 게 좋겠다며 모두 보내고, 마지막으로 설아도 사무실을 정리한 후 밖으로 나왔다. 몸서리가 쳐지도록 차가운 공기. 서둘러 차 안 공기를 데우고 집을 향해 달린다. 웅이가 기다리고 있다는 사실은 이미 까맣게 잊은 채 불 켜진 자신의 아파트를 보며 차에서 내리지 못하고 있었다.

세상은 어둠으로 뒤덮이고, 어둠 속 환하게 비추고 있는 설아의 아파트에는 달콤한 청년 웅이가 있다.

"스페어 키, 주지 말걸…."

설아는 지난날의 자신을 꾸짖으며 아파트를 뒤로하고 다시 차를 옮겼다. 웅이와의 만남은 언제나 달콤하지만, 달콤함이 과하면 쓰게 느껴지는 법. 지금은 도저히 그를 볼 결심이 서지 않는다.

그리 멀리 떨어지지 않은 곳에 겨우 찾아낸 여관은 지어진 지 오래되어 보이는 건물이었다. 졸고 계시는 주인 아주머니를 깨워 받은 열쇠는 301호. 계단을 오르며 느껴지는 한산한 공기는 한동안 아무도 지나가지 않은 것 같아 왠지 꺼림칙함이 설아를 엄습했다. 특히 참을 수 없었던 건 특유의 습한 냄새. 손끝으로 잡은 리모컨으로 텔레비전을 틀고, 외투도 벗지 않은 채 조심히 침대 위로 올라가 몸부터 눕혔다.

"웅이, 뭐하고 있으려나…."

자신이 일부러 피해 여관에 들어왔으면서도 무료하게 누워 있으려니 달콤한 청년의 온기가 간절해졌다. 조금 귀찮더라도 그냥 들어갈걸 그랬나라고 후회해 보지만, 이미 누워버린 몸을 일으키는 게 더 큰 귀찮음이기에 지끈거리는 머리를 감싸 매고 잠을 청해 보지만, 허공을 응시하며 결국 잠 한숨 못자고 아침을 맞이했다.

밝아지기 시작한 창문에 설아는 여관을 빠져나왔고, 옷을 갈아입기 위해 들른 아파트에 아직 웅이가 있는지 없는지 확인할 방법이 없어 도둑고양이처럼 살금살금 다가가, 조심스럽게 문고리를 돌려 집안을 살폈다. 다행히 아무도 없었고 돌아간 지 얼마 안 되었는지, 아직 남아 있는 따뜻한 공기에 밤새 한산한 여관에서 움츠리고 있던 어깨를 폈다.

늦네. 기다리다 가요~ 너무 무리하지 않게, 오늘도 사랑해♥ -웅

식탁 위에 올려져 있는 쪽지에 밤새 자신을 기다리며 쪽지를 썼을 웅이를 생각하니 너무 귀여워 '풋' 하고 웃음이 새어 나왔다. 웃을 일이 좀처럼 없다고 생각했던 지난날에 생각지도 못한 곳에서 웃음을 주는 웅이가 너무 고마웠다. 웅이에겐 조금 미안하긴 하지만 굳이 만나지 않고 이렇게 쪽지 연애를 해도 참 좋을 것 같았다. 쪽지의 답을 해주는 게 좋을 것 같아 휴대전화를 꺼내 들었지만, 통화가 길어질까 괜한 걱정이 앞선다. 이 순간만으로도 이렇게나 달콤한데, 무엇이 더 필요하겠나 싶었다. 혹여나 개인적인 감정 기복으로 투정섞인 불평을 늘어놓기라도 하면 기분을 망칠 게 뻔했기에 마감이 끝날 때까지는 연락을 하지도, 만나지도 않기로 결심하고 쪽지가 있던 자리에 짧은 답장을 남겼다.

여전히 커피향으로 가득한 사무실에서 설아와 사무실 직원이 함께 마감을 한 지도 벌써 열흘째가 지나가고 있었다. 그 사이 웅이에

게 네댓 번 정도의 전화가 걸려 왔다. '왜 이렇게 얼굴 보기가 힘들어'라는 질문에 '미안, 지금 마감 중이야'라는 대답을 했고, '그럼 마감 끝날 때까지는 계속 못 보겠네'라는 대답을 들었다.

휴대전화 너머로 들리는 쓸쓸한 목소리가 마음에 걸려 설아는 다음 달에 있을 크리스마스로 만회해 보고자 선물을 고르기 시작했다. 모니터에 시선을 고정한 채 분주하게 손가락을 움직이지만, 겸연쩍은 마음이 든다. 나이가 들면서 모든 걸 물질로 해결하려고 하는 게 문제라고 설아는 생각한다. 물질로 해결할 수 있을 거라는 쓸데없는 오만도, 그저 사랑하는 연인의 얼굴을 보고 '사랑해'라든지, '고마워'라든지, '미안해'라는 말 한마디면 충분한 상황에서도… 너무나도 잘 알고 있다고 생각하지만, 그 단어들을 나열하며 쌓이게 될 피로를 견디기엔 너무 지쳤다고 변명을 해 본다. 단지 마음이 상해있을 달콤한 청년을 달래는 가장 간단한 수단일 뿐이라며 죄책감에 요동치는 마음을 위로한다.

"나, 어느 정도 돈이 모이면 그 돈으로 여행을 떠날 거야. 세상을 내 눈으로 보고 싶어."

어느 늘어지게 나른한 오후, 웅이는 말했다. 고등학교 졸업 후 대학 진학을 포기하고 낮에는 피자집 배달, 밤부터 새벽까지는 편의점 알바를 하며 돈을 모으는 이유라고 했던 당찬 어조가 강한 여운을 줬다.

"멋진 생각이야. 나이가 들면 용기도 없어지는 법이야. 끝까지 그 꿈 잃지 않았으면 좋겠다."

고작 십 년 더 살았다고 우쭐하며 대답했을 자신을 웅이는 어떻게 기억할까 생각하니 설아의 얼굴이 화끈 달아오른다. 하지만 그 꿈 잃지 않았으면 좋겠다는 말은 진심이었다. 카메라가 좋겠다고 생각했다. 카메라를 건네며 '언젠가 세상을 보러 떠났을 때, 사진을 찍어 나에게도 보여줘'라고 말하면 아주 완벽한 선물이 될 것 같아 벌써부터 설렜다. 설아는 콧노래를 흥얼거리며 DSLR카메라를 주문했고, 결제창이 사라지며 죄책감도 조금은 희미해지는 기분이 들었다.

그렇게 웅이에게 간단한 안부 전화조차 오지 않게 될 때까지 설아는 여전히 집에 들어가지 않았고, 근처 차가운 여관에서 오지 않는 잠을 조르며 지냈다. 아침에 잠깐 들러 가끔씩 발견되는 웅이의 쪽지에 행복을 느끼며 마감도 끝내고, 모든 파일은 순조롭게 인쇄소로 넘어갔다.

"아! 홀가분해~."

희경이 기지개를 펴며 의자에 늘어졌다.

"팀장님, 우리 마감도 끝났는데 맛있는 거 먹으러 안 가나요?"

손을 마이크 삼아 주먹을 쥐고 설아에게 가져다 대는 세희는 처음 참여한 마감이 나쁘지 않았는지 들뜬 목소리로 물었다.

"뭐 먹고 싶은데? 모두들 수고했으니 먹고 싶은 거 말해 봐, 내가 쏜다!"

덩달아 기분이 좋아진 설아는 무엇이든 사줄 듯 기세 좋게 대답했고, 한참을 고민하다 사무실 근처 고깃집으로 의견이 모아졌다. 열심히 구워지는 고기를 보며 희경은 절대 일 이야기는 하지 말자고 못을 박았다. 자연스럽게 일상적인 이야기가 오고 가고 세희가 불쑥 물었다.

"팀장님은 연애 안 하세요?"

젓가락을 입에 물고 설아를 빤히 쳐다보자 희경도 거들며 묻는다.

"그래요~. 팀장님도 연애하셔야죠~. 소개 받아 볼 생각 없으세요?"

연애하는 사람들은 뭘 해도 티가 난다던데, 설아는 자신에게 아무런 아우라도 느껴지지 않은 것인가 싶었다.

"왜? 나 없어 보여?"

일부러 장난끼 가득한 중의적인 표현으로 묻자 희경은 젓가락을 내려놓고 침착하게 대응한다.

"아니, 한 번도 남자 친구 이야기는 들어본 적 없는 거 같아서요~."

희경의 말에 설아는 잠시 머뭇거렸고, 쑥스러운 듯 웃음을 보였다. 설아의 행동에 번갈아가며 눈빛을 교환하던 모두는 접시라도 깰 기세로 달려들기 시작했다.

"뭐야, 뭐예요~ 팀장님, 연애하고 계셨어요?"

흥분한 세희는 탁자를 치며 설아 코앞까지 얼굴을 들이밀었다.

"어떤 사람이에요? 얼마나 된 건데요? 잘생겼나? 소개시켜 줘야지
~~!"

희경은 배신이라며 얄궂은 표정으로 설아를 보지만 입꼬리는 한
껏 올라가 있었다.

"음···. 반년 정도 됐고, 편의점에서 만났어. 한 달을 꾸준히 나한
테 캔커피를 주더라고."

흥분된 분위기에 취했는지 설아는 거침없이 대답하기 시작했다.
주변 사람도 아랑곳하지 않고 환호성을 지르는 직원들을 향해 설아
는 두 손을 허공에 휘저으며 진정하라고 타일렀다.

"멋지다~. 당연히 능력 있는 전문직 남성일 거야~. 그죠?"

세희는 아직도 흥분을 가라앉히지 못하고 떠보듯 물었다.

"스무 살. 편의점 아르바이트생이야."

일순간 그녀들이 한마음 한뜻으로 정성스럽게 빚어내던 접시는
소리 없이 바닥으로 곤두박질치며 깨졌고, 순간의 정적은 설아를 소
름 돋게 했다.

방금 전까지도 로맨티스트니 뭐니 유난을 떨며 떠들었던 분위기는
한순간 가라앉고, 누구도 입을 열지 않았다. 고요한 고독 속 설아는
자신이 실수했다는 생각에 식은땀이 났다.

사람은 모두 개인적인 관점으로 상대방에게 기대하는 바가 있다. 사회적 위치라는 것이 그렇다. 상대가 기대하는 조건을 충족시켜 주지 못하면 자연스럽게 사회적인 위치도 떨어지기 마련이다. 좀 시대착오적인 발상 같지만 그것은 지금을 살아가고 있는 현대인들에게도 뿌리 깊게 박혀 있는 고지식한 관념이고, 지극히 개인적인 사안에도 적용된다는 걸 모르는 것도 아닌데 어쩌자고 여기까지 끌고 왔나, 자신이 원망스러웠다.

"우와, 팀장님 능력 있으시네요!"

짧았던 정적은 세희가 엄지를 치켜세우며 깨졌다. 눈치를 살피며 어쩔 줄 몰라 방황하던 희경의 동공도 안정을 찾고, 장난스럽게 대화를 바꾸며 분위기는 다시 화기애애해지는 듯했고, 설아도 천연덕스럽게 아무렇지 않은 듯 대화에 참여했다. 그때 세희나 희경의 진짜 마음이 어땠는지 알고 싶지 않았다. 그저 지금 당장 어색한 분위기를 넘겨준 것만으로도 다행이라는 생각을 했다. 그렇지만 두근두근 뛰고 있는 심장은 뺑소니라도 치고 도망쳐 나온 사람처럼 요란하게 뛰고 있었다.

어색한 듯, 어색하지 않은 듯한 회식자리는 서둘러 끝이 났다. 각자 갈 길로 뿔뿔이 흩어지고, 설아도 온전한 자신의 공간, 집으로 돌아왔다. 오랜만에 들어온 집은 설아의 기억보다 훨씬 허전한 기분이었다. 천천히 걸음을 옮겨 집안을 살펴보니 이곳저곳에 놓여 있던 웅이의 물건이 몽땅 사라진 걸 알 수 있었다. 들어오자마자 느껴졌던 허전함의 정체는 다름 아닌 흔적의 부재였다. 설아가 웅이를 기억할 수 있는 건 현관 앞에 덩그러니 놓여 있는 택배 박스뿐이었다. 왜 물건이 사라졌는지 이상하다고 생각했지만 대수롭지 않게 넘어갔다. 일단은 피곤한 몸을 회복시키는 것이 우선이었다. 마침 내일부턴 주말이 시작되고, 그동안 부리지 못했던 사치스러운 여유를 부리고 싶었다.

설아는 시간이 더 늦어지기 전에 욕조에 물을 받으며 좋아하는 노래 목록을 짜기 시작했다. 어느 정도 채워진 욕조에 입욕제를 풀자 보글보글 거품이 올라온다. 천천히 풀어지는 입욕제를 보며 옷을 벗던 설아는 헐레벌떡 욕실을 빠져나와 얼음을 가득 채운 와인잔에 화이트 와인을 따라 다시 들어왔다. 드디어 마음 편히 욕조에 늘어져 흘러나오는 노래에 맞춰 흥얼거리던 설아는 보름 만에 차가운 여관이 아닌 따뜻한 설아의 방, 설아의 침대에서 잠이 들었다.

해가 중천에 뜨고 나서야 눈이 떠진 설아는 하품을 늘어지게 하며 이불 속에서 뒤척였다. 포근함을 놓치고 싶지 않아 버틸 때까지 버티다 찌뿌듯한 몸을 일으켜 기지개를 켰다. 어기적 냉장고를 열어 마시는 물은 그 무엇보다도 달다. 상쾌한 기분으로 물잔을 내려놓자 보이는 웅이표 사랑의 쪽지. 모든 것이 완벽한 하루다.

섙아에게.

결국 못 보고 가네, 그동안 너무 즐거웠었어. 당신을 만난 반년 잊을 수도 없는 경험들, 난 당신에게 해준 게 하나도 없지만···. 그래도 당신 나 없이도 잘 해갈 거니까, 당신에게 받은 그 모든 감정들 잊지 않을게. 기다려 달란 말 하지 않을게, 나 이렇게 당신 없는 아파트에서 혼자 기다리면서 생각했어. 난 당신에게 받기만 하지 줄 수 있는 게 아무것도 없구나···.

군대에 가게 됐어, 2년이라는 시간은 당신과 나 서로를 잊기에는 충분한 시간이겠지. 나 없이도 잠 잘 자는 거 잊지 마. 그럼 잘있어. ─웅

사랑의 쪽지가 아닌 것이 조금 아쉬웠지만, 슬프지는 않았다. 슬프다기보단 허망한 기분이 들었다.

"음···. 좋은 날 다 보내고 하필이면 이렇게 추울 때 가냐, 바보."

설아의 달콤한 청년이 언제까지고 자신의 옆에 있어 줄 것이라는 생각은 해 본 적이 없다. 처음 만나기 시작할 때부터 웅이를 떠나 보낼 결심 정도는 하고 있었다. 고작 스무 살짜리 어린 남자아이가 자신을 떠났다고 울고불고 슬퍼할 청춘은 이미 지났다고. 단지 차가운 날씨가 걱정될 뿐이다. 설아는 현실을 받아들이며 애인이 없어진 주

말을 어떻게 보내야 하나 걱정되기 시작했다.

"이럴 땐 청소가 딱이지."

창문을 활짝 열어 살이 베일 것 같은 찬 바람을 한동안 피하지 않고 온몸으로 맞는다. 그리고 금세 오들오들 떨며 입고 있던 후드를 목 끝까지 올리고 청소기를 돌리기 시작했다. 하지만 금방 끝나 버려 아쉬운 마음에 결심한 듯 책장과 옷장을 모두 뒤집기 시작했다. 다 어디에 숨어 있었는지, 꺼내도 꺼내도 끝없이 쏟아져 나오는 옷가지와 책들을 바닥에 널부러 놓고 오랫동안 입지 않았던 옷들은 박스에 담아 정리하고, 입을 만한 옷들은 다시 차곡차곡 옷장 속으로 들여보냈다. 읽지 않을 책들도 모두 박스에 넣고, 반짝반짝 빛이 나도록 구석구석을 쓸고 닦으며 온 집안을 헤집고 나니 크리스마스에 빨간 색연필로 동그라미를 쳐 놓은 달력이 눈에 띄었다. 보나마나 웅이의 짓이다. 설아는 지끈대는 머리를 감싼다.

오랜만에 대중교통을 이용할까 했던 설아는 한 발짝 딛자마자 차로 걸음을 옮긴다. 포삭포삭한 첫눈의 질감을 기대했지만 질퍽한 눈을 밟는 순간 잘못된 판단임을 인정했다.

마감이 끝난 사무실은 다음 마감일이 다가오기 전 까지는 아주 평화롭다. 아슬아슬한 긴장감도 없고, 세희의 밝은 목소리와 희경이 세상의 이치를 설명하는 차분한 목소리도 나름대로 조화롭다. 아무것도 새로울 것 없는 풍경이 주는 안정감. 이 시간이 지속되길 바라지만 설아는 여전히 머리가 아프다. 시계가 12시를 가리키자마자 설아는 사무실을 빠져나와 미리 예약해 둔 병원에서 진료 차례를 기다렸다. 지속적으로 약을 먹는데도 더욱 심해지기만 하는 두통의 원인이 불면증인지, 다른 무언가인지를 알아내고 싶었다.

"약 처방해 드릴게요, 음…. 커피 줄이시고요. 혹시 취미활동은 하시나요?"

진료의 막바지까지 의사는 이렇다 할 원인을 말해 주지 않았다. 취미를 묻는 말에 설아는 곰곰이 생각해 보지만, 딱히 떠오르는 게 없었다. 설아가 가장 열중하는 것은 '마감'뿐인데…. '취미가 마감이라 하면 비웃겠지?'라는 생각을 하던 중이었다.

"활동적인 취미가 두통 완화엔 더 좋아요. 너무 과격한 활동보단 산책이나 산에 가시는 것도 좋고, 수영도 좋고요. 마음을 편히 가지세요. 머릿속 상념을 지우는 것이 가장 시급한 문제가 될 것 같네요."

설아의 대답을 기다리다 지쳤는지, 의사는 상투적인 말투로 모범 답안을 늘어놓았다. 머릿속의 상념을 지우는 일이라…. 그게 가능할까? '그런 두루뭉술한 대답 말고, 머릿속 상념을 지우는 약을 주면 더 좋을 텐데'라는 생각을 하며 짧은 진료를 마쳤다.

처방받은 약은 빼먹지 않고 있지만 커피를 줄이는 건 쉽지 않았다. 굳게 다짐해 보지만, 피어오르는 커피향엔 백전백패다. 설아는 여전히 나아질 기미가 보이지 않는 불면과 강도가 심해지는 두통에 일상생활이 불가능할 지경이었다. 결국 회사에 연차를 내고, 의사가 권했던 취미 중 가장 간단할 것 같은 산책을 하기 위해 온몸을 꽁꽁 감싸고 아파트 주변을 돌았다. 그 사이 눈은 많이 녹아내렸고, 젖은 시멘트 바닥은 딱딱했다. 어떤 벌을 내려도 좋으니 두통만은 좀 나아졌으면 좋겠다고 생각하며 그동안 소홀했던 자신의 마음의 소리에 집중하기 시작했다.

'웅이…'

불쑥 튀어나오는 웅이의 얼굴을 떠올리는 것만으로도 그간 잘 참아 왔던 설움이 북받쳐 오른다.

인정. 울면 인정하는 게 되니까 이 악물고 참아 왔던 거다. 서른 살이나 먹은 자신이 이제 막 아이 '티'를 벗은 스무 살짜리 남자아이를 마음 깊이 사랑하고 있다는 것을 인정하면 너무 초라해질까 봐 거짓말하고 있었던 것이다.

이미 바닥에 털썩 주저앉은 설아의 눈에서 쉴 새 없이 눈물이 흘러나왔다. 그동안 모른 척 아닌 척해 왔던 감정들이 너도 나도 백기를 내던지며 폭포수가 되어 설아의 볼을 타고 내려온다.

"다시 돌아와…"

지금까지 눌러 온 모든 감정, 모든 노력들이 아무것도 아닌 것이 되어도 좋으니, 그 사람 나에게 달라고, 나에게 와 줬으면 좋겠다고 애원하며 흐르는 눈물을 이기지 못하고 모두 흘려 내 버렸다.

혼자 바닥에 무릎을 꿇고 울고 있는 서른 살 여자라니…. 그게 자신이라는 생각에, 꼴이 말이 아니다, 꼴 좋다, 아주 고소해 죽겠다! 고 따지며 눈물을 닦아 내니 앞에 웬 고물상이 보였다. 설아는 문득 집에 쌓아놓은 옷가지들과 책이 생각났고, 그 길로 집으로 돌아가 바로 차에 싣고 다시 고물상으로 향했다.

"저기요~."

통통 부어 있는 얼굴로 들어서는 설아를 보는 고물상 아저씨는 신경도 쓰이지 않는 듯 어슬렁어슬렁 나왔다.

"옷가지랑 책들 좀 처분하려고요."

머뭇거리며 얘기하는 설아에게 아저씨는 손에 종이를 받치고 무언가를 끼적여 삼만 원을 함께 건넸다.

[옷 받아요, 고물 받아요, 종합고물상.]

삐뚤빼뚤한 손 글씨에 설아는 웃음이 새어 나왔다. 이런 전단지 아무 디자인 사무실에 맡기면 훨씬 세련되게 뽑아줄 것을 조금 전까지 울고 있었다는 사실도 까맣게 잊은 채 새어 나오는 웃음을 참지 못하고 손으로 입을 틀어막자, 영문 모르는 아저씨는 덩달아 설아를 따라 웃어 젖히기 시작했다. 두 사람의 웃음소리가 호탕하게 울려 퍼진다.

그 후로 설아는 생각날 때마다 종이들을 모아 고물상을 찾아갔다. 이제는 얼굴도 익혀서 아저씨는 가끔씩이지만 찾아오는 설아를 반기며 녹차 같은 것을 끓여 주기도 했다. 설아의 종이들은 적게는 삼천 원, 어떤 때는 한 푼의 값도 쳐지지 않았지만, 온 동네를 구석구석 누비며 종이들을 긁어 모아 고물상에 가져다 줄 때마다 홀가분해지는 기분이 들었다. 어찌 보면 설아와 가장 밀접한 종이를 버리며 알게 모르게 쌓인 짐을, 내다 버린다는 행위로 해방감이 느껴져 짜릿하기도 했다. 설아에게 '종이를 버린다'는 것은 '상념을 버린다'는 뜻인가도 싶었다.

설아는 계획적으로 큰 캐리어를 가지고 다니며 종이들을 모았고, 마감 후에는 쏟아져 나오는 모든 폐지와 원고를 차곡차곡 캐리어에 넣으며 점점 행위에 중독되어 가고 있었다.

"내일 크리스마스인데 다들 뭐하세요?"

빙그르르 의자를 돌린 세희의 얼굴이 한껏 상기되어 있었다.

"좋은 일 있나 봐?"

그 모습을 놓칠 일 없는 희경이 다리를 꼬며 물었다.

"네, 저 남자 친구랑 첫 여행 가요!"

팔다리를 사정없이 흔드는 세희 덕분에 모두 웃음이 터졌다.

"팀장님은 남자 친구랑 보내시겠네요~."

희경이 자세를 고쳐 설아 쪽을 향해 묻자 모두 초롱초롱한 눈빛을 설아에게 보냈다. 미안하지만….

"헤어졌어~."

최대한 담담하게 말했다고 했는데도 잠깐의 정적이 흘렀다.

"이별이 뭐 대순가~."

설아가 대꾸하자 다들 어색한 웃음으로 저마다 위로의 말을 건네며 크리스마스 이브가 지나갔다.

'쓸쓸한 크리스마스.'

설아는 침대에 누워 빨간 동그라미가 잔뜩 그려져 있는 25일 칸 밑에 끼적이며 달력을 힘껏 노려보았다. 스위치라도 누른 듯 시큰하게 아려 오는 심장에 맺히는 눈물을 흘려보내며 마지막 눈물이라 다짐한다. 웅이를 향해 힘껏 울고 깔끔하게 보내주자고. 코를 '팽' 풀고 자리에서 일어나 포장조차 뜯지 않은 카메라 박스를 안아 들었다. 원래대로라면 웅이 손에 들려 있겠지만….

포슬포슬 눈이 내리기 시작한 거리로 걸음을 재촉한다. 한껏 크리스마스 장식으로 꾸민 가판대에 진열되어 있는 반짝반짝한 카드에 정신이 팔려 카드 하나를 집어 들었다. '해피 크리스마스!'라고 적은 카드는 박스에 꽂아 놓고, 어느새 산책코스가 된 거리를 걷고 걸어

고물상 앞에 멈춰 섰다.

"아저씨~~!!"

"어~. 아가씨는 남자 친구도 없어? 크리스마스까지 여길 오고?"

"헤헤, 그러게요."

J에게

그냥

좋은 사람을

좋아하는 것.

나는 언제나 기다리는 편이었다. 융통성이 없다고 할까, '은행나무 침대'의 '황 장군'도 아닌데 나는 항상 자리를 지켰다. 땀을 삐질삐질 흘리면서도, 차가운 바람에 온몸을 비틀면서도 항상 약속된 그 자리를 묵묵히 지키는 편이었다.

나는 마지막 수업이 끝나는 종소리가 울리면 누구보다도 먼저 교실을 빠져나와 가방을 들고 J의 교실을 찾아갔다. 종례가 가장 긴 학생부장 선생님의 반이었다. 아직 끝나지 않은 종례 시간을 기다리며 까치발을 하고 창문 위로 빼꼼 머리를 들어 올려 눈이 마주칠 때까지 뚫어지게 그녀를 쳐다봤다. 그러다 잠깐 눈이 마주치면 그제야 까치발을 내려놓았다. 학급의 서기인 J는 언제나 맨 마지막에 교실을 빠져나왔다. 출석부를 옆구리에 끼고 교무실에 가져다 놓은 후 다시 교실로 돌아왔다. 자물쇠로 교실 문을 잠글 때까지 나는 J의 교실에서 그녀를 기다렸다.

나는 교실 뒤쪽의 게시판을 보며 오른쪽 발을 바닥에 내리찍었다. 모두가 나간 교실 안은 말 그대로 텅 비어 있었고, 조용했으며, 고요했다. 살짝 열려 있는 창문 사이로 바람이 들어와 얇은 커튼이 펄럭였고, 지우개질이 덜 된 초록색 칠판 위로 조용히 먼지가 일었다.

어느새 돌아온 J는 조용히 칠판 앞으로 걸었고 뒤꿈치를 들어 올려 위쪽에 남아 있는 하얀 분필 자국을 모두 지워내다, 옆구리에 끼워져 있는 출석부를 펼쳐 빙그르르 돌며 입을 뗐다.

"가져왔어."

"뭘?"

"그 아이네 반 출석부."

J와 나는 많은 이야기를 했다. 아니, 적어도 나는 그렇다고 생각했었다. 3학년이 시작됐을 때 항상 친구들에게 둘러싸여 있던 J가 홀연히 무리와 떨어져 있는 모습을 본 적이 있다. 쓸쓸하고 고독한 모양새. 그녀의 뒷모습은 나의 시선을 끌었다. 하지만 그것도 잠시, 금세 주변엔 사람이 모여들었고 쓸쓸함은 온데간데없이 사라지고 누구보다도 밝고 활기찬 본래의 모습으로 돌아왔다.

반면 나는 항상 무리지어 다니는 것을 불편하다고 생각했다. 쉬는 시간이 되면 언제나 이어폰을 귀에 꽂고 주변 소음을 차단시켰다. 어떠한 방해도 받고 싶지 않았고, 방해하는 사람 또한 아무도 없었다. 그러던 어느 날 J는 조용히 앉아 있던 나의 귀에서 이어폰을 빼 자신의 귀에 꽂으며 물었다.

"무슨 노래야?"

아무 말도 못하고 있는 나에게 J는 자신의 메신저 아이디를 알려주고 쉬는 시간이 끝나는 종소리와 함께 그 쓸쓸하고 고독한 뒷모습을 보이며 멀어졌다.

나는 집으로 돌아와 바로 가지고 있던 노래 파일을 전해 줬고, 함께 나눈 이야기가 쌓일수록 급격히 친해졌다. 주로 보이지 않는 대상의 본질을 이야기하는 것을 즐겼고, J와 나의 대화는 끊김이 없었다. 그 때문에 서로 충분한 이해관계가 있었다고 생각했다. 하지만 나에게 '그 아이'에 대해 말해준 적이 없었다. 나는 언제나 이야기하는 편이었고, J는 듣는 편이었다.

"아, 내가 말 안 했었나? 걔, 내가 좋아하는 애."

J가 말을 시작하자, 지지직 하는 소리와 함께 스피커가 울렸다.

"아아, 마이크 테스트. 마이크 테스트."

"야아~ 장난치지 마~!"

스피커 속에서 즐거운 듯 까르르거리는 소리가 잠시 들리더니, 이

내 비틀스 존 레넌의 '오 마이 러브'가 잔잔하게 교실 안으로 울려 퍼졌다.

Oh my love for the first time in my life, my eyes are wide open,

Oh my lover for the first time in my life, my eyes can see….

오 내 생애 첫 연인이여, 제 눈이 떠졌습니다.

오 내 생애 첫 연인이여, 저는 이제 볼 수 있습니다….

J는 눈을 감고 노래를 따라 부르기 시작했고, 그녀의 새하얀 얼굴이 붉게 물들어 간다.

"우리 편의상 그 아이를 '존'이라고 부르자."

펼쳐져 있는 출석부 속의 사진 하나를 집게손가락으로 가리키는 J의 손톱 위로 빨간색 하트 모양의 작은 스티커가 반짝였다.

"그럼 넌 요코야?"

내가 묻자 J는 잠시 생각하더니, 교탁 위에 팔꿈치를 올려놓고 턱을 괴며 말했다.

"싫어."

"왜?"

드르륵 소리를 내며 교실 문이 열리자 반대쪽 창문의 커튼이 크게 요동친다.

"아직 안 가고 뭐해?"

기다란 막대기를 든 J의 담임이자 학생부장 선생님이었다. 막대기를 허공에 휙휙 휘두르며 교탁 쪽으로 다가오는 그는 늘 자신과 한 몸인 양, 언제나 막대기와 함께였다. 어느새 노래는 끊겨 있었고, J는 반사적으로 출석부를 뒤로 숨겨 서둘러 교실을 빠져나왔다. 운동장을 가로질러 걷기 시작하자 운동부 아이들의 소리가 들려왔다. 호루라기 소리에 맞춰 일렬로 운동장을 돌고 있었고, 지나간 자리마다 부산히 먼지가 일었다. 행렬 마지막엔 나와 동아리 활동을 같이하는 '폴'이 찡긋 눈인사를 하며 스쳐간다.

"떡볶이 먹으러 가자."

J의 말에 고개를 끄덕이지만, 사실 나는 떡볶이를 그다지 좋아하지 않았다. 하지만 떡볶이를 먹으러 간다는 것이 단지 '식(食)'을 위한 행위가 아니라는 것은 잘 알고 있었다. 여고생에게 떡볶이는 만남의 장이고, 대화의 시작이며, 우정을 확인하는 매개체 역할을 한다.

J와 나는 학교 앞 정류장에서 마을버스를 타고 10분 정도 달려 시장에 도착했다. 그곳에서 다시 10분 정도 꼬불꼬불한 골목을 걸어 서서히 교복을 입은 무리가 삼삼오오 보이기 시작하면 떡볶이집과 가까워졌다는 이야기다. 허름한 가정집을 개조해 만든 떡볶이집은 따로 주문을 받지 않았다. 비닐 장판이 깔려 있는 바닥에 앉으면 아

주머니는 가스버너 위에 냄비를 올리고, 인원수에 맞게 재료를 가져다 줬다. 바로 옆 상엔 다른 교복을 입은 4명의 여고생 무리가 빨갛게 양념이 밴 떡볶이를 정신없이 입안으로 넣으며 시끄럽게 떠들어대고 있었다.

나는 소리에 예민했다. 조금만 소리가 튀어도 몸의 리듬이 끊어지기 때문이었다.

보글보글 끓고 있는 떡볶이를 보며 여고생들의 이야기에 집중이 분산되어 있었다. 앞에서 뭐라 말을 걸어왔지만, 험한 욕을 주고받으며 남의 험담을 하고 있는 다른 학교 여고생들의 이야기에서 도저히 빠져나올 수가 없었다.

"내 말 듣고 있는 거야?"

상을 탁탁 치며 J가 말했다. 그 소리에 여고생들의 거침없는 수다가 끊겼고, 그제야 나는 그녀의 이야기에 집중할 수 있었다.

"이 출석부 말이야, 네가 좀 가지고 있어 주면 안 될까?"

J의 엄마는 간섭이 심했다. 그에 반해 나의 엄마는 비교적 자유로웠기에 그것을 핑계로 출석부를 맡아 줄 것을 부탁했다. 어쩐지 내키지 않았지만 출석부는 이미 반이 넘게 내 쪽으로 밀려져 있는 상황이었다. J는 손을 들어 가스버너의 밸브를 잠갔고, 고추장이 풀어진 육수는 빨갛게 졸아 있었다.

그날 나는 집으로 돌아와서도 줄곧 한마디도 하지 못했다. 굳게 다물고 있던 입을 벌려 물을 벌컥벌컥 마시고 책상에 앉아 사진이 한 장 떨어져 있는 출석부를 가방에서 꺼내 펼쳤다. 사진이 떨어져 있는 공간 밑으로 이름이 보인다. '음, 출석률이 훌륭하네.' 속으로 생각하며 책상 밑 데스크톱의 전원을 눌렀다. "윙~" 하는 소리와 함께 모니터에 전원이 들어왔고, 메신저를 켜둔 채 J를 기다렸다. 그녀가 메신저에 접속하면 인사를 한 뒤, 출석부를 다시 제자리에 돌려놓는 게 좋겠다고 말을 할 참이었다. 그리고 이런저런 이야기를 좀 나누고 싶었다.

그렇게 시간이 얼마나 지났을까. 눈을 떴을 땐 내 얼굴로 모니터에서 나오는 빛이 쏴어지고 있었고, 화면보호기 상자들이 요란하게 움직이고 있었다. 마우스를 좌우로 흔들어 메신저를 확인해 보지만 J는 여전히 접속되어 있지 않았다. 구겨진 몸을 펴 책상 위에 펼쳐 있는 출석부를 닫아 책꽂이에 꽂았다. 컴퓨터를 종료한 뒤 전등을 끄자, 방안은 순식간에 어둠이 가라앉았다.

C동은 내가 다니고 있던 학교의 학생들에게 가장 '핫'한 공간이었다. J의 집에서는 30분 정도, 내가 사는 집에서는 1시간 정도 버스를 타면 C동에 도착할 수 있었다.

나는 C동 로데오거리에서 우연찮게 폴을 발견했다. J는 갑자기 나의 뒤에 몸을 숨기더니 '저기, 저기' 하며 폴을 가리켰다. 무슨 일이냐고 문자 폴과 함께 있는 아이가 '존'이라고 말을 했고, 나는 그때 J가 좋아하고 있다는 그 아이를 처음 보게 되었다. 둥근 두상에 단정한 이목구비, 짙은 눈썹이 조금 강한 인상을 주는 그 아이는 검은 티셔츠에 청바지를 말아 접어 입고 하얀 운동화를 신고 있었다. 폴과 무언가 이야기를 주고받고 있었고, 주변에는 친구로 보이는 대여섯 명의 무리가 보였다. 정신을 차려보니 어느새 J와 나는 그들을 미행하는 모양새가 되어 있었다. 그들을 미행하는 건 그리 어렵지 않았다. 무리 중에 덩치 큰 아이만 쫓아가면 되는 일이었다. 화려한 색상의 형이상학적인 무늬가 그려진 셔츠를 입고 있던 아이는 어딜 가나 쉽게 눈에 띄었다. 그들은 로데오거리 중간에 멈춰 여러 브랜드의 신발을 함께 팔고 있는 매장에 들어갔다. 요즘 유행하고 있는 브랜드 코너 앞에서 신발을 구경하고 있었고, 존은 조금 떨어진 곳에서 구경하는 둥 마는 둥 무리와 조금 거리를 두고 서 있었다. J가 구두 코너 앞에서 굽이 높은 구두를 만지작거리며 잡았다 내려놓았다를 반복하고 있는 사이 존의 무리는 이미 매장을 빠져나갔는지 보이지 않았다. 허둥지둥하던 J는 결국 덩치 큰 친구를 찾아냈지만, 그 아이는 그곳에 없었다.

아쉬운 마음을 달래며 뒤돌아서는 J의 얼굴은 실망한 기색이 역력했다. 아무래도 마음이 풀리지 않았는지 작은 액세서리 가게를 서성이다. 인조가죽 끈에 은색도금의 펜던트가 달린 팔찌를 2개 산 J는 하나는 자신의 손목에, 또 하나는 나의 손목에 선물했다. 그러고서 심야 영화를 보기 위해 길 건너편에 있는 영화관으로 들어갔다. 상영되고 있는 영화는 모두 공포 영화뿐이었고, 그중 18세 이상 관람의 영화를 선택했다. 나는 얼굴의 반 이상을 가린 채로 거의 모든 러닝타임을 소비했고, J는 즐거운 시간을 보낸 듯했다. 이미 버스는 끊겼고, 엄마의 잔소리를 걱정하며 함께 가 달라는 부탁에 하는 수 없이 택시를 타고 J의 집으로 향했다. 최대한 조용히 현관문을 열었지만 기다리고 계시던 J의 엄마에게 한바탕 잔소리를 들은 후 작은 침대에 나란히 누워 잠을 청했다. 얼마 지나지 않아 J는 새근새근 숨소리를 내며 잠이 들었지만, 나는 쉽게 잠들 수 없었다.

　나는 누군가가 옆에서 자고 있다는 의식만으로도 쉽게 잠들 수 없음을 알아차렸다. 밤새 뒤척이다 눈을 떴을 땐 온통 푸르스름한 빛이 창문을 통해 들어와, 작은 방이 온통 파란색으로 물들어 있었다. 고개를 돌리자 바로 옆에 곤히 잠들어 있는 J가 보였고, 자세를 바꾸기 위해 움직이는 작은 소음에 몸이 굳기 시작했다. 나의 소음을 의식하는 순간부터 움직일 수가 없었다. 항상 봐서 익숙하다고 생각했지만 J의 얼굴을 자세히 본 건 그때가 처음이었다. 왠지 낯설게만 느껴지는 얼굴. 익히 알고 있는 생김새라고 생각해 왔는데, 내가 알고 있는 생김새는 온데간데없고, 그녀의 이목구비가 새롭게 자리를 잡고 있는 것만 같았다. 그렇게 얼마나 지났을까, J가 뒤척이기 시작했고, 떠 있는 눈을 어찌해야 할지 모르는 채 눈이 마주쳤다.

"아! 깜짝이야, 뭐야."

J는 놀랐는지 가슴을 쓸어내리는 시늉을 했다.

"아니, 있잖아. 왜 싫다는 거야?"

"응? 뭐가?"라며 J는 눈을 비볐다.

"아니, 그때 네가 요코는 싫다고 했잖아. 왜 싫다는 거야?"

몸을 일으켜 앉아 깍지를 끼고 벽에 기대어 기지개를 폈다.

"이유야 어찌되었든 간에 요코는 남의 가정을 풍비박산 냈잖아.
난 그런 거 싫어."

"거기엔 '존'의 역할이 더 큰데?"

나도 몸을 일으켜 세워 책상의자를 끌어당겨 앉았다.

"그게 뭐가 중요해?"

J는 인상을 쓰며 나를 봤다.

"아니, 그냥 네 의견이 궁금해서."

나는 J의 눈을 피해 창문으로 시선을 옮겼다. 어느새 파란빛은 하
얗게 밝아 오고 있었다.

"네 생각은 어떤데?"

J는 나에게서 시선을 거두고 자신의 종아리를 주물렀다.

"난 사랑에 빠지는 모든 방식엔 좀 관대한 편이야. 그러니까 상대
에게 무조건적인 신뢰를 요구한다거나 절대적인 관계를 강요하는 것

은 안 된다고 생각해. 만약 살다가 그런 관계를 유지하고 있는 내 연인이, 혹은 내가, 진정한 사랑을 찾았는데 서로가 못 가게 막는 거야. 오랫동안 주입한 학습 때문에 서로는 서로를 떠나면 안 된다고 생각하는 거지. 일종의 죄책감으로. 그럼 나는 죄책감을 무기로 그 사람을 영원히 소유해. 거기서부터 여기에 놓여 있는 사람들의 불행이 시작되는 거야. 나는 영원히 내가 사랑하는 사람에게서 사랑받지 못하고, 상대는 사랑하지 않는 연인을 보며 사랑하고 있다고 자기암시를 걸며 살아가는 거지. 그런 건 모두에게 너무 안됐잖아."

나는 J를 향해 안쓰럽다는 표정으로 열변을 토했지만 머릿속으로는 버림받을 나보다도 먼저 있지도 않은 나의 상대방, 그리고 나의 상대방의 상대방을 생각하고 있었다. 언젠가 그런 상황이 온다면 꼭 그 사람을 보내주기로 마음을 먹으면서도 한편으론 정말 그때가 온다면 나는 나의 연인을 미련 없이 보내줄 수 있을까라는 의구심이 들기도 했다.

"그래도 난 싫어."

나의 말을 듣고 있던 J는 짧게 대답했다.

"그럼 넌 줄리아가 되겠다는 거야?" 나는 따지듯 물었다.

"줄리아가 누군데?"

지겨운지 하품을 하는 J의 눈가에 눈물방울이 맺혔다.

"존의 전 부인."

"잉? 싫어 싫어. 그건 더 싫어, 그냥 존만 좋아하면 안 되니?"

J는 질색하며 손사래를 쳤고, 안 될 건 없다고 생각했다. 그냥 좋은 사람을 좋아하는 것. 나는 단지 내가 좋아하는 사람의 좋아하는 감정도 존중해 주는 것을 굳이 다른 감정으로 분리시켜 이해를 해야 하는지 싶었다. J는 어디서 꺼냈는지, 뜯어진 반명함 사진을 쓰다듬으며 존이 보고 싶다고 입술을 삐죽였다.

산책을 하는 기분으로 나섰던 발걸음은 학교 운동장을 향하고 있었다. 날씨가 매우 좋은 날이었다. 비틀스의 '렛 잇 비'가 조금씩 들려왔고, 학교 주변에 심겨 있는 나무에서 은은한 향이 났다. 운동장과 거리가 좁혀지면 좁혀질수록 노랫소리는 커졌고, 학교 안에 들어간 J와 나는 구령대로 올라가는 계단 중간쯤에 누워서 다리를 꼰 상태로 한 발만 까닥이며 노래하고 있는 폴을 보았다.

When I find myself in times of trouble

Mother Mary comes to me

Speaking words of wisdom

Let it be

내가 힘든 시간 속에 있다고 여겨질 때에

어머니께서는 내게 다가와

지혜로운 말씀을 전해주시길

내버려 두어라.

모자로 얼굴을 가리고 옷깃을 잔뜩 세운 폴에게 다가가자 나무향보다 더 짙은 향기가 났다. 사실 J는 폴과 친분 있는 나에게 존을 소개해 달라고 조르던 상태였고, 나는 폴에게 연락한 후 약속을 잡았었다.

"할 말이라는 게 뭐야?"

누워 있는 폴을 흔들어 깨우자 노래를 멈추고 돌계단에 앉아 모자를 뒤로 돌려 썼다. 나는 대답을 하지 않고 한 발짝 뒤로 물러났다. 머리 위에서 팔랑팔랑 동그란 원을 그리며 발밑으로 떨어진 나뭇잎은 폴의 신발에 밟혀 계단 아래로 떨어지고, 까맣게 그을린 폴의 호기심 어린 눈이 꾸물대며 내 옆으로 서는 J의 눈과 마주친다.

나는 폴에게 J를 소개시킨 후 본격적으로 존의 이야기를 털어놓자, 자존심이 강한 폴은 기분이 상한 눈치였다.

"걔 좋아하냐?"

폴의 물음에 나는 J를 쳐다봤고, 자신이 소개 상대인 걸 알리기 싫은 듯 그녀는 작게 머리를 도리도리 흔들었다. 나는 그들 사이에 껴서 말 없이 팔찌의 은색 펜던트를 만지작거렸다.

"혹시 그것도 너냐?"

긴가민가하며 묻는 폴의 질문에 나는 펜던트를 손에서 내려놨다.

"그거 말이야, 출석부."

깜짝 놀라 아무 말도 하지 못하는 나 대신에 태연히 옆에 있던 J가 다급히 반박했다.

"아, 아니야…!"

폴은 J를 쓱 쳐다보더니 다시 나에게 시선을 두고 아랫입술을 세게 물었다. 미간이 좁혀진 얼굴로 불편함을 드러냈다.

"걔 메신저 아이디 알려 줄게. 그리고 출석부 어서 가져다 놔, 며칠 전에 난리 났었어. 지금 걔네 반 발칵 뒤집히고 임시 출석부 쓰고 있는 상황이고, 걔네 담임도 완전 벼르고 있으니까 안 들키게 잘해라."

말끝을 잡아 올리며 말하는 폴은 일어나 나의 이마를 살짝 밀었다. '간다!'라고 말하며 뒤돌아서는 다부진 어깨가 시야에서 멀어졌다.

해 질 때 집에 도착한 나는 현관문을 닫은 채 신발도 벗지 않고 한참을 서 있었다. 여전히 적막감이 감도는 집. 나는 집으로 돌아오면 일종의 의식처럼 신발장 옆에 서 있고는 했다. 숨을 죽이고 전등이 자동으로 꺼질 때까지 좁은 신발장 옆에 서 있으면 어지럽혀졌던 마음이 정화되는 듯했다.

폴은 메신저로 존의 아이디를 전달해 줬고, 별다른 이야기를 하진 않았다. 하지만 J는 메신저에 접속하지 않았고, 어정쩡한 마음에 연

락을 해 볼까 싶어 휴대전화를 들었지만, 그만두기로 했다. 일단 책
꽂이에 꽂혀 있는 출석부를 꺼내 다시 가방에 넣었다. 그러고 내 방
이 온전히 어둠으로 둘러싸일 때까지 한동안 반투명한 창을 통해 떨
어지는 해를 바라봤다.

J는 이미 꾸깃꾸깃해진 반명함판 사진을 아쉬운 듯 손에 꼭 쥐고
있었다.

"어서 줘. 어서 여기에 붙여."

나는 체크무늬 지압슬리퍼를 신은 발을 동동 구르며 재촉했다.

"잠깐만. 사진 한 장만 찍자."

울먹거리는 시늉을 하는 J는 휴대전화를 꺼내 들고 한동안 초점을
맞추며 사진을 찍었다. 나는 조심스럽게 주위를 살폈고 잠잠해진 촬
영 소리에 뒤를 돌자 J는 내게 출석부를 건넸다. 나는 선뜻 손을 내
밀지 못하고 살짝 뒷걸음질쳤다.

"뭐야, 어서 제자리에 돌려놓고 와."

쭈뼛쭈뼛 말을 쉽게 잇지 못하고 몸을 배배 꼬는 J의 단정한 교복
셔츠가 조끼를 비집고 삐져나왔다. 마침 수업을 알리는 종소리가 울
렸고, 출석부는 자연스럽게 다시 나의 손에 들려 있었다.

좌불안석으로 의자에 앉아 누구에게 들킬세라 서랍 속에 있는 출
석부를 꼭 쥐고 마지막 수업까지 마쳤고, 나는 재빠르게 교실을 빠

져나와 J의 교실로 찾아갔다. 언제나 그렇듯 까치발을 하고 창문 위로 빼꼼히 머리를 들어올렸지만, 한참이 지나도 눈을 마주칠 수 없었다.

별 수 없이 나는 학생들이 없어질 때까지 화장실 가장 안쪽 칸에 들어가 있었다. 마지막으로 펴 본 출석부 안에는 구겨지긴 했지만 제자리를 찾은 존이 사진 속에서 활짝 웃고 있었다. 조용해진 기척에 교복 상의 안으로 출석부를 숨겨 눈치를 살피는데, 여자아이 무리가 가방을 메고 화장실로 들어오는 바람에 다시 입을 틀어막고 조용히 화장실 문을 잠갔다.

"아니, 도대체 누가 가져간 거야. 그것 때문에 일일이 노트에 출석부 그리고 있잖아."

"그러게 출석부를 어디에 쓴다고 가져간 거야."

"아, 짜증나."

거울 속의 자신을 끊임없이 매만지며 한바탕 불만을 털어놓는 아이들은 아마도 존과 같은반 학생들인 것 같았다. 나는 꼴깍 침을 삼키며 숨을 죽였고, 출석부를 꽉 잡고 있는 손에서 땀이 배어 나왔다. 잠잠해질 때까지 꼼짝없이 갇혀 있던 나는 심호흡을 크게 하고, 문틈으로 아무도 없는 화장실을 살폈다. '최대한 자연스럽게'를 마음속으로 되뇌며 재빠르게 교무실로 들어갔고, 막 출석부를 제자리에 꽂으려던 찰나였다.

"너 여기서 뭐하니?"

J의 담임이자, 학생부장 선생님의 막대기는 출석부를 가리키고 있었고, 그 뒤를 따라온 J의 모습이 보였다.

기다란 막대기가 공중을 휙휙 돌자, 미세한 먼지가 막대기를 따라 돌았다. 좁은 면담실의 퀴퀴한 공기에 콜록콜록 기침이 나왔다.

"이유, 말 안 할 거야?"

다그치듯 묻는 학생부장 선생님 맞은편엔 마른 체형의 짧은 단발을 한 존의 담임 선생님이 앉아 있었다. 하얀 블라우스에 연한 회색의 통이 큰 바지를 입은 그녀는 폴이 이야기했던 것처럼 완전 벼르는 정도는 아닌 것 같았다. 도리어 머리에 꽂은 핀이 신경 쓰이는지 자꾸만 만지작거리는 그녀와 달리 역정을 내고 있는 학생부장 선생님의 물음에 나는 계속해서 침묵을 유지했다. 그 침묵의 의미가 단지 J와의 '의리'는 아니었다.

여고생의 의리라…. 그것보다 나는 '의리'라는 단어에서 오는 강제성을 싫어했다. 그런 가벼운 의무감을 앞세워 나나, J를 보호하고 싶지는 않았다. 나는 그저 '좋아하는 감정'을 존중해 주고 싶었다. 세상에는 좋아하는 감정이 이렇게도 나타날 수 있다고, 이 고결하고 순결한 감정이 단순 호기심에서 시작한 '도벽' 따위로 전락하고 더럽혀지는 순간이 오는 것은 참을 수가 없다고 생각했다.

"선생님, 제가 이야기해 볼게요."

한마디도 않던 존의 담임 선생님은 학생부장 선생님을 내보냈다. 자리에서 일어난 그녀는 "좌자작" 소리를 내며 먼지를 가르는 커튼을 쳤다. 강하게 내리쬐는 햇볕에 얇은 모직 사이로 삐져나온 햇살이 여전히 면담실을 비췄다. 존의 담임 선생님은 가느다랗고 얇은 손가락으로 출석부를 펼쳐 구겨져 있는 사진을 쓸었고, 한참을 사진과 나를 번갈아 보더니, 모든 상황의 조각을 맞췄다는 듯 입가에 묘한 미소를 띠었다.

"비밀로 하자. 그 대신에 일주일 동안 화장실 청소."

나는 꾸벅 고개를 숙이고 면담실을 나와 교문 앞까지 천천히 걸었다. 멀리서부터 보이는 J는 애꿎은 신발을 괴롭히며 나의 눈치를 살폈다.

"어떻게 됐어?"

나는 무엇을 궁금해 하는 건지 갈피를 잡을 수 없었다. 네가 존을 좋아하는 감정이 어떻게 되었는지? 단순히 출석부를 가져간 죗값이 무엇인 건지? 네가 존을 좋아하는 것을 타인에게 들킨 건지? 사실 출석부를 가져간 범인은 J, 너였다는 것을 말한 건지? 아니면 다른 무언가를 궁금해 하는 건지? 전혀 알 수 없었다.

'J, 네가 존을 좋아하는 감정은 일주일의 화장실 청소로 변질되었어'라고 말을 해 줘야 할까 싶었다.

"그냥….'

이어지는 말을 기다리는 J는 잔뜩 긴장한 듯했다.

"응…. 그냥…. 나 먼저 집에 갈게."

"미안….'

뒤통수 쪽으로 J의 기어들어 가는 목소리가 들려오자 나는 다시 의아했다. 출석부를 내게 준 것? 출석부를 나에게 가져다 놓게 만든 것? 교무실에서 나를 보고 모른 체한 것? 아니면 너의 감정을 존중하느라 나의 시간을 조금 허비하게 한 것? 나는 도저히 아무것도 가늠할 수 없었다. 생각하다 보니 나는 J의 그 어느 것도 알 수 없었다.

이제 나는 마지막 수업이 끝나는 종소리가 울리면 누구보다도 먼저 교실을 빠져 나와 교무실 앞 화장실로 들어갔다. 이미 많은 학생들은 내가 출석부를 가져간 범인이라는 것을 들어, 알고 있는 눈치였다. 열려 있는 문으로 나를 향한 수군거림을 심심찮게 들을 수 있었다. 그런 수군거림이 들리지 않을 때까지 청소는 계속되었고, 거의 끝나갈 때쯤이면 J가 화장실로 들어와 마무리를 도와줬다.

"떡볶이 먹으러 가자. 내가 살게."

화장실 청소가 시작된 날부터 J는 미안한지 계속해서 나의 눈치를 살폈다. 나는 미안해 하지 않아도 된다고 생각했다. 사실 수업을 마치고 할 일이 있다는 것이 딱히 나쁘지 않았다. 종례가 끝난 후에도 매일 교실로 찾아가 J를 기다리는 일이야말로 하루일과 중 가장 고된 시간이었다.

"미안. 오늘은 동아리 가 봐야 해서."

아쉬운 듯 뒤돌아서 가는 뒷모습이 보였다. J의 고독한 뒷모습. 그 모습이 보이지 않을 때까지 나는 화장실 앞에 우두커니 서서 지켜보고 있다가, 계단을 올라 4층에 있는 동아리방에 도착했다. 예상대로 동아리방은 비어 있었다.

그냥 좀 혼자 있고 싶었다.

나는 커다란 원형 탁자에 자리를 잡고 앉았다. 화이트보드에 적혀 있는 동아리 뉴스를 읽으며 나는 혼자 있을 때 가장 평온하다는 사실을 다시 한번 알아차린다. 눈을 감고 자세를 좀 풀자 옆방 밴드부 동아리에서 드럼을 시작으로 시끄러운 록음악이 흘러나왔다. 하지만 정작 나의 귀를 거슬리게 하는 것은 시끄러운 록음악이 아닌 예고 없는 문 소리였다.

"드르륵" 소리를 내며 땀 냄새를 풍기는 폴이 들어왔다.

"이여~ 출석부 가져다 놨더라? 잘했다~!"

등장부터 요란한 폴은 운동을 한 후 동아리방에서 옷을 갈아입는 모양이었다. 플라스틱 통의 물을 벌컥벌컥 마시며 목에 걸쳐 있는 수건으로 송골송골 이마에 맺힌 땀을 닦아냈다.

"근데, 걔가 왜 좋아?"

맞은편 의자에 거의 뒤로 넘어갈 듯이 아슬아슬하게 걸터앉아 나의 대답을 기다리는 폴의 눈빛이 너무 강렬했다.

"존?"

"존? 존이라고 불러?"

폴이 큰 소리로 호탕하게 웃자 밴드부의 연주 소리가 한층 더 커졌다.

"글쎄…."

글쎄, 나는 J가 존을 좋아하는 이유를 정말로 모르고 있었다.

"아, 그리고 너 메신저로 말 안 걸었더라?"

그러고 보니 아이디를 받은 후에도 존과의 연락은 단 한 번도 없었다. 아닌 게 아니라 나는 J에게 존의 아이디를 알려주지 못했다. 어쩐 일인지 J는 한동안 메신저에 접속하지 않았고, 학교에서도 존의 이야기를 꺼내지 않았기 때문이라고 생각했지만, 문득 나는 내가 J에게 말을 아끼고 있다는 사실을 알아차렸다. 메신저를 떠나선 서로의 이야기를 할 수 없는 사이였던가 싶은 생각이 들었다.

"주말에 존이랑 만나기로 했는데 나올래?"

폴은 가방에서 주섬주섬 옷을 챙기며 물었다.

"그래도 돼?"

"응. 상이야. 용감상!"

한손에 갈아입을 옷가지들을 챙긴 폴이 또 한번 나의 이마를 살짝 밀며 동아리방을 나갔다. 나는 그것이 어떻게 나의 상이 되는지를 묻고 싶었다. 하지만 이미 나간 폴에게 말할 수 있는 기회는 한참 전에 놓친 것 같았다.

밴드부의 연주가 멈추는 듯하더니 곧바로 새롭고 더 시끄러운 음악이 터져 나왔다.

나는 휴대전화를 만지작거리다 문자를 작성했다.

'J, 주말에 존이랑 폴 만나기로 했는데 나올래?'

잠시 후 주머니에서 진동이 느껴졌다.

'어머, 정말???? 어떻게??'

'몰라, 상이래, 용감상.'

'용감상?'

'응.'

'그게 뭐야?'

'나도 몰라~ 어떡할래. 갈래, 말래?'

'응응. 가, 가. 무조건 가.'

'알았어. 약속장소 잡히면 말해 줄게'

'응응. 고마워, 짱짱!'

'그래.'

'근데 밥 먹었어?'

'아니, 아직.'

'우리 집에 와서 먹을래?'

'….'

'아직 집에 안 갔지?'

'….'

'어디야?'

'….'

끊임없이 울리는 휴대전화를 보며 새삼 문자의 힘은 대단하다고 생각했다. 이렇게 쉼 없이 말할 수 있다니, 상대방이 앞에 보이지 않아도, 어색함도 쉽게 숨기고 이야기할 수 있다니… 아니, 그렇기 때문에 더 쉬웠을 거라는 생각이 들었다. 방금 전까지만 해도 어색해하던 J가 너무도 해맑게 말을 걸어온다. 그리고 무의식적으로 말을 아끼고 있던 내가 거리낌 없이 대답한다. 그 후로도 계속해서 울리는 휴대전화를 한참이나 바라보며 생각했다. 내가 그녀와 친해질 수 있었던 이유는 단지 쉽게 감정을 숨길 수 있는 메신저로 이야기를 했기 때문이었나 싶은. 메신저를 떠난 나는 그녀와 친하다는 표현을 쓰면 안 되는 사이가 아닐까 싶은. 그러자 갑자기 나에게 J라는 존재가 참을 수 없이 낯설고 멀게 느껴졌다.

약속이 잡히고 난 후 J는 언제 그랬냐는 듯 다시 스스럼 없이 나를 대했다. 눈치 보던 모습보다는 훨씬 낫다고 생각했다. 화장실 청소 마지막 날엔 함박웃음을 지으며 나타나 주말에 존을 만나면 고백할 것이라는 이야기를 했고, 청소가 끝나면 자신의 집으로 같이 가서

도와줄 것을 부탁했다. 나는 손에 화장실 솔을 들고 알았다고 대답했다. 모든 것이 제자리로 돌아간 것 같았다. 수업이 끝나는 종소리에 가장 먼저 J의 교실로 찾아갔던 그때로 말이다.

멀리 민트색 지붕을 이고 있는 버스가 유난히 느릿느릿 다가왔다. 나는 창가 쪽 자리에 앉아 습관처럼 이어폰을 귀에 꽂았고, 주머니 속에 있던 휴대전화가 진동하며 울렸다. 어디쯤 오느냐는 J의 물음에, 이제 출발했다는 대답을 했다. 이 버스는 30분 정도 달려서 그녀가 있는 정류장에 정차할 테고, 또 30분 정도 더 달려서 C동의 H백화점 앞에서 내리면 존과 폴이 기다리고 있을 것이다.

청색 원피스에 굽이 높은 구두을 신고, 엷게 화장까지 한 J의 모습에 하마터면 그녀를 못 알아볼 뻔했다. 버스가 급출발하며 기둥을 잡고 미끄러지듯 착석한 J의 손에는 정성스럽게 포장된 큼지막한 쇼핑백이 들려 있었다.

"뭐야?"

내가 이어폰을 빼며 묻자, J는 치아가 보이게 입을 벌려 웃었다.

"케이크. 내가 직접 만들었어."

J는 쇼핑백 윗부분의 살짝 벌린 틈으로 케이크를 보여 줬다. 그러고 바로 거울을 꺼내 얼굴을 살피는 모습에 나는 재밌다는 듯 웃었고, 다시 시선을 창밖으로 옮겼다. 속도를 올리는 버스에 풍경이 빠

르게 스쳐 지나, 잡으려 해도 다시는 잡을 수 없다는 듯 무섭게 뒤로
넘어갔다.

"삑~."

빨간색 정차벨을 누르자 J는 긴장한 것이 확연하게 티가 나기 시작
했다. 높은 굽 탓에 거의 부축을 받다시피 하며 버스에서 내렸다.

"요!"

짙은 보라색 비니를 쓰고, 청재킷을 걸치고 있는 폴이 손짓하며
인사했고, 조금 떨어진 곳에 하얀색 티셔츠에 청바지를 말아 올려
입은 존이 서 있었다.

"인사해. 여기는 내 친구…."

또각 소리를 내며 나를 질러 앞으로 나오는 J는 폴의 말을 끊었다.

"안녕!"

잠시 멈칫하던 폴은 J의 인사를 받았고, 뒤에 서 있는 존을 끌고와
인사시켰다.

"며칠 뒤에 사촌형 결혼식이 있는데, 입고 갈 재킷이 필요해서…."

눈도 마주치지 못하고 요령없이 말을 꺼내는 존에게 J는 적극적으
로 반응하며 앞장섰다. 자연스럽게 폴과 나는 그 뒤를 따르게 되었
고, 못마땅한 표정의 폴이 물었다.

"저 친구 뭐야?"

나는 확실히 평소와 다른 J의 모습이 재밌어 그냥 웃었고, 폴은 알

수 없다는 듯 비니를 벗고 자신의 머리카락을 헝클였다.

마음에 드는 옷을 발견했는지 존과 J가 한 행사장에서 멈췄다. 몇 가지 옷을 들고 온 직원은 존을 간이탈의실로 안내했고, 탈의실 문 앞에 헝클어진 신발을 J가 가지런히 정리했다. 그 후로도 몇 군데의 매장을 더 돌았고, 가끔씩 존은 힐끗힐끗 폴과 내 쪽을 향해 고개를 돌리곤 했다.

길어지는 쇼핑에 지루해진 폴은 휴게실을 찾았고, 나는 바로 화장실로 향했다. 폴을 따라 휴게실을 향하던 존은 J의 손짓에 백화점에서 조금 떨어진 공터로 불려 갔다.

J는 불어오는 바람에 날리는 치마의 밑자락을 잡고 존 앞에 섰다.

"좋아해."

고백은 조용하고 수줍었지만 명확하고 간결했다. 오히려 당황한 듯한 존은 한참을 대답 없이 아무것도 없는 공터를 살필 뿐이었다. 몸을 배배 꼬며 고민하던 J는 들고 있는 쇼핑백을 내밀었다.

"너희 친구 아니야?"

불편한 기색을 보이며 존이 말하자 불어오던 바람이 멈췄고, J는 배배 꼬던 동작을 멈췄다.

화장실에서 돌아오자 폴은 의자에 앉아 작은 휴대전화 액정에 들어갈 듯 게임에 열중하고 있었다.

"애들은?"

"몰라"라고 건성으로 대답하더니 이내 무릎을 '탁' 소리나게 쳤다.

"아, 너네 라이벌이었어?"

"그게 무슨 말이야?"

나는 어이없다는 듯 물었다.

"아니, 나는 네가 존 좋아하는 줄 알고…. 오늘도 너 소개시켜 주겠다고 존한테 말해 놨는데 상황이 이상하게 돌아가서~."

대수롭지 않다는 듯 폴은 다시 게임에 집중했다. "뽕뽕" 소리를 내며 무언가를 열심히 터트리는 소리에 나의 정신도 '뽕뽕' 흩어지는 것 같았다.

"친구인게 무슨 상관이야?"

J가 물었다.

"아니, 폴이 말하길, 내 메신저 아이디 물어본 것도 그렇고, 출석부 가져갔던 이유도 그렇고, 네 친구가 날 많이 좋아한다고…."

차갑게 굳은 J는 존의 말이 끝나기도 전에 케이크가 들어 있는 쇼핑백을 바닥에 내려놓고 공터를 벗어났다.

J는 조용히 나를 불러냈다. 좁은 터널 안에서 고개를 잔뜩 치켜세운 모양새가 굉장히 화가 나 있는 상태인 것 같았다. 몸매가 드러나

는 청색 원피스를 입고 있는 J는 계속해서 언성을 높였고, 나는 아무 말도 하지 않았다. 커다란 눈꺼풀 위에 그려 넣은 얇은 아이라인이 번져 그녀의 모습을 더욱 지쳐 보이게 만든다. 점점 해가 기울면서 부서지듯 J를 비췄고, 손등으로 햇빛을 가리는 손목 위로 나와 같은 모양의 팔찌가 쨍하게 반짝였다.

한참을 씩씩대던 J는 아직 그늘에 가려 있는 나를 보며 중얼거렸다.

"요코 같은 년."

되물을 새도 없이 조용한 실소가 터져 나왔다. 모든 상황은 단단히 오해하게 만들어졌고, 지금은 그 어떤 변명도 받아들여지지 않을 것이다. 높은 굽에 중심을 못 잡고 금방이라도 쓰러질 듯 방향을 틀어 멀어져 가는 J의 뒷모습을 한참 동안 말없이 바라봤다. 문득 기억이 났다. 쓸쓸하고 고독한 모양새. 나는 그런 J의 뒷모습을 좋아했다.

어느새 해는 내가 서 있는 곳을 서서히 침범했고, 에나멜 소재의 단화에 슬쩍 햇빛이 닿아 코가 반짝였다. 햇빛에 닿지 않게 뒤로 뺐다가 다시 햇빛에 담그기를 반복하자 단화에 달려 있던 솔이 물결친다.

터널 위로 "빠앙~" 요란한 경적 소리를 내며 기차가 지나간다. 나는 낮게 비틀스의 '헤이주드'를 흥얼거리며 그 좁고 짧았던 터널을 J가 빠져나갔던 반대방향으로 걷기 시작했다.

Hey, Jude.

Don't make it bad.

Take a sad song and make it better

Remember to let her into your heart,

Then you can start to make it better.

헤이, 주드.

그다지 나쁘게 생각하진 말게.

슬픈 노래를 좋은 노래로 만들어 보자고,

그녀를 자네 마음으로 받아들여야 한다는 걸 기억해

그러면 그대는 더 좋아질 수 있을 거야.

트리코틸로마니아

처음이 어렵지,

그 다음은 쉬워.

은색 이젤 위에 하얀 캔버스를 올려놓고, 파란색 플라스틱 간이 의자에 앉아 연필을 움직이면 사각사각 소리와 함께 까만색 선이 생긴다. 그 위로 계속해서 선을 덮고, 또 덮으면 어느새 하얀 종이를 까맣게 덮은 면이 꼭 지금의 머릿속을 보여주는 것 같은 기분이 든다.

텅 빈 어둠.

이제는 눈을 감고도 석고상을 그릴 수 있을 정도로 익숙해진 소화는 기계적인 손놀림으로 캔버스 위를 선으로 채워 가기 시작한다. 그 주위를 뺑 돌아서 있는 원생들도 소화의 연필을 따라 분주히 시선을 움직인다. 고요한 침묵. 오직 연필 소리만이 공간을 채워 가고,

무슨 생각인지 소화는 연필을 내려놓았다. 연필이 멈추자 갈 곳을 잃은 수많은 시선들이 한곳으로 집중되었고, 이내 소화의 갈색 워커 밑으로 수북하게 머리카락이 쌓이기 시작한다. 돌발 행동에 원생들은 수군대기 시작했고, 그 수군거림 속 '트리코틸로마니아'라는 단어가 소화의 정신을 깨운다. 잠깐 동안 머릿속으로 '트리코틸로마니아'라는 단어를 되뇌다가 신발 위를 뒤덮은 머리카락을 발견한 소화가 화들짝 놀라며 수업은 중단됐다. 흩어지는 원생들을 모두 눈으로 확인한 후에야 태연한 척 발을 움직여 머리카락을 모아 그것들을 휴지로 싸는 소화는 언뜻 보기에도 꽤나 많은 양의 머리카락을 한참 동안 뚫어져라 내려다본다. 억센 철끈을 뭉쳐 놓은 듯 성기게 엉켜 있는 머리카락을 나무와 흑연 냄새가 가득한 플라스틱 쓰레기통에 신경질적으로 던졌고, 그것은 블랙홀에 빠진 듯 실체를 알아볼 수 없이 축 처져 있었다. 그리고 그 위로 다시 연필의 나무와 흑연이 쌓이기 시작했다.

다시 웅성거리는 소리에 고개를 들자 소화의 오랜 친구이자, 연인이고, 이 학원의 유일한 남자 강사인 형우가 소묘실 안으로 들어왔다. 풍성한 머리를 노랗게 물들인 형우는 길쭉하게 뻗은 다리를 꼰 채로 앉아 하얗고 가느다란 손가락 사이에 연필을 끼웠다. 소화가 중단한 그림을 마저 그리기 시작했고, 기다렸다는 듯이 그 주위로 여학생들이 몰려들어 탄성을 지르기 시작했다. 그 탄성에 화답하듯 형우는 고개를 돌려 여학생들에게 슬쩍 수줍은 미소를 떠주기도 했다. 사실 소화는 그런 형우의 모습이 거슬린다고 생각했다. 형우와 여학생들의 모습을 지켜보던 소화의 머리카락이 뽑힌 두피가 이제야 욱신거리기 시작한다. 괜히 손을 가져다 대고 손바닥으로 누르다가 다시 자세를 바로잡고 연필을 깎기 시작했다. 얇게 벗겨지는 나무 표피가 스윽스윽 소리를 내며 떨어지고, 까만 흑연이 공기 중으로 퍼지면서 조금씩 균형을 맞춰 가는 육각형의 막대기에 예리한 꼭짓점이 생긴다. 다듬어진 연필을 요리조리 살펴보고 날카로운 연필로 자신의 왼쪽 검지를 살짝 찔러보고는 흡족하다는 듯 미소를 짓는다.

그 사이 체크무늬 교복 치마를 한껏 짧게 줄인 보미가 자판기에서 뽑은 밀크커피를 손에 들고 형우에게 다가갔다. 수줍은 듯 내미는 손끝에 닿는 형우의 손가락. 금세 얼굴이 붉어지며 고개를 숙이는 보미의 뒷덜미로 삐쭉 빼쭉한 잔털이 드러났다. 두 사람 사이에서 흐르는 묘한 기류를 눈치챘는지 지켜보던 여학생의 응원인지 시샘인지 모를 소리가 울린다. 소화는 소묘실을 빠져나와 휴게실로 자리를 옮겼고, 그 뒤를 이어 따라나온 형우가 싱크대에 밀크커피를 전부 흘려버리며 말했다.

"아, 난 밀크커피는 느끼해서 못 마시겠단 말이야."

쪼르르 소리를 내며 떨어지는 밀크커피가 싱크대의 배수구를 통해 내려가는 것을 끝까지 확인한 형우는 비워진 종이컵을 헹궈 차가운 생수를 따랐다.

"그럼 안 받아야지 왜 굳이 받아서 버려? 아깝게."

빈정거리듯 받아쳤지만 소화는 형우가 믹스커피를 싫어한다는 사실을 잘 알고 있었다. 형우는 평상시에도 커피를 잘 마시지 않았다. 그중에서도 믹스커피를 참 싫어했다. 어른들의 전유물처럼 여겨졌던 믹스커피는 어린 시절 형우의 굴욕적인 시간들을 생각나게 한다나 뭐라나. 사람들 사이에서 굳이 티는 내지 않지만 무의식적으로 마시지 않게 되었다는 말을 여러 번 들었었다.

"질투하는 거야?"

소화는 미소를 머금고 장난기 가득한 눈으로 묻는 형우를 흘기며 휴게실에 구비된 노트북에 집중하며 말했다.

"나 말이야, 트리코틸로마니안가 봐."

"트리 뭐?"

"트리코틸로마니아."

"그게 뭔데?"

대답하지 않은 소화는 '정신이상으로 무의식중에 자신의 모발을 뽑는 병'이라고 정의되어 있는 인터넷 창 속 '정신이상'이라는 단어에 머물러 있었다.

생각해 보면 소화는 자신이 싫어질 때마다 미용실을 가곤 했다. 거울 속 자신이 더는 자신처럼 보이지 않을 때까지 몇 번이고 미용실을 가서 머리카락을 자르고 잘랐다. 전혀 다른 자신을 마주할 때까지. 더는 손댈 수 없을 정도로 머리를 괴롭히고 나서야 찾아오는 안도감. 그리고 또 금세 자라나는 머리카락들을 보며 밀려오는 무기력함에 기어이 자신의 머리카락을 뽑아오던 어린 자신의 모습이 하나하나 떠올랐다. 따끔거리던 두피의 고통, 고통만큼 잦아드는 불안에 어두워지는 방 안에서 거울 속 자신의 모습이 보이지 않을 때까지 머리카락을 뽑아댔다. 그것이 트리코틸로마니아라는 것을 그때 처음으로 알았다. 그것이 정신질환의 일종이라는 것도.

귓전에서 웅웅거리며 형우의 목소리가 맴맴 울린다. 그게 무엇이냐고 다시 묻는 형우의 목소리에 소화는 반쯤 돌아온 정신으로 중얼거리듯 말했다.

"정신병이래."

별일 아니라는 듯 말하는 소화의 가벼운 말투에 심각성을 느끼지 못했는지 형우의 표정에 큰 변화는 일어나지 않았다. 다시금 따끔거리기 시작하는 두피에 손가락을 가져가 대자 미열이 있는 두피에서 조그맣게 소름이 인다.

"형우쌤. 원장쌤이 찾아요."

재빠르게 휴게실 안을 두리번거리며 보미는 문 밖에서 형우에게 손짓했다. 형우는 자리에서 일어나 옷매무새를 정리하며 소화를 힐끔 쳐다보더니, 손짓하는 보미를 먼저 보낸 후 찻장에서 머그컵을 꺼내 들었다. 향이 좋은 허브를 넣어 뜨거운 물로 우려낸 형우는 소화의 머리를 토닥이며 손을 얹고 모락모락 피어오르는 머그컵을 건넸다.

따뜻하게 달궈진 머그컵은 소화의 코 앞에서 수증기를 내뿜으며 얼굴을 감싸고 돈다. 소매를 손바닥까지 덮어 컵을 양손으로 감싸 가슴께로 가져간 소화는 지그시 눈을 감고 향긋하게 올라오는 로즈마리향에 오롯이 신경을 집중한다.

형우가 복도로 나오자 뭉쳐 있던 여자아이들이 유유히 흩어지며 보미의 모습이 보인다. 높게 묶은 머리를 양쪽으로 흔들며 걷던 보미는 원장실이 가까워지자 빠른 걸음으로 빈 교실의 문 안으로 형우를 잡아끌어 작은 소리로 속삭였다.

"쌤, 주말에 뭐해요?"

형우가 왼쪽 눈썹을 긁으며 난감한 웃음을 지어 보이자 보미는 빈 교실의 문을 소리가 나지 않도록 조심히 돌려 잠갔다.

"저랑 만나주면 안 돼요?"

여전히 속삭이는 보미를 보며 형우는 손에 고인 땀을 자신의 청바지에 쓱쓱 문질러 닦았다.

"쌤이 얼마 전까지 선미랑 만났다는 거 알아요. 저랑도 한번 만나주세요오오~."

말끝을 길게 늘어트리며 서운하다는 듯 애교 섞인 말투로 말하는 보미를 보며 형우는 망설였고, 바람을 넣은 볼로 입술을 삐쭉 내밀고 있는 보미는 양보할 생각이 없어 보였다. 형우는 잠시 고민하다 보미의 어깨에 손을 올렸다.

"그래. 그러지 뭐."

덤덤하게 대답하며 재빨리 잠겨 있는 문을 열어 보미의 등을 밀어 냈고, 튕겨져 나가는 모습을 보며 형우는 텅 빈 교실의 문을 다시 걸어 잠갔다.

'처음이 어렵지, 그 다음은 쉬워.'

형우가 처음 소화를 만났을 때 소화는 아주 짧은 머리를 하고 있었다. 치마 교복이 아니었다면 당연히 왜소한 체구의 남자아이라고 생각할 만큼. 친해지기까지의 시간도 적지 않았지만, 소화가 이끄는 대화 방식도 잘 이해가 가지 않았었다. 그럼에도 형우는 자꾸만 소화가 궁금했다. 어느 정도 친해지고 난 후 하굣길에 형우는 용기 내어 왜 그렇게 머리를 짧게 자르고 다니는지 물었다. 잠시 생각하는 척 눈동자를 위로 굴리는 소화는 '처음이 어렵지, 그 다음은 쉬워'라고 답했다. 질문의 답이 되지 않는다고 생각했지만 형우는 가만히 고개를 끄덕였다.

처음 원생에게 데이트 신청을 받았던 날 형우는 소화와 함께 밤을 보내고 있었다. 자박자박 내리는 빗소리를 들으며 지루한 표정으로 안겨 있는 소화에게 재미있는 일이 있었다며 원생에게 데이트 신청을 받았다고 말하자 소화는 형우의 품에서 떨어져 턱을 괴며 말했다.

"괜찮지 않아? 그 정도는."

어둠 속에서도 선명하게 보이던 무표정한 얼굴과 감정 없는 목소리. 형우는 예상치 못한 반응에 떨어져 있는 소화를 다시 품으로 안을 수 없었다. 그날 이후 어쩐지 형우는 원생과 장난스럽고 아슬아슬한 데이트를 하기 시작했다. 멈출 수 없는 릴레이 경주처럼 자주 원생이 바뀌었고, 고개를 빼꼼 내밀고 있던 일말의 가책은 무감각해져 슬그머니 모습을 감췄다. 애초에 아무런 감흥 없이 시작한 릴레이 경주. 언제 끝날지는 모르겠지만, 뭐 괜찮지 않아? 그 정도는. 형우는 아랫입술을 잘근 씹으며 마법 같은 주문을 건다.

보미가 빈 교실을 벗어나자 대여섯 명의 여자아이들이 우르르 몰려와 주위를 에워쌌다. 어울리지도 않는 서툰 화장으로 잔뜩 얼굴을 꾸미고 왔을 그들의 입술에는 전부 같은 색 립 틴트가 발려 있었다. 그중 얼마 전까지 형우와 만났던 선미가 양손을 주머니에 꽂고 물었다.

"어떻게 됐어?"

반짝이는 눈빛들이 부담스럽고 집요하게 쪼아대자 보미의 눈동자가 살짝 흔들린다.

"응."

표정을 가다듬은 보미는 한껏 귀여운 표정으로 고개를 끄덕이며 손으로 동그라미를 만들어 흔들어 보였다. 그러자 그들은 까르르 웃으며 보미의 손에 십만 원 남짓한 돈을 쥐여주고 덩어리져 소묘실로 들어간다. 재미있어 죽겠다는 그 표정. 미소가 사라진 채 급격하게 어두워진 표정으로 부채처럼 펼쳐져 있는 돈을 들고 있는 보미의 손이 파르르 떨린다. 작은 일에도 쉽게 동조하고 휩쓸리는 그들이 몸서리가 쳐질 정도로 싫었지만, 정말 참을 수 없는 건 그 무리에 본인이 속해 있다는 사실이 가장 치가 떨릴 정도로 싫었다. 하지만 무리의 눈밖에 나는 것이 더 두려운 보미는 거울 앞에 선 자신의 모습에 눈살이 찌푸려진다. 자신의 피부색보다 한 톤 더 밝은 비비크림이 발린 얼굴에 그들과 같은 어설픈 화장. 곧 터질 것 같은 작은 교복에 자신의 진심을 숨기고, 속옷이 보일 듯 말 듯 한 치마를 한껏 잡아내린다. 복잡한 심경에 자연스레 뒷덜미 쪽의 머리카락을 뽑는 보미의 손가락이 분주하다. 정신없이 움직이던 손이 멈추고, 서둘러 주변을 살펴 아무도 없음을 확인한 후 바닥으로 떨어진 머리카락을 외면한 채 거울 속 자신의 머리를 고쳐 묶었다. 가까스로 마음을 진정한 보미는 소묘실에 들어서 그림을 손봐주고 있는 소화의 뒤쪽에 키득키득 웃고 있는 무리 사이로 자연스레 자리를 잡고 앉았다.

"야야, 보미야. 너 아까 트리콘지 뭔지 뭔 마니아 말했잖아."

보미에게 말을 거는 지혜의 눈이 초롱초롱 빛났다. 그녀의 질문에 휴대전화에서 눈을 떼지 못하는 선미도, 키득키득 웃고 있는 무리도 귀를 쫑긋 세웠다.

"응. 그게 왜?"

"그게 정확하게 뭐야? 검색해도 안 나와."

"아… 그게….''

선뜻 대답하지 못하고 보미는 머뭇거렸다. 언젠가 자신도 트리코틸로마니아라는 것을 들키면 또 다른 무리를 만들어 뒤에서 수군대고 키득대겠지 싶은 생각이 들었다. 그들은 정작 그것이 무엇인지 정확하게 알지도 못하면서. 그렇게 생각하니 보미는 더욱더 입이 떨어지지 않았다. 그러자 지혜는 보미의 어깨를 흔들며 대답을 재촉했다.

"어… 그게… 머리카락을 뽑는 일종의….''

설명하려는 보미의 불안한 시선이 소화와 마주쳤다.

"거기, 집중 안 해?"

날카로운 소화의 목소리에 설명은 중단되고, 아이들은 구시렁거리면서도 다시 캔버스를 붙잡고 연필을 움직이기 시작했다. 그러는 와중에도 소화의 부스스한 머리 사이로 드문드문 보이는 두피에 보미의 시선이 한참 동안 머문다. 괜히 두피가 따끔해진 보미가 손바닥으로 자신의 뒷덜미를 감싼다.

제법 쌀쌀해진 날씨 탓인지, 스멀스멀 올라오는 감기 기운에 늦장을 부리던 소화는 어기적어기적 무거운 몸을 이끌고 거울 앞에 섰다. 자잘한 무늬가 들어간 시폰 셔츠를 입고 검은색 정장 바지의 버클을 채우는 소화의 손놀림이 바쁘다. 강박에 가까울 정도로 조화로움과 대칭구조에 집착하는 소화가 거울 속 자신의 모습을 요리조리 살피더니, 액세서리함을 열어 검은색 큐빅이 박혀 있는 별 모양의 귀걸이를 찾았다. 오른쪽 귀에 걸어보고는 만족스러운 끄덕임과 함께 왼쪽 귀걸이를 잡다가 그만 귀걸이를 손에서 놓쳐 버렸고, 서랍의 깊숙한 틈 사이로 데굴데굴 굴러가는 귀걸이의 행방을 쫓으며 바닥에 엎드렸다. 하지만 정작 귀걸이는 찾지도 못하고 어지럽게 떨어져 있는 머리카락들이 유난히 눈에 띄기 시작했다. 거울 앞에서 화장대로, 화장대에서 화장실로, 거실로, 침대로. 작은 원룸에 오밀조밀하게 소화의 동선을 따라 떨어져 있는 머리카락들을 청테이프를 둘둘 말아 정신없이 방을 기어 다니며 수거했다. 이렇게 많은 머리카락들이 빠져나갔는데도 머리숱이 남아 있다는 게 믿을 수 없을 지경이었다. 다시 거울 앞에 서서 귀밑에서 찰랑이는 머리의 가르마를 기준으로 조금씩 걷어내며 살피기 시작했고, 거울 속에 보이는 생소한 구멍들에 비명에 가까운 소리를 지를 뻔했다. 한 개도 아니고 머리카락이 빠져 생긴 구멍들이 드문드문 지우개로 지운 것처럼 하얀 속살을 드러내고 있었다. 구멍들을 보자 소화는 숨을 힐떡일 정도로 충격을 받았다. 그대로 주저앉은 소화의 머릿속은 구멍난 두피처럼 새하얗게 지워져 아무런 사고도 할 수 없었다. 실눈을 뜨고 몇 번을 더 확인해 봤지만 여전히 자리를 지키고 있는 구멍에 떨어뜨린 귀걸이도 잊고, 한쪽에만 귀걸이를 한 채로 현관문을 열었다.

일단 서둘러 나왔지만 도무지 어떤 병원을 가야 하는지 몰라서 소화는 한참 동안 거리를 헤매고 있었다. 여전히 뇌리에 박혀 있는 정신질환이라는 단어가 신경정신과를 떠올리게 했지만 번뜩 '탈모전문의원'이라는 간판이 눈에 띄었다.

간호사의 안내로 들어간 진료실에는 조금은 예민해 보이는 인상의 중년 여자가 앉아 있었다.

얇은 렌즈의 안경테를 콧등으로 올리며 소화를 올려다보는 여자는 소화가 앉아 있는 의자를 돌리며 말했다.

"다발성 원형탈모 진행 중이네요."

심각한 소화의 미간이 찌그러졌다.

"요즘은 여성분들 사이에도 흔히 나타나곤 해요. 치료 가능하니 너무 걱정하지 마세요."

의사의 말투는 한결 부드러워졌고, 그녀의 말에 소화의 마음도 한결 나아지는 듯싶었다.

"근데, 단모가 보이네요?"

조금 전과는 다르게 소화쪽으로 바짝 다가온 의사는 큼지막한 손거울로 소화의 옆머리 쪽이 보이도록 각도를 조절했다. 걷히는 머리카락 속으로 여전히 익숙지 않은 구멍들이 보이자 소화는 외면했고,

잠깐의 심호흡 후 다시 고개를 돌려 거울 속의 구멍 주변으로 반삭을 한 듯한 짧은 머리카락들을 유심히 살펴보았다.

"이건 흔치 않은 경운데… 혹시, 모발을 고의적으로 뽑거나 그러시나요?"

소화의 머리를 자세히 살피는 의사의 말꼬리가 질질 늘어졌다.

"저도 모르게 머리카락을 뽑는 경우가 있어요."

눈을 똑바로 쳐다보지 못하고 방황하는 소화의 눈길이 의사 가운 사이로 삐져나온 실가닥에 머물렀다.

"언제부터 모발을 뽑기 시작했나요? 왜 뽑기 시작했는지 기억나요?"

의사의 말에 소화는 한참을 거슬러 기억하고 싶지 않은 학창 시절을 떠올렸다. 항상 말이 없고, 미련할 정도로 자신을 억제해 오던 그때의 어린 자신. 다시 돌아가고 싶지 않은 그 한가운데 머리카락을 뽑고 있는 거울 속 자신, 그리고 반대쪽 손을 잡고 있는 소화만큼 어린 형우의 모습이 보인다. 여느 때처럼 거울 앞에 서서 눈에 거슬리게 삐져나온 머리카락을 뽑으려는 소화의 손을 붙잡는 형우의 손. 그 손을 매정하게 뿌리쳐 보지만, 더 세게 힘을 주는 형우의 손바닥 안에서 소화의 힘이 풀린다. 하지만 그 시작이 언제였는지, 또 무엇 때문이었는지는 아무리 애써도 찾아지지 않았다. 도저히 기억이 나지 않는 소화는 흐느끼기 시작했다.

"잘 모르겠어요."

울음을 그치지 못하고 간신히 입을 열어 대답하는 소화의 목소리가 심하게 떨리고 있었다. 놀란 간호사들이 진료실로 들어와 소화를 둘러싼다. 울상인 얼굴을 보이기 싫은 소화가 손으로 얼굴을 가려 무릎께로 가져가자 자연스럽게 뒤꿈치가 올라갔다. 의사는 간호사들에게 나가도록 손짓한 뒤 조용히 소화가 진정되기를 기다렸다.

귀마개를 하고 있는 듯한 고요한 침묵 속에 소화는 붉어진 얼굴을 들어 올렸다. 안경을 벗고 기도를 하는 듯한 자세로 눈을 감고 있는 의사가 눈에 들어온다. 가는 입매에 살이 없는 얼굴은 광대를 더 부각되어 보이게 했다. 천천히 눈꺼풀을 올리던 의사는 실눈을 가느다랗게 떠 소화의 모습을 한참 응시하다 책상 위를 더듬어 안경을 찾았다.

"모발 외에 다른 부위의 모(毛)를 뽑기도 하나요?"

의사의 질문에 소매를 끌어 눈가에 남아 있는 눈물을 쓱 닦아내고 무작위로 떠오르는 기억을 정리한다. 소화는 가끔 욕실에서 한동안 나오지 못할 때가 있었다. 검붉은 색으로 변한 발등으로 핏줄이 올라올 때까지 정신없이 머리카락을 뽑다 두피의 통증이 심해지면 잠깐 행동을 멈추고 통증이 가라앉기를 기다리다 변기 위에 앉는다. 그새를 못참고 더 자극적인 감각을 찾아 눈앞에 보이는 털뭉치에 멈춘 손은 새로운 자극에 반응하고 문 밖으로 들리는 노크소리에 정신을 차리면 바닥에 수북이 쌓인 머리카락과 은밀한 그곳의 통증에 화들짝 놀라 서둘러 욕실을 빠져나온다. 그리고 그 뒤를 이어 들어간 형우의 '욕실에서 누구랑 싸웠냐?'라는 물음에 밀려오는 수치심과 서운함은 노골적으로 대답을 하지 않거나 그날 잠자리를 거부하는 것으로 풀곤 했다.

누구에게도 말해본 적 없고, 가능하면 끝까지 숨기고 싶었던 기억에 소화의 눈이 질끈 감긴다.

"음모를 뽑기도 해요."

여전히 불안정하지만 많이 차분해진 목소리로 대답하는 소화는 더는 흐느끼지 않았다.

"트리코틸로마니아인 것 같네요. 모발뿐만 아니라 눈썹, 음모 등 몸에 있는 털들을 무의식적으로 뽑으며 그 자극으로 심리적 쾌감이나 안정을 얻는 증상을 말해요."

요 며칠 동안 소화를 괴롭혔던 단어가 의사의 입을 통해 나오자 요동치던 마음이 오히려 고요해진다.

"솔직히 말씀드릴게요. 트리코틸로마니아는 발병 원인도 불분명하고, 약물이나 의학적 도움만으로는 완치를 기대하기 어려워요. 사실상 불가능하다는 게 더 정확한 표현이겠네요. 상태의 호전을 위해 권해드릴 수 있는 건 심리치료를 병행하는 거에요."

연필꽂이에서 빨간색 볼펜을 집어든 의사는 메모지를 꺼내 신경

정신과 의원의 상호와 전화번호를 건넸다. 애써 차분한 모습으로 병원을 나섰지만 불안한 마음이 다시 스멀스멀 올라오기 시작했다. 소화는 메모지를 한참 들여다보다 휴대전화를 꺼내 들고 습관처럼 형우에게 전화를 걸었다. 지금 당장 형우의 목소리가 듣고 싶었다. 그어떤 말이라도, 형우의 목소리를 들으면 모든 게 안심될 것만 같았다. 하지만 끈질기게 귀를 괴롭히는 신호음은 끝끝내 형우와 연결되지 않았다.

'원생들이 날 만나려 하는 건 지루하기 때문일 거야'라고 형우는 자체적으로 결론을 내린다. 원하든 원치 않든 대부분의 학생들이 학원에 오는 이유는 입시 때문이다. 비슷비슷한 목적으로 매일 같은 그림을 정해진 방식으로만 그리다 보면 반드시 권태가 오기 마련이고, 어떻게든 거기에서 오는 스트레스를 풀어 줘야만 권태를 극복할 수 있는 것이다. 그 스트레스를 날려 버릴 만한 표적이 자신이 된 것이다.

"쌤, 무슨 생각해요?"

체크무늬 셔츠를 허리에 두른 보미는 형우의 손을 잡아 흔들었다. 그리고 가볍게 고개를 젓는 형우를 이끌고 아이스크림 가게로 들어간다. 유리로 된 케이스 안에 먹음직스럽게 보이는 아이스크림이 진열되어 있다.

"양쌤이라면 무슨 맛 아이스크림을 먹었을까?"

검지를 입가에 빙글빙글 돌리고 있는 보미의 입에서 소화를 가르키는 말이 나오자 형우는 자신의 귀를 의심했다.

"소화 말하는 거야?"

"네."라고 대답하는 보미의 양 눈썹 안쪽이 한껏 올라간다.

"글쎄, 그건 왜 궁금해 하는 건데?"

형우는 보미와 거리를 두며 물었다. 어깨를 살짝 들었다 올리는 보미는 형우가 멀어진 만큼 다시 거리를 좁혀 온다.

"지피지기 백전백승. 적을 알고 나를 알면 백 번 싸워도 백 번 이김. 기본적인 거잖아요."

보미는 일부러 도발적인 말투로 형우의 신경을 건드리고 입꼬리를 올려 웃어 보인다. 형우는 잠시 분노하는 듯했지만 짐작하지 못할 만큼 빠르게 평온한 얼굴로 돌아온다. 가벼운 데이트를 할 때마다 그 원생들이 학원으로 친구들을 데려오고, 또 등록으로 이어지며 원생이 늘어나자 미묘하게 대우가 달라진 원장의 태도가 생각났다. 그렇지만 이내 미간이 좁혀진다.

"적당히 해야지?"

타이르듯 머리를 쓰다듬는 형우의 얼굴에 보미는 순간 기운이 빠졌다. 무슨 생각을 하고 있는지 전혀 감을 잡을 수 없는 표정으로 웃고 있는 저 얼굴. 어떤 장난도 다 받아줄 것 같은 저 얼굴로 학원 여자애들을 만나면서 말도 안 되는 희망을 심어줬겠지. 조금은 화를 내어 주었더라면 자신까지 오지도 않았을 이 재미없는 놀이. 보미는 머리를 살짝 흔들어 형우의 손을 떨어뜨렸다.

벌써 며칠째 소화와 연락이 안 되고 있다는 사실에 형우는 수업 준비를 하다 말고 의자에 앉아 오른쪽 다리를 덜덜덜 떨었다. 며칠 전 보미와 데이트 중 놓쳤던 부재중 전화를 받지 못한 것이 이내 마음에 걸렸다. 답답한 마음에 절로 나오는 한숨을 내쉬며 애꿎은 휴대전화를 만지작거렸다.

"차쌤, 양쌤은 어떻데?"

철 지난 파마로 머리를 말고 있는 원장은 얇은 무테안경을 콧등으로 찡긋이며 형우에게 다가왔다. 어리둥절한 표정으로 떨던 다리를 멈추자, 원장은 양쪽 손을 어깨 위로 들고 과장스러운 표정을 지으며 형우의 어깨를 툭툭 쳤다.

"뭐야. 모르는 거야? 차쌤, 양쌤이랑 요즘 사이 안 좋아?"

뒤집어질 듯이 크게 뜬 눈으로 뜸을 들이던 원장은 반응 없는 형우에게 민망했던지 헛기침을 하며 다시 말을 이어 갔다.

"진짜 모르나 봐. 뭐야, 헤어진 거야? 양쌤 병가 냈는데?"

원장의 인심 쓰듯 풀어놓는 귀띔에 형우의 낯빛이 점점 어두워지다 이내 서글서글하게 웃어 보인다.

"아뇨, 알고 있어요. 오늘 가 보려고요."

우르르 몰려오는 원생들의 소리에 작은 소음이 일었고, 하나 둘 이젤을 펴 자리를 만들기 시작하자 원장은 수고하라는 말을 남기며 교실을 빠져나갔다.

형우는 눈앞을 떠다니는 먼지에 손을 휘휘 내저었다. 소란은 금세 잦아들고, 연필 소리만이 조용한 공기 중을 슥슥 가른다. 좋아하는 연필 소리에 어수선한 마음을 가라앉히려 집중해 보지만 도저히 침착할 수 없는 마음이 부들부들 떨렸다. 형우는 항상 소화와의 연애에서 손해보고 있다는 느낌을 지울 수 없었다. 물론 손익을 따지는 것 자체부터 잘못되었다는 것을 알고 있다. 그렇지만 언제나 한 발 다가가면 딱 다가갔던 그만큼 물러서 일정한 거리를 유지하는 소화를 발견할 때마다, 또 그 모습에 어쩔 줄 몰라 안절부절못하는 자신의 모습을 발견할 때마다 찝찝한 감정을 숨길 수 없었다. 자존심이 강한 소화는 자신의 방식이 부정당하면 조용히 다른 의견들을 묵살하곤 했다. 차라리 불같이 화라도 낸다면 설득이라도 해 보련만 감정을 전혀 드러내지 않는 소화에게 불만 섞인 서운함이 남아 있었다.

멈추지 않는 연필 소리 틈으로 부담스러운 시선이 느껴진 형우가 고개를 들었고, 뒤쪽에 앉아 있는 보미가 곤란한 표정으로 도움을 요청했다. 형우가 다가가자 자연스럽게 자신의 자리를 내어주고 플라스틱 의자를 끌고 와 옆으로 앉았다. 잠시 동안 그림을 보던 형우는 보미의 연필을 쥐고 어색한 부분들을 고쳐 나갔다.

"쌤, 아그리파 표정에 관한 이야기 아세요?"

보미는 속삭이듯 말했지만, 조용한 교실에는 전부 퍼졌으리라.

"글쎄."

형우는 스케치북에 눈을 고정한 채 손으로는 아그리파의 머리 쪽에 명암을 주며 대답했다.

"근엄해 보이지만 사실은 부인의 외도 장면을 목격한 후 탄식하는 표정이래요."

여기저기서 키득거리며 웃음이 터져 나왔고, 형우도 그림에서 눈을 떼지 않은 채 생각 없이 피식 웃음을 터트렸다. 그러자 이번엔 형우의 귀 언저리까지 다가오는 보미의 진한 베이비파우더 향이 느껴졌다.

"쌤 표정도 궁금하다."

자신만 들을 수 있는 목소리로 속삭이는 보미에게 형우는 아무런 대답도 하지 않았다. 그렇지 않아도 복잡한 마음에 돌덩이가 하나 더 얹히듯 목덜미가 뻐근해지며 급격히 피로해졌다. 불쾌했지만 뒤에서 자신의 행동을 보고 있을 학생들을 생각하며 불쾌함을 숨긴다. 그러곤 말없이 오른손으론 연필을, 왼손으론 지우개를 문지르며 바람난 부인을 본 후의 표정이라던 아그리파를 지그시 올려다봤다.

학원에 병가를 낸 후 규칙적이지 못한 생활을 하던 소화는 일어날 때마다 통통 부어 있는 얼굴을 확인했다. 으슬으슬 떨리는 몸을 감싸며 방을 둘러보던 소화는 밤새 열어 놓은 창문을 확인하고는 서둘러 닫았다. 하지만 벌써 하룻밤 새 방 안을 떠돌던 한기가 감기몸살을 데려오려는지 양손으로 자신의 팔뚝을 세차게 문지르며 옷장을 뒤지기 시작했다. 구석에 구겨져 있던 남색과 하늘색 선이 교차된 무늬의 수면바지와 검은색 물방울무늬 수면양말을 꺼내 들었을 때, 현관에서 도어록을 해제하는 소리가 들려왔다. 그리고 낯선 곳을 방문하듯 머리부터 슬그머니 들이미는 형우의 모습이 보였다.

"무슨 일이야?"

너무도 태연한 소화의 물음에 형우는 방금 전까지 현관 앞에서 머뭇거렸던 자신의 모습이 허탈한 마음에 현관에 우두커니 서서 움직일 수 없었다.

"뭐해? 들어와."

잔뜩 부어 있는 얼굴로 빨대로 쪼옥 쪼옥 소리를 내며 빨고 있는 소화는 자신이 먹고 있는 것과 똑같은 팩 음료를 들고 현관 앞까지 와 내밀었다.

"이게 뭔데?"

말문이 막혀 있던 형우가 음료는 받지도 않고 어이없이 묻자, 소화는 팔이 아팠는지 형우 발 앞에 음료를 놓고 다시 거실로 가 앉으며 하품하는 입을 크게 벌리고 한 박자 늦게 손으로 가리며 대답했다.

"검은콩 두유. 탈모에 좋대서."

하고 싶은 말이 엄청 많았다고 생각했던 형우는 실소가 터졌다. 수면바지를 입고 바닥에 뒹굴거리며 테이프를 바닥에 떼었다 붙였다 하는 소화를 보는 형우의 머릿속이 새하얘졌다. 준비했던 말이 뒤에서부터 한 글자씩 지워져 미완성된 문장이 허공으로 퍼지는 기분이었다.

"나, 가볼게."

그대로 돌아서는 형우에게 테이프를 손에 든 소화가 동작을 멈추고 어리둥절한 표정을 지었다.

"벌써? 왜 왔는데?"

'걱정돼서'라는 말을 목구멍에서 삼키는 형우가 의미를 알 수 없는 웃음을 지었다. 돌아서는 뒤통수에 대고 소화는 소리쳤다.

"어디 가는데?"

"아, 보미."

형우는 등을 보인 채 대답한 후 바로 현관문을 닫았다. 그 모습을 보던 소화는 설렁설렁 일어나 형우가 손도 대지 않은 검은콩 두유를 집어 들기 위해 현관 앞에 쭈그리고 앉았다.

형우가 종종 학원 여자애들을 만나 데이트 비슷한 것을 팬 서비스처럼 해주는 걸 진작부터 알고 있었다. 형우는 언제나 자신이 만나고 있는 사람을 보고했다. 말을 해 달라고 한 적도 없는데 아주 예전부터 습관처럼. '그런 것까지?'라는 생각이 들었다. 굳이 보고를 해야 하나 싶은, 알고 싶지 않은 문제까지 친절하게 알려주는 형우 때문에 소화는 더욱더 무신경한 사람이 되기 위해 시간을 소비한다. 얼마 전 찾아갔던 신경정신과에서 발모벽의 원인이 우울증, 히스테리, 과도한 스트레스이고 심리적 안정이 필요하다는 의사의 소견도 한몫했을 것이다.

현관 밖 복도에서부터 탁탁탁 계단을 오르는 익숙한 발소리가 들리고 다시 도어록이 해제된다. 문이 열리고, 현관 앞에 쭈그리고 앉아 있는 소화의 온몸에 차가운 바람이 휘감기며, 형우의 얼굴이 보였다.

"출근. 언제부터 다시 해?"

"아, 다음 주부터."

대답을 들은 형우가 손으로 문을 세게 밀자 빠르게 "쾅" 하는 소리를 내며 도어록 잠금 소리가 울린다.

창문에 비친 제법 높아진 하늘에 계절을 실감하는 소화는 옷장에서 얇은 회색 캐시미어 스카프를 찾아냈다. 오랜만의 출근길엔 빵집이 새로 생겨 있었다. 문을 열자마자 풍겨오는 빵 굽는 냄새에 기분이 좋아진 소화는 초코시럽이 올려진 롤케이크를 하나 집어 들었다.

학원 입구에서 만난 원장은 계절감이 맞지 않는 소화의 스카프를 지적하면서도 시선은 케이크에 꽂혀 있었다. 소화는 달랑달랑 봉지를 들어 보인다.

코를 훌쩍이며 뜨거운 물을 부어 허브차를 준비하는 동안 원장은 CD를 골랐다. 곧이어 조용하고 웅장하게 쇼팽의 녹턴 2번 곡이 울려 퍼지고 원장과 마주 앉은 소화가 초코시럽이 많은 부분을 떠 입 안으로 집어넣고 눈을 감고 오물거리며 삼킨다. 이어서 마시기 좋게 식은 허브티를 입에 가져다 댔다.

"양쌤, 뭐하는 거야?"

놀란 원장의 목소리에 정신을 차려보니 아끼는 베이지색 면 치마에 허브티가 쏟아지고 있었다. 어쩐지 입으로 들어오지 않고 있다는 생각을 하던 참이긴 했다. 원장은 양복주머니에 꽂혀 있던 손수건을 급히 꺼내 소화에게 건넸다. 뒤늦게 손수건으로 문질러 보지만 이미 얼룩덜룩해진 치마에 자국이 남았다. 대걸레를 가져온 소화는 바닥에 떨어진 티백까지 모두 수습하며 속상하다는 듯 입꼬리를 내리고 머리를 만지작거렸다.

"그러고 보니 양쌤, 머리 그렇게 긴 거 처음 보는 것 같다."

소화는 자신이 트리코틸로마니아라는 것을 알고 난 다음부터는 일절 머리에 손을 대지 않도록 노력했다. 워낙에 머리가 자라는 속도가 빠르기도 하고, 항상 짧은 머리였기도 해서 상대적으로 길어 보이나 싫었지만 어느새 머리카락은 어깨선을 넘어 있었다. 실로 오랜만에 보는 장발에 낯선 기분이 들어 머리카락에 손을 대고 붕붕 띄워 보기도 했다.

"요새 머리카락이 자꾸 빠져서요."

소화는 손으로 머리를 감싸며 울상을 지었다.

"그래도 양쌤은 머리숱이 많아서 티도 안 나잖아~. 나처럼 나이 먹어 봐. 가리지도 못해."

손사래를 치며 자신의 머리를 만지는 원장의 생각지도 못한 머리숱 공격에 소화는 웃음이 터져 나왔다.

"무슨 얘기 중이야?"

기분이 좋은지 활짝 웃으며 나타난 형우에 어쩐지 당황한 소화는 머리를 정리하며 자연스럽게 이야기가 끊기고 세 사람이 있는 휴게실의 공기가 어색해졌다. 원장은 두 사람 사이의 미묘한 공기를 읽었는지 딴청을 하며 자리를 피했다. 소화와 둘만 남겨진 형우는 어색한 분위기를 풀어보고자 일전에 들었던 병명을 말하며 어설프게 아는 척을 했다.

"그런데 그 트리코 뭐? 그 어쩌고 하는 마니아 말이야, 증후군도 아니고 마니아라니, 웃기지 않아? 꼭 무슨 수집가를 두고 하는 말 같잖아."

킥킥대며 웃는 형우는 반응 없는 소화에게 그렇지 않아? 라며 어깨를 흔들었다. 장난스러운 형우의 말에 소화는 목에서부터 화끈 열이 달아올라 매고 있던 스카프를 돌려 뺐다. 사실 처음 병명을 정확하게 검색했을 때 소화도 마음속으로 형우와 같은 생각을 했었다. 증후군도 아니고 마니아라니. 머리카락 뽑는 것을 장난처럼 들리게 만든 것 같아서 기분이 썩 좋지는 않았던 걸 알고 있는 건지, 비꼬는 듯한 형우의 말투에 비위상한 것 같은데, 딱히 비위상했다고 말하기엔 자존심이 상하는 기분. 해맑게 웃고 있는 형우를 뒤로하고 수업 준비를 하며 연필을 깎다 얼룩진 베이지색 치마를 안쓰럽다는 듯 쓸었다. 그러자 얼룩진 자국 위에 흑연 가루까지 묻어나 더는 손볼 수 없는 상황에 이르렀다. 아무래도 마음에 걸린 소화는 일어나 화장실로 향했다.

그사이 수채화 수업이 시작되고, 여기저기 물감이 묻은 비닐 앞치마를 매고 있는 보미에게 또래 무리가 다가왔다. 보미는 긴장한듯 부자연스러운 동작으로 앞치마 끈을 다시 풀었다 매길 반복했다.

"어때? 어때? 될 것 같아?"

팔레트를 들고 속삭이는 선미 뒤로 서 있는 여자애 중에는 처음 보는 친구도 여럿 섞여 있었다.

"응응."

고개를 여러 번 끄덕이며 짧게 얼버무리며 보미는 무리를 피해 자기 자리로 돌아가 앉았다.

"오, 역시 보미는 달라!"

뒤에서 과장된 몸짓을 보내며 치켜세우듯 말했지만 사실 조롱 섞인 놀림이라는 걸 안다. 흘깃흘깃 고개를 돌리며 자기들끼리 숨죽여 웃는 모습에 보미는 자꾸만 머리카락 쪽으로 가는 손이 신경 쓰여 물을 버리는 척 슬그머니 빠져나왔다.

소화는 수도꼭지를 돌려 물을 묻힌 후 비누를 문질러 거품을 만들었다. 영 시원치 않은 비누칠에 아예 치마에 가져다 대려 고개를 숙이자 다리 사이로 검은색 단화가 성큼성큼 들어왔다.

"안녕하세요, 쌤."

고개를 들자 오염된 물이 가득 찬 물통을 들고 있는 보미가 보인다. 그 물이 갑자기 자신에게 슬로비디오처럼 던져지는 행동으로 연상되는 소화는 움찔 한 발짝 뒤로 물러선다. 한쪽 입꼬리를 샐룩이는 보미는 자연스럽게 소화가 내준 자리로 옮겼고, 물을 버리며 거울을 통해 소화를 본다.

"쌤. 저 형우쌤이랑 만나고 있어요."

의기양양한 보미의 모습에 소화는 당황했지만 오히려 당돌한 모습이 귀엽게 느껴지기도 해 차분하게 웃어 보였고, 그 모습에 자존심이 상한 보미는 도끼눈을 뜨고 거울 속 소화를 힘껏 째려봤다.

"알고 있어, 그 정도는."

소화는 침착하게 대답하고 계속해서 느껴지는 시선에 대답하듯 잠시 눈을 마주치고 거울에서 시선을 거둔 후 치마의 물기를 짜냈다.

소화는 보미의 모습에 언뜻언뜻 자신의 어릴 적 모습을 떠올린다. 처음 학원에 왔을 때부터. 요즘 유행하는 스타일대로 교복을 줄여 입고 있지만, 그렇기 때문에 더욱 눈에 띄지 않는 부류. 주변 친구들과는 원만하게 잘 지내고 있는 것 같지만, 자신의 세계가 더 강한. 그 세계를 잃지 않기 위해 대세를 잘 파악해서 따르고 있는 척, 반항하고 있는, 굳이 다른 점이 있다면 선해 보이는 처진 눈. 보미는 길게 늘어뜨린 생머리를 단정하게 귀 뒤로 넘기고 시선을 거뒀다.

"어느 정도인지는 모르잖아요?"

허를 찌르는 질문에 소화는 절로 고개를 끄덕일 뻔했다. 형우가 원생을 만나 준다는 것은 알고 있지만, 만나서 무엇을 하는지까지는 들은 적이 없었고, 궁금하지 않았기에 물은 적도 없었다. '그런데 왜?'라는 의문이 들기 시작했다. 지금 나는 왜 이 선해 보이는 얼굴로 독기를 품고 있는 꼬맹이랑 물감 비린내 나는 화장실에서 싸울 기세로 있어야 하는가.

"알고 있을 정도는 아니잖아."

소화는 보미를 뒤로하고 여유롭게 화장실을 빠져나와 물통을 들고 모여 있는 원생들을 지나쳐 갔다.

"양쌤한테 완전 발렸네~."

엿듣고 있던 무리는 보미가 나오자 기다리고 있었다는 듯 비아냥

거리기 시작했다.

"내일까지인 거 알지?"

당황한 보미 앞에서 그게 무슨 말이냐고 묻는 새로운 원생들에게 지혜는 신난 목소리로 자기들끼리 하고 있는 '소소한 내기'의 기한이 내일까지라고 설명했다.

"자긴 다른 척하더니, 결국 똑같네."

물통을 든 채 팔짱을 끼고 있는 선미는 자신이 실패하고 기회가 보미에게 넘어갔을 때 유치하다며 투덜댔던 보미의 모습이 생각나 낮게 읊조렸다. 시끄러운 공기를 가로지르는 선미의 말은 고스란히 보미의 귀에 꽂히고, 가까스로 붙잡고 있던 자존심이 와르르 무너져 내린다. 얼굴이 화끈거릴 정도로 빨개진 보미의 무리를 향한 분노는 극에 달하기 시작했고, 보란 듯 과장된 걸음으로 소화가 수업을 진행하고 있는 소묘실을 향해 돌진했다.

소묘실 입구에서부터 사각사각 연필 소리가 들린다. 고요하고 차분한 소리에 자신보다 한참 어린 꼬맹이의 도발 정도는 용서할 수 있을 만한 관대함이 생긴다. 형우만큼 소화도 연필 소리를 참 좋아했다. 그렇기 때문에 소화는 형우를 선택한 것이다. 누구보다 오랫동안 그림을 그리며 살아갈 것 같았으니까. 누구보다 형우를 믿고 있는 소화였다. 그 누구보다, 머리카락을 뽑고 돌아온 소화의 머리를 쓰다듬어 주던, 그림을 그리고 있는 그의 손을 믿었다.

오랜만에 만난 소화와 유쾌하지 못한 이야기들을 나눈 게 마음에 걸리는 형우는 계속해서 흘깃흘깃 소화를 쳐다본다. 구석에 서서 원생들의 그림을 봐 주는 척하며 허공을 응시하고 있는 소화의 눈동자엔 아무런 의지가 없어 보였다. 형우는 이참에 기분이라도 좀 풀어줄 겸 소화 쪽으로 방향을 틀었고, 성큼성큼 발소리를 내며 들어오는 보미가 형우를 앞질렀다.

"알고 있어야죠. 누구보다."

순식간의 일이었다.

보미의 쭉 뻗은 손은 후드득 소리를 내며 소화의 머리카락을 뭉텅이로 뽑아냈다. 자신의 머리가 뜯겨져 나가는 소리를 들은 소화는 질끈 눈을 감았고, 한 움큼 손에 들린 소화의 머리카락을 본 보미는 놀라 소리를 질렀다.

"쌤이 잘못한 거예요."

부들부들 떨고 있는 보미의 눈이 빨갛게 충혈됐고 금세 그 선해 보이는 눈에서 눈물이 뚝뚝 떨어졌다. 분에 못 이기듯 머리카락 뭉치를 바닥에 내던지고는 밖으로 뛰쳐나가는 모습을 모든 원생과, 선생들이 보고 있었다.

"가 봐."

소화는 꾹꾹 눌러 담은 목소리로 형우에게 말했다. 발가벗겨진 기분이었다. 이런 흉측한 꼴을 보이느니, 차라리 보미를 쫓아가는 형우를 보는 게 더 낫다고 생각했다. 누구도 아닌 형우에게 머리카락이 뜯겨 나가는 모습을 보이다니 참을 수가 없었다. 형우는 머뭇거리더니 이내 보미를 쫓아 나갔고, 소화는 그대로 바닥에 주저앉아 모든 사람이 지켜보는 가운데 떨어진 자신의 머리카락을 쓸어 모았다.

헐레벌떡 쫓아 나간 형우는 육교 위를 걷고 있는 보미를 발견하고 숨을 고르며 계단을 오르기 시작했다. 한 계단 한 계단 오를 때마다 해는 저물어 간다. 계단을 전부 올라왔을 땐 보미가 기다리고 있었다는 듯 육교에 서 있었고, 곧 비가 올 것같이 습한 기운의 옅은 안개가 깔리기 시작해 보미의 표정이 잘 보이지 않았다.

"선생님들 이상해요."

뻐끔거리는 보미의 입 모양에 형우는 다시 걷기 시작했고, 다가오지 말라는 듯 손바닥을 펴 내밀었다.

"그게 어른들의 사랑이라고 자위하면서 학생들 놀리니까 재밌으신가 봐요."

보미의 손짓에 형우는 목소리가 겨우 들리는 일정 거리에서 귀를 쫑긋 세우고 더는 다가가지 않았다.

"학원에서 여자애들끼리 내기하는 거 알아요? 선생님 꼬셔서 소화 선생님이랑 헤어지게 하면 지금까지 모은 돈 주기로요. 저번에 선미였죠? 이번에 저 끝나면 다음은 지혜예요. 유치해서 못 봐 주겠죠? 그런데 그거 아세요? 선생님들이 더 유치해요. 진짜 역겨울 정도로요."

울분을 토하는 보미는 절규하듯 소리를 질렀다. 육교 밑에서 상향등을 켠 차들이 빠른 속도로 지나가고, 보미의 주머니에선 현재 상황을 알고 싶어 하는 여자아이들의 문자 소리가 끊임없이 울려 퍼진다. 보미는 진저리가 난다는 듯 전원을 끄고 뒤돌아 걷기 시작했고 반대편 육교의 마지막 계단을 밟을 때까지 형우는 꼼짝 않고 옅은 안갯속에 서 있었다.

이미 방전된 상태로 집에 돌아온 소화는 축 처진 어깨로 도어록의 잠금 소리가 들리자마자 최면에 걸린 것처럼 온몸에 힘이 빠져나가 기절하듯 잠이 들었다.

소화는 거울 앞 자신과 마주 앉아 있다. 인상을 쓰고 있는 소화가 억지로 인상을 펴려 하자 이도 저도 아닌 애매한 표정이 된다. 아련한 멜로디의 벨 소리가 들린다. 벨 소리가 스스로 끊길 때까지 소화는 거울 속 어린 소화의 모습을 방관한다. 다시 장면이 바뀌고 거울 속 보미가 거울 밖 소화를 응시한다. 등을 보인 채 방향을 틀지 않는 노란 머리의 남자가 형우와 똑 닮아 있다. 아니 형우라는 것을 이미 직감적으로 눈치채고 있다. 보미가 달리고, 형우가 뒤따른다. 그제야 소화가 형우를 붙잡기 위해 거울 속으로 들어가 달리기 시작하고, 어느새 자취를 감춘 그들을 놓친 소화는 거울 속에 갇혀 있다. 거울 밖 소화가 안쓰러운 얼굴로 거울 속 소화를 방관한다. 거울 밖의 소화가 손을 들어 머리에 가져갈 때마다 한 움큼씩 숭덩숭덩 머리카락이 빠져나간다. 거울 속 소화가 어쩔 줄 몰라 발을 동동 구르지만 거울 밖으로 손을 뻗을 수는 없다. 거울 밖 소화의 손길이 빨라지고, 그만큼 머리카락이 빠져나가는 속도도 빨라진다. 군데군데 몇 가닥의 머리카락들이 초라하게 매달려 있는 모습에 놀란 거울 속 소화는 대머리가 된 거울 밖 소화를 보고 자신의 머리를 확인하고 싶은지 허둥지둥 거울을 찾는다. 거울 밖 소화가 가까이 얼굴을 가져다 대고, 거울 속 소화를 응시한다. 그제야 거울 속 소화는 거울 밖 소화의 눈동자에 비친 자신을 확인하고 소스라치게 놀라며 소름이 돋은 채로 잠에서 깨어났다.

어둠이 가라앉은 방안으로 창을 통해 희미하게 빛이 들어오고 있다. 바짝 마른 입술을 매만지며 아직도 선명한 꿈속 자신의 모습에 두 손을 들어 머리를 감싼다. 아직 남아있는 머리카락을 쥐고도 불안해 형광등 스위치를 찾아 일어나 조심스럽게 거울 앞에 서 고개를 푹 숙이고 제대로 쳐다보지조차 못한 채 심호흡을 크게 한다. 서서히 고개를 들어 실눈을 뜨고 거울을 응시한 후에야 비로소 안도의 한숨을 내쉰 소화는 가슴을 쓸어내린다.

"띠리릭" 때마침 도어록을 해제하는 소리와 함께 베이지색 벙거지 모자를 쓴 형우가 들어온다.

"늦었네?"

"응."

내심 반가운 마음에 소화는 현관에 서 있는 형우를 안으로 끌었다.

"보미는?"

"응."

형우는 '응'이라는 말 외에는 전부 잊어버린 사람처럼 기계같이 대답했다.

"무슨 일 있었니?"

소화는 형우의 벙거지 모자를 벗겨 얼굴을 자세히 살폈다.

"아니."

'응' 대신에 나온 '아니'라니. 답답한 마음에 더 따져 묻고 싶었지만, 형우와 싸우고 싶지 않은 마음이 소화를 멈추게 한다.

"자고 갈 거지?"

소화는 형우의 대답을 듣지도 않고 침실로 자리를 옮겼다. 얼마 지나지 않아 느껴지는 형우의 체온에 방금 전의 섭섭함은 등 뒤로 사르르 녹아내린다. 형우와 더 가까이 닿을 수 있도록 자세를 바꿔 안기고 형우는 소화를 더욱 세게 끌어안는다. 형우와 이렇게 함께 누웠던 것이 언제였던가 하는 아득한 기분이 들어 형우의 가슴팍을 파고든다. 서로의 체온을 느끼던 두 사람은 누가 먼저랄 것도 없이 서로를 탐하기 시작했고, 옷가지가 하나하나 벗겨진다. 형우는 늘 그렇듯 소화의 머리에 부드럽게 입을 맞추기 시작했고, 형우의 입술이 소화의 뽑혀 나간 머리 구멍으로 들어온 순간 온몸에 수백만 개의 바늘이 한 번에 찔리는 듯한 소름을 느낀 소화가 형우를 밀쳤다.

"뭐하는 거야?"

침대 끝자락에 떨어질락 말락 매달려 있는 형우의 눈동자로 희미한 불빛이 반사된다.

"뭐하는 거냐니?"

몸에 이불을 둘둘 만 소화는 형우에게서 완전히 떨어졌다. 형우는 어둠 속에 갇혀 있는 소화의 표정이 보이지 않아 답답한 마음에 가까이 다가갔다.

"내 머리, 만지지 마."

헝클어진 머리를 매만지는 소화의 호흡이 불안정하게 들쑥날쑥거렸다. 형우는 순간 아차 싶은 마음이 들었고, 동시에 회의감이 느껴졌다. 날이 선 소화를 피해 멀찍이 떨어져 덩그러니 침대에 걸터앉았다.

"낮에는 꼬맹이랑 놀고, 밤에는 나랑 노니까 상황 판단이 안 돼?"

소화는 분이 풀리지 않는지 계속해서 몰아붙였고, 형우는 깊은 한숨을 내쉬었다.

"나 이렇게 만든 건 너잖아."

체념한 듯한 말투. 원망은 섞이지 않았지만 실망한 기색이 역력했다. 형우는 허공을 향해 고개를 들었다. 희미하게 비치는 불빛. 희미해지는 관계의 사명감. 불빛만큼이나 희미한 소화를 향한 의식. 재깍재깍 벽에 걸린 시계가 자정을 향해 달려가고 있다.

매섭게 노려보는 소화의 시선을 있는 그대로 느낀다. 형우는 뒤를 돌아 소화의 상태를 확인하고 다시 고개를 돌린다. 재깍재깍 의미 없는 시간이 자꾸만 흘러간다. 형우는 오늘이 다신 없을 기회일지도 모른다는 생각을 한다.

'목적 없는 릴레이의 끝은 소화 너였구나' 싶은 생각이 형우를 더욱 확고하게 만든다. 결심한 듯 일어난 뒷모습이 어쩐지 홀가분하다. 주섬주섬 옷을 입고 있는 형우의 오른쪽 귀에 작은 귀걸이가 반짝인다.

"난 널 정말 오랫동안 알아 왔지만, 아직도 널 모르겠어. 그만하자."

형우는 절제된 문장 속의 진심을 소화가 제대로 이해해 주기를 바랐다. 지금까지 그래 왔듯이, 그리고 자신이 소화에게 해 주었듯. 언제나 말을 아끼고, 힌트를 주듯 알쏭달쏭한 말만 내뱉었던 너의 말을 내가 해석해 왔듯, 이번엔 소화가 자신의 말을 알아들어 주길. 언제나 종착역이라 생각했던 너라는 역은 환상이었다고, 다시 너에게 돌아가는 일은 없을 것이라고.

"쾅" 하는 소리와 함께 문이 닫히고 도어록의 잠금 음이 울린다.

창밖으로 어딘지 모르게 비장함마저 느껴지는 단호한 남자의 뒷모습이 보인다. 조금씩 비를 뿌리며 몰려오는 검은 조각구름에 조용히 커튼을 닫은 소화는 실오라기 하나 걸치지 않은 채 털썩 주저앉아 형우가 떠난 자리를 물끄러미 바라본다. 형우의 노란색 머리카락과 소화의 검은색 머리카락이 어지럽게 흩뿌려져 있다. 색이 다른 두 가닥의 머리카락을 잡아 배배 꼰다. 미세한 진동을 만들며 손을 빠져나가는 머리카락에 방황하던 손이 머리를 감싼다. 구멍 주변으로 까끌거리는 감촉을 느끼며 힘을 주지 않아도 손가락 사이로 저항 없이 빠져나오는 머리카락을 감싸 쥔 소화는 허탈함에 어깨 힘이 빠진다.

'괜찮지 않아? 이 정도는.'

일말의 망설임도 없이 빠른 속도로 머리카락을 뽑아낸다. 저릿한 통증이 왼팔을 마비시킬 때까지도 정신없이 움직이는 손은 멈추지 않는다. 이미 수북이 쌓인 머리카락은 형우의 흔적을 모두 덮고도 덤불처럼 쌓여 있다.

손끝으로 선명하게 느껴지는 머리카락이 뽑히는 감각. 영역을 넓히며 열꽃을 피우는 두피의 열감. 차츰차츰 고요해지는 마음속 술렁임. 피가 돌지 않아 곧 떨어져 나갈 것 같은 팔을 떨구자 찌릿찌릿한 느낌이 천천히 팔뚝을 훑고 지나간다. 밀어내도 밀리지 않았던 유일한 사람. 형우는 반드시 돌아올 것이다. 하지만 돌아오지 않는다면? 끊임없이 충돌하는 마음속 술렁임의 파도가 높게 치솟아 방파제를 집어삼킨다.

폭주하는 불안감은 기어이 반대 팔을 들어올리게 만들고, 소화의 손이 머리 속을 헤집어 놓을 때마다 뽑히는 머리카락의 양은 점점 많아진다. 거세진 손가락 끝이 눌어붙은 딱지를 긁어 뜯어내고, 진득한 피가 배어 나온다. 빨갛게 적셔진 손끝과 축축해진 머리카락. 그래도 멈춰지지 않는 손끝은 계속해서 머리카락을 뽑아내고, 온 바닥은 힘 없이 축 처진 머리카락으로 까맣게 뒤덮인다.

클로르프로마진

이곳의 시간은 흐르지 않는 듯했지만 흘러갔고,

계속해서 흐르는 것 같았지만,

전혀 흐르지 않았다.

나의 하루는 갑자기 떨어졌다.

은행잎이 우수수 떨어지듯, 나의 하루도 우수수 한 번에 나에게 떨어졌다. 한 번쯤 과거로 돌아가 나에게 따끔한 충고를 해 준다든지, 미래로 건너가 어떤 삶을 살고 있는지 상상해 보라는 텔레비전 프로그램을 보기는 했었지만, 나에게 떨어진 하루는 그런 종류의 것은 아니었다. 단지 짐작할 수 없는 엄청난 양의 시간이었다. 누구에게나 하루는 24시간으로 정해져 있고, 하루에 하나씩만 주어지는 것이 원칙이건만, 상공을 떠다니던 구름이 하필이면 내 머리 위에 수증기를 만나 몸집을 불려서 너무하다시피 나만 따라다니며 비를 쏟아붓는 끝나지 않는 하루. 나의 하루는 그렇게 시작되었다.

출근시간은 항상 새벽인지 저녁인지 구분이 가지 않는 어스름한 어둠 속이었다. 2교대로 출근시간은 일주일마다 바뀌었고, 큰 도로로 나가 기다리고 있으면, 갈색 중형 출퇴근버스가 와서 나를 태우고 갔다. 내가 승차하는 곳에선 항상 나 혼자만 그 차량을 탔는데, 운전기사가 나를 어떻게 알아보고 태우고 가는지 늘 궁금했었다. 엉뚱한 사람이 차량을 타고, 엉뚱한 곳에 도착해 어리둥절해 하면 어쩌지 라는 생각을 하게 하는 신속함이었다. 첫 출근을 하는 날에도 운전기사는 아무렇지도 않게 그 자리에 차를 세웠고, 나를 태우고, 출발했다. 도착한 곳은 아이스크림을 만드는 공장이었는데 이곳은 위생, 청결에 매우 엄격했다. 도착하자마자 출근카드를 찍고 지정된 건물에서 지정된 작업복으로 재빠르게 갈아입고, 위생모와 위생마스크를 착용한 후 본격적으로 아이스크림이 제조되는 공장으로 들어갈 수 있었다. 하지만 여기서도 끝은 아니었다. 큰 뜀걸음으로 닿을만한 거리를 앞에 두고 굳이 구분해 놓아 신발을 벗어 들고 짧은 거리의 턱을 넘어 다시 신발을 신는 일을 반복하는 것이 너무 비효율적이라는 생각을 했지만, 뭐 별 수 있나. 그런 다음 손을 깨끗이 씻고, 센 바람으로 먼지를 털어내면 비로소 진짜 공장 안으로 들어가게 되는 것이다.

아이스크림 공장이라 하면 알록달록한 색상으로 시각과 동심을 자극하는 무언가가 있을 것 같지만, 문이 열리자마자 고막을 찢는 듯한 기계음이 황량하게 들려온다. 바로 옆 사람에게 뭐라도 물어볼라치면 세상이 떠나가라 소리를 질러야만 닿을 수 있는 가깝고도 먼 감각. 나는 항상 같은 아이스크림을 만들기 때문에 제법 익숙한 걸음으로 담당 기계 앞에 도착해 초점 없는 눈빛으로 기계보다 더 기계 같은 손을 놀리며 일하고 있는 근무자와 교대를 한다. 물론 나라고 다를 것은 없다. 아직 포장지를 입지 않은 아이스크림이 하나의 트레이당 한 개씩 수줍게 다가오는 것을 지켜보다가, 규칙을 어기고 두 개씩 담겨 오는 것은 하나씩 정리하고, 막대의 방향을 바꿔 실려 오면 막대를 올바른 방향으로 바꿔 준다. 혹은 아무것도 담겨 있지 않은 빈 트레이에 아이스크림을 채우는 일을 반복적으로 하다 보면 자연히 눈빛은 초점을 잃게 마련이다. 그렇다고 정신을 집중하지 않는 것은 아니다. 만에 하나 정신을 놓고 있다가 규칙을 어긴 아이스크림을 놓쳐, 그대로 다음 제조 단계로 넘어가게 되면 1mm의 오차도 허용하지 않는 기계는 아이스크림을 밀어내며 포장하기를 거부한다. 그럼 잠깐 동안 기계 작동을 중단하고 밀려난 아이스크림을 모두 손으로 꺼내, 파란색 통으로 집어넣으며 총괄 관리자의 분노에 찬 욕지거리를 들어야 한다. 혼나는 동안에도 아이스크림은 녹고 있기 때문에 재빠르게 사고 현장을 수습하고, 꺼진 기계를 다시 작동하면 거친 소리와 함께 호통은 잦아든다. 이런 상황을 몸소 겪고 싶지 않다면, 정신이 나갈 것 같더라도, 희미하게나마 꽉 움켜잡고 있어야 하는 것이다. 기계보다 더 기계 같이 행동하지 않으면 어떻게 알아차리고 섬세하고 까탈스러운 기계는 금세 탈이 난다. 세상은 4차 산업혁명이 뭐다 뭐다 부지런히 인간의 노동력을 간소화할 채비를 하지만, 이곳은 산업혁명은 건너뛰고 인간의 기계화를 이뤄낸 산실인 것이다.

한 종류의 아이스크림당 총 3~4명과 +1명의 인원이 제조 단계별로 앉아 있는데, 단순한 일이다 보니 지루하지 말라고 1시간에 한 번 자리를 옮겨 작업을 진행했다. 3~4명의 인원이 제조 단계별로 필요한 사람이고, +1명은 그 아이스크림 기계의 관리인이자 자리 교체 시간을 알리는 담당이었다. 공장에는 시계가 없었다. 내가 앉아 있는 작은 의자에서 사방을 둘러보아도 시간을 알 수 있는 방법은 없었기에 결국 관리자가 나의 어깨를 툭툭 치면, 한 시간이 지났겠거니 생각하며 조용히 일어나 다음 단계로 넘어가 교대하고, 또 주어진 일을 했다. 한정된 공간에서 제한된 시간 동안 끊임없는 동작의 반복. 나는 다음날부터 손목시계를 하나 챙겨 출근을 했다. 이것이 지루함을 조금이나마 달래줄 것이라는 생각은 나의 큰 착각이었다. 근무 도중 손목시계를 연신 확인해 보지만 전혀 움직임 없는 시곗바늘만 마주할 뿐이었다. 시계를 걸어두지 않은 건 작은 배려였을까?

이곳의 시간은 흐르지 않는 듯했지만 흘러갔고, 계속해서 흐르는 것 같았지만 전혀 흐르지 않았다.

나는 손목에 차여 있는 시계를 개인 사물함 깊숙이 넣었다. 시간 감각 없이 어마어마하게 지루한 시간을 견디는 방법은 결국 시간을 확인하지 않는 것이었다.

길고도 지루한 시간을 견뎌 낸 퇴근길은 직사광선이 내리쬐는, 오전에서 오후로 넘어가는 경계의 어디쯤이었다. 내가 사는 동네는 작았다. 번화가보단 주택가의 비율이 현저히 높은 동네로 아마 조금 전까지만 해도 출근하는 직장인과 등교하는 학생들로 바글거렸을 거리는 텅 비어 있었다. 모두가 빠져나간 거리를 걸으려니 왠지 어색한 기분이 들었다. 방금 전까지도 나는 열심히 일을 하고 돌아온 것이 분명한데, 무료한 시간을 때우기 위해 별 생각 없이 재생한 유튜브 채널을 보느라 어이없이 하루를 통째로 날리고 터덜터덜 슬리퍼를 끌고 나선 거리에 이른 시간부터 나와 일을 하고 계시는 환경미화원을 만난 기분이었다. 쓸쓸하고, 씁쓸했다.

한국인은 밥심이라 그랬던가, 현관문을 열면 언제나 엄마는 밥을 먹었는지 물었다. 밥 생각이 없어 돌아서 걷는 나의 등 뒤로 '엄만, 혼자서 밥 먹는 거 싫어'라는 목소리가 들려왔다. 아무 감정이 실려 있지 않은 매우 담담하고 안정된 목소리였지만, 그 말은 나의 등 깊숙이 꽂혀 심장을 관통하는 듯했다. 돌아보지 않아도 울상을 짓고 있는 표정이 보였다. 사실 그 순간 엄마가 어떤 표정을 짓고 있었는지 짐작조차 할 수 없었다. 단지 뒤를 돌아 엄마의 얼굴을 마주하면 금방이라도 내가 울어버릴 것 같은 심정이 되었을 뿐.

언젠가부터 나는 엄마의 얼굴을 똑바로 바라보는 것조차 힘이 들 정도로 죄책감 비슷한, 울컥하는 심정이 자주, 그리고 빠르게 올라왔다. 엄마는 모든 물건의 가격을 세세하게 기억했다. 자신이 입고 있는 티셔츠의 가격이 얼마인지, 나에게 사주었던 신발을 얼마에 구입했는지, 가족에게 먹이고 있는 음식의 재료값이 얼마이며, 같은 음식을 식당에서 먹었을 경우 얼마 정도의 가격이 들어가는지까지도. 단순히 오래된 습관 같은 것이었지만 엄마가 내 앞에서 세세하게 가격을 읊을 때마다 한 번씩.

나는 엄마의 얼마짜리 자식일까?

궁금했다.

막상 대답을 들을 자신이 없어 질문하는 건 그만두기로 했다.
문고리를 돌려 잠겨 있는 문을 확인하고, 빛이 들어오지 못하도록 커튼을 치고 가만히 서 있었다. 짧았던 침묵을 깨는 진동소리. 반딧

불이 같이 빛을 내다 사그라지고, 내다 사그라지는 액정. 그러다 사그라들지 않고 끊임없이 울려대는 휴대전화는 인터넷 커뮤니티에서 알게 된 익명의 친구들 3명과 이야기하는 대화방 알림이었다. 다양한 주제로 자주 이야기를 나눴고, 요즘 유행하는 맛집이나, 장소 등의 정보가 오갈 때면 대화방을 처음 만들었던 친구가 적극적으로 사적인 만남을 제안하기도 했다. 그럴 때마다 나는 그들을 실제로 만날 수 있을 거란 기대심이 생겼지만, 번번이 무산되기 일쑤였다.

대화방 안에서는 스위스의 안락사 기구 '디그니타스(Dignitas)'에 안락사를 신청한 한국인이 지금까지 18명으로 밝혀졌고, 이는 아시아에서 가장 높은 수치라는 내용을 다룬 기사로 대화를 나누고 있었다.

한국은 안락사를 허용하지 않아?

나의 물음에 이야기를 꺼냈던 친구는 자신이 읽고 있는 인터넷 기사의 전문을 보내 왔다. 읽어 보니 한국은 안락사를 허용하지 않는 국가로, 경우에 따라 법적으로 존엄사를 인정하고 있다라는 문장에 눈이 멈췄다. 안락사와 존엄사의 차이를 이해할 수 없었다. 나는 대화방을 잠시 벗어나 인터넷 창을 열었다. 안락사도 종류가 있다는 사실은 그때 처음으로 알았다. 독극물을 주입해 신청자의 사망을 유도하는 적극적 안락사와 치료가 무의미하다 판단해 연명치료를 중단하는 소극적 안락사, 후자에 해당하는 것을 존엄사라고도 한다는 내용을 읽으며 죽는 것도 마음대로 할 수 없구나 하는 생각을 했다. 언제든 내가 놓으면, 얼마든지 놓아질 것 같았던 삶의 무게가 한층 무겁게 느껴져 얹힌 듯 마음이 답답해졌다.

네덜란드에서는 전 국민의 4%가 안락사로 생명을 마감한대. 우리도 네덜란드나 갈까?라는 장난 섞인 말이 이어 올라왔고, 화답하듯 자음 '키읔'으로 온 대화창이 도배되고 있었다. 나는 자판 키읔 위에 손가락을 올려둔 채 망설였다. 그냥 선뜻 그들과 함께 키읔을 연달아 나열하기엔 지금 느끼는 복잡 미묘한 심정이 쉬이 허락하지 않았다.

전 세계에서 외국인의 안락사를 허용하는 나라는 스위스뿐이라는 친구의 말에 계속되던 키읔의 행진은 멈췄다.

죽음을 선택한다는 건 있을 수 없어.

화면일 뿐이지만 친구의 말엔 단호함이 묻어 나왔다. 모든 존재에는 이유가 있어. 나는 그렇게 생각해. 각자에겐 주어진 역할과 명이라는 게 분명히 있는데 너희들은 그 의무를 너무 가볍게 생각하는 것 같아. 대화방엔 잠깐의 침묵이 흘렀다. 네가 말하는 의무라는게 뭔데? 연신 키읔만 내뱉던 친구는 처음으로 완전한 문장을 만들었다.

뭔지도 모르는 의무감만으론 삶을 짊어질 수 없는 사람들도 있어.

하지만 한국에서는 안락사를 불법으로 분류해. 그 말은 윤리에 어긋난다는 거잖아. 디그니타스 역시 어떠한 의학적 도움도 받을 수 없는 말기 환자의 죽음의 자기결정권을 돕기 위한 인도적 차원의 봉사라는 말을 덧붙였다.

죽음의 자기결정권이라는 건, 말 그대로 내가 결정하는 것. 아니야?

꼭 말기 환자가 아니라도 말이야. 삶의 주체는 나이므로 결정권도 나에게 있다. 질환이 아니더라도 나이가 들어 몸이 쇠약해지고, 심적으로도 고독해지면 나는 좀 살아간다는 생각을 하기가 힘들 것 같은데. 그게 아니더라도…. 솔직히 말하면 난 지금도 삶이 너무 무료해. 이렇게 살 바엔 그냥 죽어버리는 게 낫지 않을까 생각도 들고. 근데 너희랑 이야기하다 보니 죽을 권리를 보장해 준다면 스위스로 가는 것도 나쁘지 않다고 생각했어. 담담하게 이야기했지만, 감정을 드러내기까지 얼마나 용기를 쥐어짰을까 생각이 들어 뭔지 모를 연민이 느껴졌다. 그러나 나만 그렇게 생각을 했었는지 돌아오는 대답은 냉정했다.

단순히 죽고 싶다는 생각만으로 삶을 저버리는 것은 아무 의미도 없어.

죽음이 모든 걸 해결해 주진 않아. 마지막 말에는 동의하지만, 결정권이 나에게 있다는 말도 맞다고 생각했다. 단지 왜 그것이 맞냐고 따져 묻는다면 바로 대답할 순 없겠지만. 대화를 지켜보기만 하던 나는 의문이 들었다. 그렇다면 애초에 탄생의 선택권은 누구에게 있는 걸까? 가만 생각해 보니 자신의 탄생에 콕 집어 자신의 선택권만 없는 것은 불공평하다고 생각했다.

죽음만이라도 선택권이 있었으면 해. 탄생에는 선택권이 없잖아.

단순히 보상적 차원으로 이야기하는 것은 아니지만, 개인의 동의도 없이 일단 태어났으니, 정해진 수순으로 살라는 것은 너무 강압적인 요구 같았다. 원초적으로 인간이 태아를 생산하는 게 종족번식의 본능이라면, 인간의 탄생을 개인의 관점으로 해석하면 완전한 비인도적 처사가 아닐까. 모든 인간은 국가가 성인으로 인정하는 일정 나이가 되면 '나'라는 인간을 책임질 모든 권리는 '나'에게 온다. 성인이 되기까진 부모가 '나'를 부양했지만, 일정 나이가 지나면 살아 숨 쉬고 있는 '나'라는 인간을 부양할 의무가 생기는 것이다. 이 모든 것을 감내하고 살아가는 인간에게 왜 우리는 윤리적인 무엇을 내세워 원치 않는 삶을 강요하느냐는 말이다. 생명존중, 인간의 존엄한 가치를 침해한다는 이유 또는 종교적인 이유로 무조건 죽음을 반대하는 것보다는 개인에게 선택권을 주는 것이 좀 더 인간을 존중하는 행위가 아닐까?

인간은 기본적으로 삶을 유지하려는 본능을 가지고 있어.

영원히 생명을 유지하려는 것은 인간의 오랜 소망이라고. 또한 생명 연장을 위해 오랫동안 많은 비용을 들여 꾸준히 연구를 하고 있기도 하고, 그러한 노력으로 인간의 기대수명이 올라갈 수 있었던 것도 사실이잖아. 심지어 한국인의 기대수명은 남녀 모두 세계 1위라고. 모르긴 몰라도 한국인이 삶의 의지가 가장 강하다는 사실을 입증하는 결과 아니겠어? 한 친구는 반박했다. 일리 있는 말이라고 생각했다. 적어도 삶을 지속하길 원하는 사람에게는 말이다. 하지만 모든 상황은 동전의 양면성과 같이 지속적으로 삶을 유지하려는 본능이 있다면, 자기파괴적인 본능을 가진 사람도 존재한다는 것이다. 실제로 해마다 늘어나는 청년 자살과 노인 자살은 어떻게 설명할 것인지가 매우 궁금하다. 한국인의 기대수명이 세계 1위라는 것과 동시에 OECD 국가 중 한국이 무려 16년째 자살률 1위로 '자살공화국'으로 불리는 사실은 얼마나 모순적인가.

순간의 잘못된 판단으로 허무하게 목숨을 잃는다면?

존재는 나약해. 죽음의 선택권을 개인에게 부여한다면 말이야. 자아가 미처 형성되기도 전에 너에게는 삶과 죽음이라는 선택지가 있다는 걸 미리 알려준다면, 너무 쉽게 죽음을 선택하게 될 수도 있지 않을까? 누구에게나 한 번씩 그런 위기는 오잖아. 삶을 포기하고 싶은 그런 위기. 친구는 잠깐 모두의 동의를 구하듯 텀을 뒀다.

자살을 '생각'하는 사람은 내면에 살고 싶은 마음이 강하게 깔려 있기 때문이라고 생각해. 지푸라기라도 잡고 싶을 사람에게 죽음의 선택권부터 내미는 건 너무 섣부른 것 같아. 또 고의로 이뤄지는 타살도 개인의 선택이라는 이름으로 발생할 수 있어. 부작용의 위험이 너무 크다고. 망자는 말이 없어. 이미 벌어진 사태에 책임을 묻고 벌을 준다 해도 상황은 돌릴 수 없어.

100만 원짜리 자살 세트가 있다는 거 알아?

생각보다 죽음의 선택지는 쉽게 노출되어 있지. 장의사였던 그 사람은 돈을 목적으로 '고통 없이 죽는 법, 100% 확실한 자살'이라는 문구로 광고를 내고, 벼랑 끝에 몰린 사람들을 모집하기 시작해, 그러고 그들에게서 목숨을 담보로 받은 돈으로 자살 펜션을 구한 후 자살 기구를 만들어 그들을 '도왔다'는 표현을 해. 정신적으로 취약해진 사람을 상대로 반인륜적인 장사를 한 것도 모자라 여성들만 골라 뻔뻔하게 성추행까지 했다던데. 그 세트 파는 사람이 본인을 '저승사자'라고 부른다더라. 지금도 인터넷에서 어렵지 않게 찾을 수 있을걸? 이런 걸 선택권이라고 할 순 없잖아. 이거야말로 죽음을 선택한 사람의 악순환 아닐까? 지금 이 순간에도 자살의 문턱을 서성이고 있는 사람은 존재할 테니까. 자칭 저승사자라는 사람은 구속되었지만, 여전히 유사한 방법으로 유사한 세트가 판매되고 있다 해도 놀라울 건 없지.

나는 다시 인터넷 창을 열어 '자살 세트'를 검색했다. 친구의 말대로 자살을 생각하고 있는 사람들은 넘쳐 나고, 그들 사이에서 여전히 저승사자를 찾으며 세트를 구하고 있는 모습이 심심치 않게 보이자 머릿속이 복잡해졌다. 나도 설명할 수 없는 인생의 허무에 갇혀 모든 걸 내려놓고 싶은 마음이 비일비재하지만, 이렇게나 죽음을 원하는 사람이 많았나. 그런데도 아무런 대책 없이 그들을 방치하는 것인가? 정리하니 선택권을 주는 것은 자살 세트 같은 부작용을 해결할 수 있는 방법과 아주 밀접한 연결고리가 있다는 확신이 들었다.

무조건적인 응원은 절대 아니야. 권리를 줌으로써 선택의 폭을 넓혀 보자는 거지.

그래도 아직은 자살을 실행하기 전에 누군가를 찾잖아. 그걸 이용하는 거야. 물론 지금도 '자살예방센터'가 운영되고 있지만, 실제로 자살하기 전 찾는 게 예방센터가 아닌 속칭 저승사자라면, 그들을 위한 기관을 만들고 자의로 죽음을 선택하려는 사람들에게 선택권을 주는 거지. 다양한 사람들이 다양한 이유로 자살이라는 극단적인 선택을 해. 하지만 죽음을 선택하는 진짜 이유는 본인 외에는 아무도 모르지. 죽음을 선택하는 사람들의 진짜 목적이 전부 죽음은 아닐 테니까. 무조건 자살을 막으려는 것보다는 실질적으로 도움이 되는 선택이 무엇인지를 가릴 수 있도록 도와주면 좋겠어. 가장 건강한 선택, 최선의 선택을 할 수 있도록 말이야. 불특정 다수를 위한 자살예방 교육도 중요하지만, 특정 다수를 위한 심층적인 상담도 필요하지 않을까? 정말 생명존중을 이유로 안락사를 반대하고, 사회적인 이유로 종족을 번식하길 원한다면 말이야. 나는 살짝 벅차올랐다. 그저 앉아서 자판을 두드렸을 뿐이지만 이미 기관이 생기기라도 한 것처럼, 벌써 누군가의 의미 없는 자살을 구하기라도 한 것처럼.

에이, 몰라. 우리가 이렇게 떠든다고 해도 해결되는 건 아무것도 없어.

네덜란드에 함께 가자던 친구는 해탈한 듯한 표정을 짓고 있는 티베트 여우 사진을 함께 보냈다. 삽시간에 분위기는 바뀌고 맞아, 우리 같은 흙수저는 헬조선 탈출이 답이지 하는 자조 섞인 대답과 스냅샷들이 앞다투어 올라오기 시작하자 나는 맥이 빠졌다. 힘들여 불어 놓은 풍선이 힘 없이 푸르르 떨며 공기를 뱉어 내듯 지난 대화는 빠르게 화면에서 밀려 나갔다.

언젠가부터 모든 대화는 허무하게 끝내는 것이 유행인 양 번지고 있었다. 한참 대화를 나누다 '결국 우린 안 될 거야…'라는 결론으로 모든 대화는 종결된다. 그 누구도 딴지를 걸거나 의문을 품지 않으니 어떻게 보면 군더더기 하나 없이 깔끔한 마무리다. 그렇지만 마음 어딘가 찜찜하게 남아 있는 응어리가 멍울처럼 맺힌다. 단체로 최면이라도 걸린 듯 '청년층'으로 불리는 내 또래들의 의식을 지배하고 있는 뿌리 깊은 패배주의. 이것이 지금 우리가 마주하고 있는 현실이었다.

너 같은 애들 때문에 발전이 없는 거야.

평소 같으면 함께 동조하고 끝날 대화였지만, 나는 기어코 한마디 더 붙이고 말았다. 화가 치밀어 올랐다. 왜, 였을까? 하고 싶은 이야기가 보따리장수를 해도 될 만큼 쌓여 있는데 하지 못해서? 너무 맞는 말이라 사실을 인정하기 싫어서? 아니다. 앞서 이야기한 이유들이 복합적으로 섞여 있겠지만 이 순간 내가 가장 화가 난 것은 패배주의에 길들여져서 무능함을 합리화하며 논쟁을 묵살하고 알게 모르게 금기시하는 태도에 환멸감을 느꼈다.

말이 너무 심한 거 아니야?

심장이 조금 벌렁대긴 했지만, 싸움으로 이어질 결과가 불 보듯 뻔해 피해 왔던 말을 질러 버리니 속이 후련했다. 휴대전화의 알림은 따지듯 계속해서 울렸지만 이내 잠잠해졌다. 나도 별다른 변명은 하고 싶지 않았기에 그냥 내버려 두기로 했다.

여전히 황량한 소음으로 가득 찬 공장에서 관리자가 어깨를 툭툭 쳤다. 교대시간인 줄 알고 자리에서 일어나니 세상이 떠나가라 다른 기계에 일손이 부족해 도와주고 오라는 지시를 내렸다. 나는 고개를 끄덕이고 내려와 나란히 서 있는 기계들 사이를 걸었다. 부분적으로는 항상 눈을 부릅뜨고 지켜보며 정신을 갉아먹기 최적화된 장소라 생각했지만, 이렇게 전체적인 기계의 흐름을 보고 있자니 뭐랄까. 아름다웠다.

일사불란하게 움직이는 기계들, 그 안에서 탄생하는 형형색색의 아이스크림들, 기계에 맞춰 움직이는 사람들, 흡사 행위예술을 보고 있는 중이라고 해도 모자람이 없었다. 그곳에 내가 없다는 사실 하나만으로 이리도 아름다워지다니, 관여하지 않으니 이렇게나 평화롭고 순조롭구나…. 부끄러웠다.

패배주의가 어쩌니 저쩌니 떠들어 대던 자신이 한없이 부끄러워졌다. 백날 열심히 떠들어 봤자 어차피 우리가 해결할 수 있는 문제는 아무것도 없어. 같은 자포자기의 심정이었을 그 친구의 마음도 이해할 수 없는 건 아니었다. 나는 길을 틀어 화장실로 들어가 휴대전화를 만지작거렸다. 쉬운 길을 택한다 한들 비난받아 마땅한 건 아닌 것을 너무 예민하게 반응해 버린 지난 시간의 경솔함이 나를 꾸짖었다.

나는 화장실 변기 위에 앉아 자판을 두드려 머릿속에 떠도는 말들을 정리했다. 썼던 내용을 몇 번이나 확인하고 수정해 보지만, 노력에 비해 그리 많은 내용을 적은 것도 아니었다. 단지 미안한 마음을 길게 늘어놓은 것뿐. 전송 버튼만 누르면 되는데 그것도 쉽지 않다. 다시 휴대전화를 뒤져 그 친구가 좋아할 법한 강아지 사진을 골라 머뭇거렸다. 혹시라도 경솔함이 또 다른 경솔함으로 비치진 않을까 두려웠다. 그렇다고 한없이 고민할 만큼 여유로운 상황도 아니었기에 전송 버튼을 누르고 빠른 걸음으로 일손이 부족하다는 기계 쪽으로 넘어왔다.

그곳은 공장 사람들이 이른바 '헬 게이트(Hell Gate)'라 부르는 콘 아이스크림을 만드는 곳이었다. 여러 가지 종류의 콘들이 포장지를 입고 무작위로 컨베이어 벨트를 타고 내려오면 종류별로 분류해서 개수를 맞춰 다시 컨베이어 벨트에 흘려보내는 작업을 했고, 그렇게 흘려보내진 콘들은 벨트 끝에서 기다리고 있는 사람들이 차곡차곡 박스에 넣어 내보내는 일을 했다. 철저하게 역할을 분담하는 방식이었고, 어려울 것도 없는 일이었다. 보기에는.

막상 시작하고 나니 개수를 맞춰 보내기는커녕 쏟아져 나오는 아이스크림을 종류별로 분류하는 것조차도 쉽지 않았다. 한다고 하는데도 마음만 급하고 몸은 따라주지 않으니, 아이스크림을 분류한 후 개수 맞추는 작업을 하다 컨베이어 벨트 끝에서 박스 작업을 하고 있는 사람을 만나기 직전까지 갔다가, 정신 차리고 돌아오면 다시 새로운 아이스크림산이 쌓이는 악순환의 무한 반복이었다. 그래서 생긴 요령이 자리는 최대한 움직이지 않고, 미처 개수를 맞추지 못한 아이스크림은 그냥 보내는 것이었다. 일단 종류만 나눠서 보내면 박스 작업하는 사람이 해주는 뒤처리의 수고가 조금이라도 덜기 때문에, 초집중 상태로 분류작업에 임했고 어느새 놓치는 것 없이 개수를 맞춰 주는 여유로움까지 생기게 되었다. 여유로움이 생기게 되니 자연스럽게 언뜻언뜻 느껴지는 주머니의 진동에 마음이 들썩였다. 아마 휴대전화의 알림일 것이고, 그것은 내가 보내 놓은 문자의 답이라고 생각하니 빨리 확인하고 싶은 마음이었지만 쌓이는 아이스크림은 조금의 시간도 허용하지 않았다.

기계를 벗어나자마자 나는 가장 먼저 휴대전화를 꺼내 들었다. 어색해진 분위기를 풀려면 어떤 이야기로 물꼬를 트는 게 좋을까 고민도 잠깐 했었던 것 같다. 하지만 언뜻언뜻 느껴지던 진동은 할인행사를 알리는 아웃렛 문자와 대출을 권하는 금융권의 문자였다. 대화방에 들어가 내가 보낸 문자를 다시 읽어 보았다. 상대방이 확인했음을 알려주는 표시는 확인할 수 있었지만 더는 대답이 없었다. 실망은 했지만 서운하진 않았다.

사실 이런 일이 처음은 아니었다. 나의 길지 않은 역사의 절반이라는 시간을 넘게 알아온 친구였다. 하지만 알아온 세월과 친밀도가 비례하는 건 아니었나 보다. 만날 때마다 항상 반대되는 의견이나 취향으로 줄곧 대립이 되는 사이였고, '너랑 나는 진짜 안 맞아'를 입에 달고 살면서도 끈질기게 관계를 유지해 오다 인내심이 바닥날 때쯤 심하게 한소리 한 후로는 연락이나 만남이 더는 없었다. 그냥 그게 끝이었다. 내가 뭐라고 했었더라? '너는 너무 배려가 없어' 같은 말을 했었던가? 그 친구와 연락이 끊기고 나서도 몇 번이고 그 친구와 싸웠던 내용의 대화를 읽어 내려갔었다. 지금은 기억이 나지 않을 만큼 오래전 일이지만, 당시에는 내용을 외울 정도로 정독했던 것 같다. 읽고 또 읽고 이게 인연을 끊을 만한 대화였는지 분석하고 또 분석했다. 결론은? 글쎄. 그렇게까지 할 필요가 있었던가? 그냥 '친구'라는 이름으로 얼마든지 받아 줄 수 있는 정도의 치기 아니었나? 이 정도는 누구나 싸우지 않나? 싶은 평범한 대화였다.

아무런 알림을 주지 않는 휴대전화를 보며 곰곰이 생각해 봤다. 모든 건 나의 오해이고 착각이었다. 단지 서로가 서로를 생각하는 정도의 차이로 이 모든 상황을 설명할 수 있었다. 나는 단지 '내가' 스스럼없이 대화할 수 있다고 '착각'했던 사람을 잃었다. 그리고 나는 최대한 빠르게 인정했다. 모두 착각이었다 인정하니 허무할 정도로 모든 상황이 빠르게 납득됐다. 그러자 나는, 버림받은 기분이었다.

화면으로 귀여움을 내뿜고 있는 강아지 사진에, 이거라도 보내지 말걸 헛웃음이 났다. 나는 지금까지 '친구'라는 단어에 어떤 허황된 기대를 품고 있었는가. 초라하고 협소한 나의 마음이 사정없이 흔들린다.

방문 두드리는 소리에 나가니 엄마는 근심 그득한 얼굴로 서 있었다. 나의 방을 살펴보던 엄마의 지금 하고 있는 일은 어떠냐는 물음에 어깨가 움츠러든다. 어떤 말을 해야 할지 몰라 묵묵부답으로 서 있었다. 낳아주고, 길러주고, 뼈 빠지게 일해 대학까지 보내 놨는데, 결국 하는 일이 이거야? 언제까지 이럴 거야. 널 보면 숨이 막혀 라는 말에 나의 숨이 가빠진다.

잠을 설치느라 눈을 뜨자마자 늦잠 잤다는 걸 직감했다. 이미 출근차량은 떠났을 테니 서둘러 지하철로 향했다. 배차간격이 긴 노선이라 마음이 초조했다. 그에 반해 느릿느릿 다가오는 열차는 한산했다. 짧은 거리지만 남아도는 좌석을 하나 차지하고 앉자 여전히 어스름한 공기가 흘러가는 창밖이 눈에 띄었다. 해가 뜨기는 하는 걸까? 스치는 생각에 햇빛을 봤던 게 아주 오래전 기억처럼 멀게 느껴졌다.

지하철에서 내려 마을버스를 기다리는 시간. 좀처럼 줄어들지 않는 초조함의 간격. 공장에서 조금 떨어진 곳에 차를 세우는 버스에서 내려 걸음을 재촉한다. 탈의실에서 서둘러 옷을 갈아입고 습관처럼 집어 든 휴대전화에 초초한 마음을 잠시 잊고 동작이 굼떠진다. 얼마나 쳐다보고 있어야 할까? 끝끝내 울리지 않는 휴대전화는 미련 없이 사물함 안으로 깊숙이 넣었다. 전 근무자와 무사히 교대를 마치자마자 숨 돌릴 틈도 없이 작업이 시작된다. 줄줄이 나오는 아이스크림을 열 개씩 잡아 박스에 네 줄로 쌓아 보내는 일이었다. 기계라는 것 자체가 대량생산을 목적으로 하기에 한 번에 나오는 양이 많아 두 사람이 컨베이어 벨트를 사이에 두고 마주 보며 일을 했다. 자연스레 대화도 오고 갔지만 워낙 소음이 심해 서로 다른 이야기를 하고 있을 때도 있었고, 못 알아듣고 중단되는 일도 다반사였다. 가끔 대화 도중 포장 속도가 느려져 아이스크림이 쌓이는 것 같으면 관리자는 매서운 눈초리로 대화를 중단시키기도 했다. 나와 함께 근무하는 사람들은 거의 엄마뻘의 아주머니들이었는데 다들 오랫동안 근무를 하고 계시다 보니 손놀림이 예사롭지 않았다. 보고 있으면 누구라도 쌍 엄지를 치켜세울 수밖에 없는 실력이었다. 그렇다 보니 심심하신지 항상 먼저 말을 걸어오셨다. 어디에 사는지, 나이가 어떻게 되는지, 결혼은 했는지, 안 했으면 결혼할 사람은 있는지 같은 아주 사적인 질문부터 그날 먹은 반찬이 무엇이었는지, 자식 자랑, 나들이 다녀온 일 같은 본인의 이야기도 서슴없이 했다. 아마 대답을 듣기 위한 질문도 아니거니와, 별다른 목적도 없었을 것이다. 단지 지루한 시간을 때울 무언가가 필요했을 뿐. 나는 언제나 묵묵히 들어주고, 또 적당히 대답을 해 왔다. 하지만 그날따라 영 시큰둥하고, 피곤하고, 싱숭생숭한 마음이 아무 말도 하고 싶지 않았다. 소음을 핑계로 아주머니가 하는 말들을 못 들은 척 어서 이 시간이 끝나기만을 기다렸다. 대부분의 근로자는 여섯 시간 동안 일을 하는데, 근무시간 동안 전혀 쉬는 시간이 없다. 그 때문에 교대시간을 이용해 화장실을 다녀오곤 했는데, 그 시간 동안은 관리자가 자리를 대신해 주는 것이 규칙처럼 자리가 잡혀 있었다. 화장실을 간다는 의미가 꼭 볼일이 급해서만은 아닐 것이다. 분명 잠시라도 몸과 마음에 휴식을 주는 시간으로 사용해도 큰 문제는 없을 것이다. 해서, 관리자가 나의 어깨를 툭툭 칠 때마다 화장실에 들러 오분 정도의 시간 동안 숨을 돌리고 온 것이 사달이 나고 말았다.

세 번째 교대 시간이었다. 그 말은 내가 세 번째 오분 정도씩 자리를 비웠다는 이야기가 된다. 관리자는 돌아온 나를 향해 고래고래 소리를 질렀다. 나는 갑자기 쏟아지는 고함에 어리둥절했다. 가만 들어 보니, 교대 시간마다 화장실을 가는 것이 말이나 되냐는 것이었다. 그런 이유로 관리자는 기계의 시끄러운 소음을 뚫고 나를 향해 분노를 표출하고 있었다. 머릿속이 새하얘졌다. 무슨 일이라도 난 줄 아는 사람들은 금세 몰려들었다가 기계에 이상이 있는 게 아니라는 걸 확인하고는 재빨리 흩어졌다.

어린년이 아주 싸가지가 없어. 관리자는 다가와 머리를 툭툭 밀었다. 흔들리는 머리에 줄줄이 나오고 있는 아이스크림과 같이 얼려지고, 포장되어, 박스와 함께 이곳을 빠져나가고 싶었다. 그래도 분이 안 풀리는지 부모가 그리 가르치더냐고 빈정대고 있는 관리자에게 그냥, 죄송하다고 했다. 무엇이 죄송한지 이유를 댈 순 없어도, 그것이 이 상황을 수습하는 가장 빠른 길이라는 건 알고 있었다.

잘 알고 있지만…. 사실은 잘 모르겠다.

수치스러움과 동시에 죄스러웠다. 근무지를 이탈한 것도 아니고, 하필이면 내가 자리를 비운 그 순간에 기계에 이상이 생겼던 것도 아니다. 양심에 가책을 느낄 만큼 오랜 시간 자리를 비운 것도 아니고, 매일 같이 한 행동도 아니었다. 내리 근무하는 여섯 시간 중 오 분씩 총 십오분 자리를 비운 걸 가지고 부모까지 들먹이며 노발대발 하는 관리자의 모습은 나를 혼란스럽게 했다.

모든 어르신을 존경하지는 않지만, 나는 인생의 연장자에게 공통적으로 갖는 존경심이 있었다. 그건 연장자로서 인생의 달고 쓴 경험으로 지혜로운 조언을 해 주기 때문도 아니고, 내가 예의가 바르기 때문도 아니었다. 단지 오랜 세월을 살아오신 것에 대한 존경이었다. 나는 삶이 참 버겁고, 고달프고, 고단하던데 그 긴 세월을 어떻게 견뎠을까. 생각하면 그것만으로도 존경심이 생기곤 했다. 하지만 지금 관리자의 행동은 그 존경심의 불씨마저 사그라들게 하는 것이었다.

나의 사과로 소란은 금세 진정되었고, 모두들 제자리를 찾아 맡은 일을 시작했다. 나도 그 시간 이후로 모든 근무를 마칠 때까지 쥐 죽은 듯이 일만 했다. 나에게 모욕을 준 그 연장자의 호통에 겁을 집어먹은 건 아니었다. 조용히 일을 하면서도 방금 전의 일을 생각하면 손이 바들바들 떨릴 정도로 불쾌했다. 단지 또다시 같은 상황을 만들고 싶지 않았다. 맞서 대응하고 싶지도 않았고 그냥 조용하게 이 시간이 지나가기를, 이 요동치는 감정이 잠잠해지기만을 바랐지만 근무시간이 끝난 후에도 불쾌함은 계속되었다. 이번엔 공장 총책임자 호출이었다.

그 호출은 나에게 오만 가지 생각을 하게 만들었다. 짐작 가는 것이라곤 아까 있었던 '소란'뿐이었다. 뭐 대단한 일이라고 이것이 총책임자 귀에까지 들어가는 것인가. 이것을 공식적으로 문제 삼는다면 나는 도대체 어떤 표정으로 어떤 대답을 해야 하는지 짐작도 가지 않았다. 아니 그보단 지금 이 상황이 상식적으로 말이 되는 건가? 사무실에 들어서자마자 보이는 총책임자의 표정은 아무것도 읽을 수 없었다. 동그랗게 뜬 눈으로 걸어 들어오는 나를 똑바로 쳐다보고 있었고, 다물어져 있는 얇은 입술이 무언가를 말하고 싶은 듯 들썩였다. 깍지 낀 손을 책상 위에 올려 놓고 있는 모습은 마치 교무실에서 학생을 혼낼 준비를 마친 선생님의 모습 같다고 생각했다. 다음 달부터 관리자로 승격될 예정인데, 문제없지? 우리 공장도 이젠 젊은 피가 필요해.

관리자는 어린년을 말하고, 책임자는 젊은 피를 말한다. '소란'과는 또 다른 종류의 당황스러움에 나는 낮게 중얼거렸다.

그건 참, 무서운 것이군요.

총책임자는 되물었다. 문제없지?

글쎄, 내가 고민해야 하는 문제라는 건 어떤 것일까? 무엇보다 어째서라는 의문이 들었다. 나는 생각해 보겠다는 말을 하고 사무실을 빠져나왔다. 순간 두려움이 엄습했다. 지금까지 단 한 번도 이곳을 나의 정착지라고 생각해 본 적이 없었다. 어서 이곳을 빠져나가고 싶었다. 탈의실로 향해 작업복을 벗어던지며 다시는 돌아오지 않을 생각으로 사물함을 정리했다. 그나마도 썰렁한 사물함 속으로 다급하게 손을 깊숙이 밀어 더듬어 보지만 나의 시계와 휴대전화는 어디에도 닿지 않았다. 머리를 넣어 살펴보아도 캄캄한 어둠뿐 그 무엇도 찾을 수 없었다.

순간 나는 지금이 몇 월 며칠인지, 몇 시인지, 무슨 요일인지 아무것도 가늠되지 않았다. 가만있어 보자. 나는 언제부터 이곳에 있었던 거지? 오늘은 대체 언제부터 시작되었던 거지? 아무것도 알 수 없다. 도망치듯 빠져나온 주차장엔 퇴근차량이 모두 떠난 횅한 공터가 보였다. 나는 무작정 걷기 시작했다. 어딘지도 모르는 주택가 사이를 헤매다 번뜩, 나는 끝나지 않는 하루에 갇혀 있다는 것을 깨달았다.

누군가 알려주진 않았지만 분명하게 느껴졌다. 갑자기 속이 더부룩하고 매스꺼웠다. 언제 하루가 이렇게 불어났지? 갑자기 불어난 하루는 너무도 부담스럽고, 거추장스러웠다. 가능하다면 즐거운 날들만 골라서 한번에 소진하고 나머진 전부 헐값에 팔아버리든가, 폐

기처분하고 싶었다. 하지만 그것이 가능한 것인지도, 그 끝이 어딘지도 알 수 없었다. 어서 해를 좀 보고 싶었다. 끝나지 않는 하루에 갇힌 건 해를 보지 못했기 때문이지 않을까 생각이 들었다. 밤새 뒤척이느라 지칠 대로 치친 몸을 이끌고 굽이진 골목으로 들어간다. 얼마 지나지 않아 보이는 허름한 건물에 버려진 듯한 작은 의자를 발견하자, 괴리감에 휘청이는 몸이 쓰러지듯 의자에 주저앉았다. 금방이라도 잠들 것 같았던 피로는 그대론데, 잠들지는 못하고 머리만 깨질 듯 아프다. 무거운 머리를 들어 구름 사이로 해가 뜨길 기다린다. 내리쬐는 햇빛에 아이스크림처럼 꽁꽁 얼어붙은 몸과 마음을 녹이고 싶었다. 빠삭빠삭한 낙엽처럼 말려지는 것도 좋고, 물을 뚝뚝 떨구며 사라지는 것도 나쁘지는 않을 것 같다.

어디서부터 잘못되었을까? 대답하지 못한 질문들이 쌓인다. 답답한 마음에 스위스를 떠올려 보지만, 손가락으로 세어보는 통장의 잔액은 턱없이 모자란다. 그렇다면 나에겐 어떤 선택지가 있을까? 탄생의 선택권이 나에게 있었다면 어땠을까 생각해 본다. '탄생하시길 원하십니까? 예, 아니요로 답하시오'라고 묻는다면 글쎄. 자신 있게 '아니요!'라고 대답할 수 있을지는 모르겠지만, 단언컨대 '예!'라는 대답은 하지 않을 자신은 있었다.

드디어 집어삼킬 듯 떠오르는 해가 모습을 드러내고, 스르륵 힘이 빠지며 나른해진 눈꺼풀이 무거워진다. 곧 잠이 들 것 같은 몸은 중

력을 거스르는 몽롱한 기분과 함께 공중으로 떠오르고, 잠들기를 원하지만 의식은 지금 눈을 감으면 다시는 깨어나지 못할 거라며 겁을 준다. 지친 몸이 가위에 눌린 듯 마비되기 시작하고 움직이지도 못하는 온몸에 막연한 두려움이 휘감긴다. 갑자기 서늘해진 등골에, 수직낙하하며 눈이 번쩍 뜨인다.

무엇이 날 자꾸만 멈추게 하나, 무엇이 날 이토록 주저하게 하는가. 아깝거나, 두렵거나, 실패했던 기억에 길들여진 정신이거나…. 여전히 답을 찾을 수 없는 나는 어정쩡한 자세로 시간을 조금만 더 달라고 호소해 본다. 혹시나 이대로 깨어나 또 다른 미지의 하루가 시작되는 건 아닐까 두려움이 앞섰다. 하지만 아무런 응답도 없는 하늘은 야속하게도 쨍쨍하기만 하다. 직사광선이 직통으로 내리쬐는 어느 허름한 주택 앞에서 사경을 헤매는 나는 잠이 들지도, 깨어나지도 못한 채 기름칠이 필요한 부품처럼 뻑뻑한 눈만 힘들여 깜박인다.

앙상세

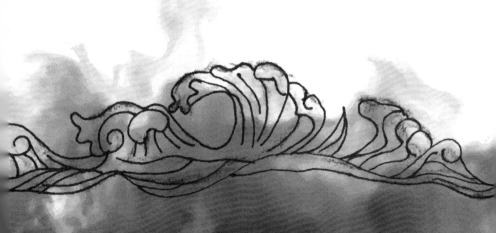

기왕 숨을 쉬고 있을 거라면

살아 있고 싶다.

오늘도,

내일도,

모레도.

곧 비가 올 것 같은 안개 자욱한 도시 한복판에 그녀가 서 있다. 낮은 바람소리와 제 갈 길이 바쁜 이동 수단들이 만들어 내는 소음은 불안한 그녀를 더욱 불안하게 만든다. 이리저리 굴러가는 소리가 들릴 것만 같은 눈동자들이 요동치기 시작한다. 일정한 소음이 귀 안 가득 채워지고, 공허한 마음을 붙잡고 다리를 동동 굴리는 그녀의 구두굽에 딱딱한 소리가 난다.

이제나저제나, 이 도시의 사람들은 너무 바쁘다.

설사 누군가 이곳에서 가벼운 발작을 일으킨 대도 그건 작은 해프닝에 지나지 않겠지.

"오늘 말이야, 버스 기다리는데 어떤 사람이 발작을 일으켜서, 잠시 쓰러졌었어!"

"어머, 정말? 웬일이야! 그런데 아까 왜 전화 안 받았어?"

아마 '이 정도의 일' 일 것이다.

그녀는 숨을 크게 들이고 잠시 숨을 멈춘다. 손에 잡고 있는 휴대 전화를 만지작거리며 불안한 숨을 한꺼번에 뱉어내고 결심한 듯 전화를 걸기 시작한다. 씩씩한 그의 목소리가 이 도시에서 유일하게 그녀와 연결되어 소음으로 가득 찼던 그녀의 귓속을 비집고 들어온다. 조심스레 잘 지내냐는 인사를 건네 보지만 씩씩했던 그의 목소리는 돌연 차분하게 가라앉으며 지금 바쁘니 다시 전화를 하겠노라는 대답이 돌아올 뿐이었다. 고분고분 알겠다는 말을 남기고 전화를 끊는다.

이제나저제나, 이 도시의 사람들은 정말이지 너무 바쁘다.

시곗바늘이 여러 번 12라는 숫자를 지나쳐 돌아가고 추적추적 비가 내리기 시작한다. 사람들은 하나둘 색색깔의 우산을 펼쳐 들고 바삐 스쳐 지나간다. 그녀는 다시 한 번 휴대전화를 들어 수화기 너머의 세계와 접촉을 시도하고, 어느 프랑스 여자의 나긋하고 몽환적인 목소리의 샹송이 흘러나온다. 우산 표면으로 빗물 부딪치는 소리가 타닥타닥 들려온다.

'지금 거신 번호는 없는 번호이거나, 전화를 받을 수 없사오니 삐 소리가 난 후…'

죄송한 마음을 전하는 어느 낯선 여자의 목소리에 정신을 잃은 그녀의 시간과 공간은 일그러지며 제자리를 잃고 함께 형태를 바꿔 핑그르르 돌기 시작한다.

"행복할 수 있을까?"

허공을 바라보며 한숨 쉬듯 말하는 수의 입술로 차가운 공기가 닿는다.

근 십 년 만에 나타난 수는 장의 보금자리에 자연스레 파고들어 아무렇지도 않게 일상을 공유하는 사이로 자리 잡았다. 지난 십 년의 이야기는 누구도 묻지도, 끄집어내려고도 않았다.

"누가?"

날카로운 눈매의 장이 묻자, 수는 눈도 마주치지 않고 시선을 외면한 채 곰곰이 생각했다. 행복했으면 하는 대상이 나 자신인지, 그 남자인지, 너와 나 모두인지, 아니면 일면식도 없는 생판 남인지조차도 정의 내릴 수 없었다. 장은 수의 심기를 살피는 듯하더니 팔짱을 끼고 콧방귀를 뀌었다.

"벌 받는 거야."

수는 한껏 입을 오므려 비틀었다. 그 남자와 연락이 닿지 않은 지 벌써 일주일이 넘어가고 있었다. 처음부터 알고 있었던 것은 아니었다. 지금도 역시. 어렴풋이 짐작을 했던 적도 있었던 것 같다. 그 남자와 통화를 할 때 가끔 수화기 너머로 어린아이의 칭얼대는 목소리가 들리곤 했었다. 하지만 수는 그 남자에게 언제나 아무것도 모른 다는 듯이 천진난만한 웃음을 짓고 있는 좋은 사람이었다. 불륜이 라는 것을 사랑이라는 이름으로 미화할 생각도 없었다. 애초에 불륜 인 줄 알고 시작하지 않았으니까. 겁이 많은 사람이었다. 겁 많은 남 자의 우유부단함은 아무것도 해결해 주지 않는다는 것을 알고 있다. 알고 있었지만, 정신을 차리고 보면 결국 수는 혼자였다. 그냥 또 혼 자. 혼자인 것이 나쁘다고 생각하지는 않지만 매번 혼자 남겨질 때 마다 느껴지는 공허함은 식욕과는 또 다른 성질의 허기를 가져오곤 했다. 무엇으로 채워야 하는지 전혀 알 수 없는 허기에 자꾸만 불안 에 잠식되어 간다.

"좀 솔직해져. 그 남자 때문에 힘들다고 말하면 뭐 세상이 무너지 냐?"

다그치듯 말하는 장이 일어나자 움푹 패어 있던 소파가 공기 중으 로 천천히 올라온다. "휙" 하는 소리가 들릴 정도로 매정하게 돌아서 는 장의 얇은 머리카락이 볼 언저리에서 찰랑인다.

긴 머리카락을 무겁게 늘어뜨린 채 고개를 숙여 얼굴을 숨기는 수 는 생각한다. 세상이 무너지지야 않겠지만 홀로 남겨졌다는 느낌만 으로도 나는 무너진다고. 하지만 굳이 입 밖으로 내뱉진 않는다. 진 짜로 무너질지도 모르니까.

물감이 착색되어 빠지지도 않는 앞치마를 두른 장은 시원시원한 크기로 뚫려 있는 테라스 창가 앞에 있는 이젤 위로 캔버스를 올렸다.

"결국 괜찮아지겠지."

분주해지기 시작한 장의 뒷모습을 보며 수는 나지막이 말했다.

"넌 꼭 네 얘기하면서 다른 사람 이야기하듯 하더라?"

상기된 표정의 장은 뒤를 돌지만, 테라스를 통해 들어오는 햇살 때문에 표정을 확인할 수는 없었다. 장은 진절머리가 난다는 듯 몸을 부르르 떨고는 다시 고개를 돌려 캔버스를 들었다 놨다를 반복했다. 그러다 커다란 숨을 몰아쉬고 성큼성큼 주방으로 향해 차가운 캔맥주를 따서 수에게 건넸다. 수가 고개를 저어 거절하자 이번엔 코앞까지 가져가 대고는 손에 쥐여주고 나서야 소파에 털썩 주저앉아 등을 기댄다. 장은 수가 술을 못 마시는 것을 알고 있지만 그래도 술을 마셨으면 좋겠다고 생각했다. 술을 억지로 권하는 건 아니지만, 술이라도 마시다 보면 그나마 이 재미없는 인생 조금은 재밌다고 느끼며 살 수 있지 않았을까 하는 생각이었다.

장은 다른 한손에 들고 있던 와인 병을 들어 꼴깍꼴깍 소리를 내며 목구멍으로 흘려보냈다. 지켜보던 수도 기대에 부응하기 위해 자포자기하는 심정으로 맥주 캔을 들었다.

"익숙해지지 않기 위한 노력도 쉬운 건 아니야. 예를 들면 갑자기 찾아온 타인의 친절 같은 거 말이야."

장이 막 와인 반 병을 비우고 새로운 보드카를 땄을 때, 벌겋게 달

아오른 얼굴로 잔뜩 인상을 찌푸린 수는 발음에 힘을 주어 또박또
박 말했다.

"노력하지 않으면 되잖아."

장은 잔에 얼음을 채우며 수의 미간에 잡힌 주름을 꾹꾹 눌렀다.
수는 그렇게 간단한 게 아니야 라는 말을 하려다 구역질을 참지 못
하고 달려 나갔다. 이제 겨우 맥주 한 캔을 비우고 막 두 번째 캔을
딴 직후였다. 장은 고개를 갸우뚱하다가 수가 놓고 간 맥주를 자신
의 잔에 따라 섞었다.

화장실로 달려간 수는 변기를 붙잡고 얼굴을 박았다. 이미 속은
부글부글 끓고 있고 빨갛게 달아오른 온몸을 들썩여 오바이트하고,
본인이 내놓은 토사물을 보며 또 오바이트하기를 반복하며 변기를
떠날 줄 몰랐다. 그 사이 이미 취할 대로 취한 장은 한참을 돌아오지
않는 수를 기다리다 지쳐 소파에서 잠이 들었다.

얼마나 지났는지 뒷수습을 마치고 나온 수는 이미 널브러져 있는
술병들과 맥주 캔들을 정리하기 위해 집어 들었다. 무언가 부딪치는
소리에 고개를 들자, 추적추적 내리는 비가 열려 있는 창문 사이로
쳐들어오고 있었다. 서둘러 문을 닫고 내리는 비를 가까이서 보기
위해 섰다. 비는 점점 유리창을 뚫고 들어올 듯이 거세졌고, 깨질 듯
죄어오는 머리를 감싸며 쭈그리고 앉아 잠이 들었다.

홍얼거리는 소리에 잠이 깬 수는 뜨겁게 햇볕이 내리쬐는 창문 앞에서 담요를 덮은 채 누워 있었다. 눈을 가늘게 뜨자 기분이 좋은지 어깨를 들썩거리며 간단한 아침식사를 준비하는 장의 모습이 보였다. 느슨하게 묶여 있는 장의 짧은 머리카락들이 사이사이로 삐져나와 있었다.

"식사해. 갈 곳이 있어."

분주하게 준비한 것에 비해 식탁에는 두껍게 썬 식빵 몇 조각과 유자청, 양상추, 삼각형으로 썰어진 노란 파프리카와 오렌지주스가 놓여 있었다. 장은 거의 구워지지 않은 것 같은 뽀얀 식빵 위에 유자청을 발라 넓은 양상추와 파프리카 조각을 올려놓고 수에게 보여 준다.

"너무 귀엽지. 프라이 같지 않아?"

"어디 갈 건데?"

한 박자 늦은 속도로 관자놀이를 돌리며 묻자, 장은 찡긋 웃더니 들고 있던 빵을 한입 베어 물었다. 수는 커피포트를 꺼내 들어 오렌지주스를 옆으로 밀어내고 빈 잔에 김이 올라오는 뜨거운 커피를 따랐다.

"빨리 먹어. 씻고 준비해야 해."

늑장을 부리고 있는 수에게 핀잔을 주는 장은 벌써 접시를 비우고 욕실로 사라졌다. 수는 사라져 가는 뒤통수에서 눈을 떼고 창가 쪽으로 고개를 돌려 크게 기지개를 켰다. 바닥에서 웅크리고 잤다고 하기엔 너무 개운한 기분이었다. 상쾌한 기분으로 아침식사를 마칠 때쯤, 장은 짧은 머리를 단단히 묶고 검은색 원피스와 파란색 원피스를 가지고 나왔다.

"어떤 거?"

수는 장에게 여러 번 덧대 보게 하고 신중하게 원피스를 골랐다. 투명하고 하얀 피부의 장에게 맞춘 것처럼 잘 어울릴 것 같은 파란 원피스를 권하자 장은 수에게 파란 원피스를 건네며 어서 갈아입으라고 말했다. 장은 몸매가 드러나는 검정 원피스를 입고 한참 동안 옷매무새를 가다듬고 베란다 정원으로 들어갔다. 신중하게 살피더니 정전가위를 들고 화이트 리시안셔스와 천리향을 조심스럽게 잘라 거실로 들어왔다. 그것들을 탁자에 올려놓고 요리조리 만지더니 동그랗고 어린 백조 같은 느낌의 꽃다발을 만들어 얇은 종이에 싸 노끈으로 여러 번 매듭을 지어 묶어 맸다.

파란 원피스를 들고 멍하니 있던 수는 거울 속의 장에게 정신 안 차리냐는 핀잔을 듣고는 원피스를 자세히 살폈다. 무릎을 가릴 듯 말 듯한 길이의 등 쪽에 절개가 나 있는 판초 형식의 민소매 원피스는 쨍한 파란색이 시원하다 못해 깨질 듯 차가워 보였다. 진하게 화장까지 마친 장이 달콤한 향기를 뿜으며 수의 팔목에 금색 팔찌를 채우고 요리조리 상태를 살피고는 길을 나섰다.

"어디 가는데?"

다시 묻는 수에게 장은 대답하는 대신 입꼬리를 한껏 올리며 씨익 웃는다

"재밌을 거야."

장이 꼭 붙잡은 수의 팔을 흔들대며 발걸음을 재촉했다.

장은 수의 손을 잡아끌며 어두컴컴한 지하로 내려갔다. 시멘트가 덕지덕지 붙어 있는 벽은 마감이 덜 된 것 같은 느낌을 주었다. 입구 부터 소란한 터널을 지나자 온통 주황색 조명이 가득 채워져 있었 고, 얇고 굵은 나무 기둥들이 너무하다 싶을 정도로 많이 서 있었 다. 가사가 없는 음악이 크게 틀어져 나오는 사이사이로 언뜻언뜻 어지럽게 보이는 괴기스러운 사진과 그림들은 어딘지 모르게 스산 한 분위기를 풍기며 걸려 있었다. 두리번거리던 장은 어린 백조 같은 꽃다발을 높이 들었다. 그러자 나무 기둥 사이에서 농도가 짙은 바 다를 연상케 하는 진한 남색 셔츠를 검은색 바지 안으로 넣어 입은 깔끔한 인상의 남자가 장을 반겼고, 둘은 자연스럽게 양쪽으로 볼 키스를 하며 포옹을 했다. 금세 주변으로 사람들이 모여들었고, 장 은 요리 조리로 인사하며 파도처럼 쓸려 갔다.

"멜."

장과 아주 친한 듯이 볼 키스를 하고 포옹을 나눴던 남자는 수의 귓가에 대고 자신을 소개하며 손을 내밀었다. 코끝을 간질이는 청량

하면서 차가운 멜의 공기. 수의 허기진 공허함을 매워주는 것 같은 그 공기를 놓치고 싶지 않아 손을 내밀어 악수를 청하자 멜은 큰 입꼬리를 올리며 미소 지었다.

"수? 물?"

물을 뜻하는 수는 아니지만 별다른 말 없이 고개를 끄덕이는 수에게 어느새 다가온 장이 어깨동무를 하며 멜에게 꽃다발을 내밀었다.

"벌써 인사했구나."

과장된 손짓으로 팔을 벌리며 뒤로 물러나는 멜은 마치 포크댄스를 청하듯 한쪽 손을 배에 감싸고 고개를 숙이며 영광이라고 답했다.

"즐기시죠, 아가씨들!"

꽃다발을 든 멜은 다시 나무 기둥 사이로 사라졌다.

"누구야?"

슬쩍슬쩍 보이는 멜의 모습에 시선을 떼지 못하는 수가 묻자 장은 팔짱을 끼고 눈을 치켜세워 장난스럽게 물었다.

"왜 관심 있어?"

'아니야'라고 대답하는 수는 그제야 멜에게 시선을 거두고 손사래를 쳤다.

"푸하하. 네 반응이 궁금했지. 근데 아서라. 지금부터 도망가는 게 좋을걸."

"왜?"

수는 호기심 어린 목소리로 물었다. 그러자 장은 그런 모습이 재밌다는 듯 수의 눈을 똑바로 쳐다보며 한 글자씩 힘을 주어 대답했다.

"멜은 진짜 또-라-이-니까."

빨갛게 타오르는 듯한 그림 앞에서 멜은 춤을 추고 있었다. 느릿한 춤사위가 살풀이를 하는 것 같기도 하고, 단지 중심을 잃고 비틀거리는 것 같아 보이기도 했다.

"근데 왜 멜이야?"

"뭐라더라, 멜랑콜리의 멜이라나 뭐라나."

고개를 갸우뚱하며 시큰둥하게 대답하던 장은 반가운 손님이라도 온 듯 총총거리며 입구 쪽으로 달려갔다.

"올리!"

굵게 웨이브 진 머리를 늘어뜨리고 배꼽이 보이는 체크무늬 민소매 상의에 같은 무늬의 짧은 치마를 입고 온 올리는 이미 얼굴에 짜증이 묻어나 있었다.

"아오. 차 왜 이렇게 막히니? 나 여기 찾다가 암 걸릴 뻔했잖아. 너무 후미진 곳에 있어서."

잔뜩 성이 난 눈썹을 올리며 눈을 부릅뜨고 있는 올리는 머리를 신경질적으로 뒤로 넘기고 다리를 꼬며 앉아 수를 힐끔 쳐다보고는 테이블에 놓여 있는 술을 뒤적였다.

"여기 인사해. 내 친구, 수."

올리가 신경질을 내든 말든 싱글벙글한 장이 수를 가리키자 올리는 마치 방금 존재를 알아차린 것처럼 능청을 떨었다.

"어머, 처음 보는 얼굴이네? 반가워요."

딱딱하고 형식적인 말투의 올리가 고개를 살짝 꾸벅였고, 수도 그런 올리를 보며 한 박자 늦게 고개를 꾸벅였다. 눈을 마주치기 위해 다시 고개를 들었을 때 올리는 이미 시선을 거두고 큐브 치즈가 올려진 한입 크기의 카나페를 입속으로 집어넣었다.

"그나저나 멜 이 녀석. 그림이 왜 이렇게 음침해졌대?"

세상만사가 귀찮다는 듯 굴던 올리는 손바닥보다 조금 더 큰, 온통 까만색으로 칠해져 있는 캔버스의 하얀 점을 유심히 보고 있었다.

"그렇게 생각해?"

뒤에서 불쑥 들어온 멜은 올리의 귓가에 대고 속삭였다. 차가웠던 멜의 공기가 차분하게 가라앉아 따뜻하게 변해 있었다.

"응. 너 이렇게 어두운 색 많이 쓰는 거 별로 안 좋아했잖아."

볼에 입술이 거의 닿을 듯 붙어 있는 멜의 얼굴에서 올리는 조금 거리를 두며 대답했다.

"글쎄. 요즘 들어 내 안의 검은 새가 날 자꾸 쫓는달까?"

눈썹을 팔자로 만든 멜이 가까이 다가와 어깨에 얼굴을 기대자 올리는 어깨를 퉁 쳐버리고, 자리에서 일어나 다른 그림들 앞으로 섰다.

"약발 떨어졌네. 에이씨."

아쉽다는 듯 멜은 올리가 앉았던 자리에 앉아 칵테일 잔을 하나 집어 들었다.

"이번 전시 올리가 많이 도와주지 않았어?"

"그랬지. 약발 떨어지기 전에는."

장의 물음에 멜은 배시시 웃으며 짧게 답했다. 멜과 올리는 아주 오래된 연인이었고, 서로의 뮤즈였으며 조력자였던 시절이 있었다. 지금은 헤어졌지만. 무슨 이유에서인지는 도무지 둘 다 입을 열지 않았다. 단지 3개월 전 이번 전시를 준비하는 과정에서 헤어지게 됐다는 말은 장을 포함한 주변 사람들 모두를 놀라게 했었다.

수는 그들의 대화에 공통분모가 없어 지루했는지 애꿎은 휴대전화만 계속 만지작거렸다.

"나 이 사람 알아."

멜은 불쑥 고개를 내밀었다. 당황한 수는 휴대전화를 탁자 위에 떨어트렸고, 장과 어느새 돌아와 옆에 앉아있는 올리까지 그 남자의 사진을 보고 있었다.

"이 사람이 누군데?"

장이 멜과 수를 번갈아 보며 묻자 멜은 수의 대답을 기다렸고, 수는 멜의 대답을 기다렸다. 잠깐의 정적이 흐르고 초조한 듯 입술을 잘근잘근 씹는 수를 보며 멜이 입을 뗐다.

"이 사람 기획자 아니야? 이번 전시 맡아서 해 줬는데?"

아니다. 이 사람은 기획자가 아니다. 적어도 수가 아는 그 사람은 제약회사의 영업사원이었다.

"그런데 네가 어떻게 알아?"

장이 의아하다는 듯 묻자 모든 시선은 한꺼번에 수에게 쏠려, 더는 침묵으로만 대꾸할 수 없다고 판단해 우물쭈물 입을 열었다.

"그 남자야. 지금 만나고 있는…."

장을 제외한 모두는 대수롭지 않은 표정으로 뭘 그렇게까지 뜸을 들이냐며 바로 각자의 표정으로 돌아갔다. 하지만 말끝을 흐리는 수는 마음이 편치 않았다. 거짓말을 한 건 아니지만 지금 그와의 관계는 순조롭지 않고, 사실 자신이 없었다. 이미 서로 이별을 준비하고 있을지도 모를 일이었다. 부적절한 관계를 이어 가고 있다는 사실이 들킬까 겁이 났고, 결국 아직 끝나지 않은 장의 물음에 어떤 대답으로 마무리를 해야 하나 생각이 길어졌다.

"지금 오고 있을 텐데?"

멜의 말에 수는 심장이 내려앉는다는 표현을 실감했다. 바짝바짝 타오르는 입술이 바스락 부서질 것만 같았다. 수는 다급하게 물을 향해 손을 뻗어 마시고, 인상을 쓰며 탁자 위에 내려놨다.

"테킬라는 그렇게 마시면 안 되지, 아가씨."

멜은 몸소 시범을 보이겠다며 테킬라를 한입에 털어 넣고 엄지와 검지 사이의 손등에 올려놓은 소금을 할짝댔다. 그러자 장과 올리도 똑같이 테킬라를 자신들의 입에 털어 넣고 소금을 찾았다. 수는 도망가고 싶은 심정이었다. 언제 저 문을 열고 들어올지 모를 그 남자를 피해야겠다는 생각밖에 없었다. 수의 초조한 모습이 신경 쓰인 장이 작게 속삭였다.

"괜찮아?"

수는 울 것 같은 표정으로 고개를 저었고, 뒤쪽으로 짙은 쌍꺼풀의 그 남자가 반달 모양의 눈으로 웃으며 들어왔다.

"안녕하세요, 멜 씨. 분위기 좋은데요?"

"어 준우 씨! 덕분에 하하."

고개를 돌리지 않기 위한 노력에도 익숙한 목소리에 먼저 반응하며 수의 고개가 돌아간다. 준우라고 불리는 그 남자의 얼굴을 확인한 수는 혼란스러워진다. 가지런히 올린 머리와 캐주얼한 옷차림은 생소했지만 얼굴은 분명 수가 알고 있는 그 얼굴이 맞았다. 하지만 수가 알고 있는 한 이 사람은 준우가 아니라 상우였다. 그 남자의 얼굴을 계속해서 살피지만, 눈길 한 번 주지 않는 그 남자와 눈도 마주칠 수 없었다. 이 상황의 어색함을 눈치 빠른 올리가 모를 리 없었다. 두 사람을 번갈아 쳐다보며 수에게 시선을 고정한 채 그 사람을 향해 천연덕스럽게 묻는다.

"여자 친구분이랑 같이 오시지 그러셨어요."

"아…. 그랬으면 좋았겠지만 여자 친구는 지금 출장 중이라서요. 하하."

서글서글한 웃음으로 능청맞게 답하는 그 남자의 왼쪽 약지에 수에게는 없는 얇은 커플 반지가 눈에 들어왔다. 그 사람의 얼굴을 보며 표정이 구겨질 대로 구겨진 올리는 오른쪽으로 꼰 다리를 달랑달랑 흔들어대며 빈정거렸다. 그 남자는 상황 파악이 안 된다는 듯 주위를 두리번거리며 무언의 도움을 요청했지만 아무에게도 닿지 않았고, 그럼에도 미소를 잃지 않고 있었다.

수는 혼란 속에서 처음 진실과 마주했다. 지금까지 알면서도 애써 외면하려 했던 사실들이 자신을 외면하는 그 남자 앞에서 갈기갈기 찢기고 짓이겨 도저히 손쓸 수조차 없게 흩어진 순간을 목격했다. 장은 부르르 떨고 있는 수의 손을 다급하게 잡았다. 그런 다음 한마디 하려 몸을 그 남자 쪽으로 향하자, 멜이 불쑥 튀어나왔다.

"이거 재밌어지네."

코웃음을 치는 멜에게 선수를 뺏긴 장은 앞으로 뺀 몸을 이러지도 저러지도 못한 채 굳어 있었다. 꽉 잡은 수의 손은 하얗게 질려 있었고, 심기 불편한 올리는 멜을 째려봤다. 침묵은 모두에게 수와 그 남자의 관계에 대해서는 서로 모르는 척해야 한다는 암묵적 동의가 되었다. 어느새 음악마저 멎어 있었고, 탁자에 앉은 모두의 시선은 마지막 발언자였던 멜에게로 향했다. 이 뜬금없이 찾아온 환영받지 못할 침묵의 책임을 묻듯이. 왜 이 시점에 음악이 꺼졌는지까지도 전부.

멜은 이 사태를 진정시키기 위해 필사적으로 머리를 굴렸지만 딱히 떠오르는 방법은 없었고, 두 손을 들고 "워워워"만 외치고 있을 뿐이었다.

"진실게임."

멜은 탁자에 공간을 만들어 빈병을 돌리기 시작했다.

"아무도 움직이지 마."

실눈을 뜨며 주의를 주는 멜의 목소리가 사뭇 비장하다.

"병이 지목하는 사람이 질문하는 거야. 하지만 답은 모두 해야 해. 그리고 숫자가 적은 쪽이 술 마시는 거야. 거짓말하면 삼대가 망함!"

길쭉하고 투명한 병이 뱅그르르 돌고, 늦춰지는 속도에 규칙을 설명하는 멜의 목소리가 다급해진다. 병이 멈춰진 대로 모두의 시선은 그 남자를 향해 집중되고 그 남자는 뜸을 들이며 눈동자를 굴리더니 어깨를 으쓱하며 처음으로 수와 눈을 마주치며 물었다.

"다들 이름이 뭐예요?"

김 빠진다는 듯 올리는 의자를 돌려 그 남자를 외면했고, 멜은 작은 테킬라 잔을 탁 소리가 날 정도로 세게 내리꽂았다.

"벌주."

그 남자는 이해가 안 간다는 듯 머리를 쓸어 올리며 어리둥절한 표정을 지었다.

"아니, 여기 다 아는 사람인 것 같은데, 나는 다 모르잖아요. 멜 씨랑 올리 씨 말고 여기 두 분."

태연하게 장과 수를 가리키며 묻는 뻔뻔함에 모두 의기투합해 일단 벌주를 먹으면 말해 주겠다고 하자 그 남자는 호탕하게 웃고는 시원하게 입으로 털어 넣었다.

"저는 장이에요. 그리고 얘는……."

말을 잇지 못하는 장의 애꿎은 손가락이 수를 가리켰다.

"수예요. 이 수."

수는 고개를 들어 그 사람과 눈을 마주쳤다. 어디까지 하나 구경이나 하자 싶은 마음이었지만, 눈이 마주치자 자신을 알아봐 주길 바라는 듯 간절해졌다. 하지만 옅은 미소로 고개를 살짝 까닥이며 다시 한번 자신은 '허준우'라고 소개하고 다음 순서를 위한 병을 돌렸다.

"나는 지금 연애를 하고 있다."

장의 질문에 수와 장, 그리고 그 남자가 손을 들었고, 멜과 올리 앞에 잔이 놓였다. 멜은 올리에게 레이디 퍼스트라며 기회를 넘기고 올리의 손으로 다시 병은 돌아간다.

"나는 잊지 못하는 사람이 있다."

준우의 질문에 장을 제외한 모두가 손을 들었고, 시시하다는 듯 도는 병은 다시 장을 향했다.

"분위기 좀 올려볼까? 나는 모르는 사람과 원나잇 경험이 있다."

장을 제외한 모두는 침묵했다.

"뭐야, 나만 쓰레기야? 내 질문이니까 나 제외하고 다 마셔."

펄쩍 뛰며 한껏 실망한 장이 말하자 각자는 각자의 술을 제조하고, 머뭇거리는 수를 보더니 장이 나선다.

"수는 술 못 마시니까 내가 흑장미. 소원은 음…. 지금 만나고 있는 그 남자랑 헤어져!"

깔깔 소리와 함께 뒤로 넘어질 것 같은 포즈의 장은 기분이 굉장히 좋아 보였다. 어쩐지 다들 실실 웃고 있는 그 무엇도 용서받을 수 있을 듯한 평화로움. 그리고 병은 수를 가리킨다.

"나는 지금 하고 있는 연애를 후회한다."

한참을 고민하던 수의 질문에 손을 든 건 그 남자뿐이었다. 그 남자는 급하게 술을 마시고 병을 세우더니 노골적인 눈빛으로 수를 향해 물었다.

"나는 지금 이곳에 마음에 드는 사람이 있다."

병은 여전히 탁자에 곧게 세워져 있고, 규칙은 이미 아무 상관없는 듯했다. 그 남자의 질문에 올리와 그 남자가 손을 들었고, 숨 돌릴 틈도 없이 바로 올리의 질문이 이어졌다.

"나는 바람을 피워본 적이 있다."

멜과 장 그리고 그 남자가 손을 들었고, 수와 올리 앞에 잔이 놓였다.

"뭐야. 언제?"

올리는 진심으로 화가 나 보였다. 그 비난의 화살은 오직 멜에게 꽂혀 있었지만 가장 태연한 건 멜이었다.

"뭐야~ 일단 마셔. 마셔~."

장난스럽게 무마하려는 장의 노력에도 올리는 분에 못 이겨 한참 동안이나 멜을 노려봤다. 하지만 여전히 반응 없는 멜에 잔을 비워 바닥으로 내던진 올리는 그대로 나가버렸다. 데구루루 구석으로 굴러가는 잔 소리와 함께, 분위기는 한순간에 다시 얼어버렸다.

"내가 돌릴게. 나 한 번도 못 돌렸잖아."

멜은 올리의 뒤통수를 보고 있는 모두의 시선을 다시 모아 분위기 전환을 시도했다.

"아! 잠깐, 수 씨 안 마셨는데요?"

그 남자가 멜의 손을 제지하자 난처한 표정을 지었다.

"흑기사 해드릴까요?"

능글맞게 웃으며 잔에 손을 뻗어 흑기사를 자청하는 그 남자의 손가락에 반지가 반짝인다. 순간 장은 치밀어 오르는 화를 참지 못하고 신경질적으로 그 남자의 손을 내쳤다.

익숙한 그 목소리가 그렇게까지 소름 돋았던 순간은 처음이었다. 그 남자의 놀란 표정과, 장의 매서운 눈매에서 묘한 신경전이 오갔다. 수는 눈을 질끈 감고는 잔을 들이켰다. 목구멍을 타고 들어오는 열기에 금방이라도 타들어 갈 것 같았지만 꼴깍 침을 삼키자 생각보다 빨리 진압되는 느낌이 들었다.

멜은 상황을 살펴 병을 돌리기 시작했고, 뱅뱅 도는 병과 함께 수의 속도 뱅뱅 꼬이며 요동치기 시작하더니 결국 헛구역질을 참지 못하고 화장실로 뛰어갔다. 변기를 붙잡은 수는 일주일 전에 먹었던 음식까지 전부 토해낼 기세로 구역질을 해댔고, 멈추지 않는 구역질에 다급히 따라오는 구두 소리에도 고개를 들지 못하는 수의 뒤로 한심하다는 듯한 표정의 장이 두 팔을 꼬고 비딱하게 서 있었다.

"나와. 집에 갈 거야."

수는 속이 잠잠해질 때까지 변기를 붙잡고 있었고, 장은 변함없는 자세로 수를 기다렸다.

"미안⋯."

약간의 토사물이 묻어 있는 부분을 드러내는 수의 손목을 장은 신경질적으로 잡아채 서둘러 밖으로 나갔다.

"미안. 우리도 먼저 갈게!"

장은 건물을 빠져나오고 나서야 정신 차리라고 수를 흔들어댔지만, 수는 취하지 않았다. 어느 때보다도 정신이 바짝 들어 있었다.

사실 취할 용기만 있다면 맥주 한 잔으로도 얼마든지 거나하게 취할 수 있다. 단지 용기가 없을 뿐이다. 취해서 마음껏 비틀거릴 용기.

모두 나가 버린 전시장엔 오로지 적막한 공기만이 흐르고 있었다. 어두침침한 실내에 술 냄새를 폴폴 풍기고 있던 두 남자 사이에 흐르는 어색한 공기. 몇 번을 겪는다 해도 도저히 익숙해질 것 같지 않은 그 어색함.

"준우 씨 생각보다 뻔뻔하네?"

멜은 못다 돌린 유리병을 계속해서 돌리며 키득키득 웃었다.

"아까부터 뭐예요, 이 분위기? 다들 절 보는 눈빛이 살벌하던데?"

그 남자의 표정은 결백했다. 마피아 게임을 하는 듯이, 이 상태로 경찰서에 조사를 받으러 간다면 '당신은 무고한 시민입니다'라는 소리를 듣고 풀려 나올 것이 틀림없었다.

"나한테까지 연기할 필요 없잖아. 나는 준우 씨 미워할 필요도 없고."

멜은 올리브가 들어 있는 칵테일 잔을 내밀었고, 잔을 몇 번 돌리더니 올리브와 함께 한번에 입으로 털어 넣었다. 그 남자는 심각한 얼굴로 잔에 빠져 있는 올리브를 손가락으로 돌리기 시작했다.

"준우 씨. 근데 솔직히 그건 상대방에게 예의가 아니지."

침착하던 멜도 그의 계속되는 침묵이 조금은 짜증이 났는지 그 남자를 추궁했다.

"당신 여동생이라고 생각해 봐. 이렇게 못 하지."

그 남자는 잔에서 올리브를 건져 한참을 씹었다.

"전 여동생은 없고, 쌍둥이 형 한 명밖에 없어요. 그래서 모르나?"

어이없다는 듯 너털웃음을 짓는 준우가 머리를 긁적였다.

한참을 걷던 수는 거리 한복판에 멈췄다. 갑자기 걸을 힘조차 없을 만큼 온몸에 힘이 빠져나갔다. 거지가 된 기분이었다. 수중에 돈은 물론이고, 가치도 선택권도 아무것도 없이 발가벗겨진 그런 거지.

"미안. 못 걷겠어."

장은 그대로 바닥에 주저앉는 수를 기어코 일으켜 세워 벤치에 앉혔다. 기진맥진한 상태로 수 옆에 앉아 작은 파우치에서 담배를 하나 꺼내 물자 차가운 밤공기 위로 연기가 하얗게 번져나간다. 수는 손을 휘저어 냄새를 쫓아낼 힘도 없이 지쳐 있었다.

"너 말이야. 너 진짜 화낼 줄 모르냐?"

장은 수를 알고 지낸 지 십 년이 넘었지만, 언제나 수를 모르겠다고 생각했다. 십 년 내내 붙어 있던 것은 아니지만, 어렸을 때의 수도 알고 있고, 학창 시절의 수, 그리고 일 년 전 갑자기 찾아와 함께 살게 된 지금까지. 같은 공간에서 같이 지내고 있음에도 언제나 벽이 쳐 있는 느낌이었다. 하지만 불편을 느낀 적이 없기에 지금까지 잘 지내 왔다고 생각했고, 모든 것을 알아야 한다는 생각을 해 본 적도 없었는데 갑자기 장은 궁금해졌다. 장이 알지 못하는 수의 세월에 도대체 무슨 일이 있었던 건지.

"단지 화를 안 내는 거지, 화가 안 나는 건 아니야. 그냥 껄끄러워 지는 게 싫어. 상대방이 늘어놓을 변명 듣고 싶지도 않고, 실컷 화내 고 나서 내 치졸한 모습에 후회하고 싶지 않을 뿐이야."

올려다본 하늘엔 반짝반짝 별이 빛나고, 길게 뻗은 나무 위에선 매미가 찌르르 큰 소리를 내며 구애 활동을 한다. 담배 연기인지 한 숨인지, 뭔지 모를 하얀 연기가 공기 속으로 천천히 피어올라 날아 간다.

"후회하더라도 제대로 털어내는 게 좋아. 나는 그렇게 생각해."

장은 짧아진 담배꽁초를 휴대용 재떨이에 비벼 끄고 다시 작은 파 우치 안에 넣었다. 일어나 옷에 묻은 연기를 털듯 매무새를 잡고 다 시 걷기 시작했다. 장이 떠나고 난 뒤에도 한참 동안 자리를 지키던 수는 찬 공기에 몸을 떨면서도 장의 말이 아직도 구애에 성공하지 못한 매미 소리처럼 머리에서 떠나지 않았다.

집으로 돌아와서도 수는 여간해서 찜찜한 기분이 나아지지 않았 다. 잊어버리기로 다잡았던 마음이 금세 팔랑팔랑 종이 쪼가리처럼 바닥으로 떨어진다.

이미 끝나 버린 관계를 구태여 확인사살하면서까지 끝낼 필요가 있을까. 차가운 물을 벌컥벌컥 마시고 잠자리에 들어가는 순간까지도 몇 번이고 번복되는 마음에 피로가 몰려온다. 천장에 덤덤한 모습으로 매달려 있는 전구마저도 한 치의 흔들림 없는 모습으로 추궁한다. 괴로움에 몸서리치는 수는 피곤한 몸을 이끌고 거실로 나가 창문 앞에 있는 의자에 앉아 밝아오는 새벽을 맞이하며 장의 말을 인정해야 한다고 생각했다. 아침이 오면 그 사람에게 가서 납득할 수 있는 헤어짐이 필요하다 이야기하겠다고.

"뭐하냐. 아침부터 청승이여."

잠이 덜 깬 부스스한 모습으로 나온 장은 헝클어진 머리를 감싸매고 소파에 눕더니 바로 기척 없이 쓰러졌다.

"아니, 잠이 안 와서."

창문 앞에 앉아 있던 수도 퀭한 눈으로 장에게 다가가 잠깐 졸았던 것 같다.

즉석 밥과 즉석 북엇국의 포장을 까던 장은 괴성을 질렀다.

"으아. 머리 아파!!"

식탁을 닦고, 식기를 올려놓던 수는 걱정스러운 표정으로 장의 어깨를 두드리고, 즉석 밥을 돌리고 있던 전자레인지가 "띵" 소리를 낸다.

"오늘, 집에서 좀 더 쉬어야 하는 거 아니야?"

머리를 쥐어 잡고 있는 장에게 국그릇을 놓으며 권하자, 장은 숟가락을 집어 들고 호호 불어 입으로 조심히 넣었다.

"안 돼. 오늘 중요한 미팅이야. 그나저나 너는 오늘 뭐 할 건데?"

수는 새벽에 했던 다짐이 떠올라 밥을 흩트려 놓으면서 깨작였다.

"음…. 글쎄, 모르겠네."

"너. 내가 흑장미 해 준 거 기억하지? 그거 그냥 해 준 거 아니다."

입술을 삐죽이는 장은 못마땅하다는 듯 북엇국을 들이켰다. 그리고 북엇국에 밥을 말아 허겁지겁 집어삼키기 시작했다.

지글지글 끓는 아스팔트 위로 느껴지는 뜨거운 태양은 모든 것을 무기력하게 한다. 굳게 다짐했던 새벽의 결정쯤이야. 뭐, 어떻게든 되지 않을까? 싶을 정도로 지독한 날씨였다.

무엇보다 소모적인 감정에 에너지를 쏟는 일이 지독하게도 싫었다. 나의 바닥을 들여다보는 기분이랄까. 그래도 어쩔 수 없이 타인의 손길이나 관심이 사무치게 필요할 때가 있다. 그럴 땐 억지로라도 누군가에게 치대 이 알 수 없는 찝찝함을 떨쳐야만 했다. 그렇게 이 세상에 나 혼자만 있는 것이 아니라는 걸 다른 누군가에게 확인받는 걸로 위로를 하곤 했다. '그 남자'의 존재가 수에게 그랬다. 존재를 확인시켜 주던 사람. 그 존재에게 초라한 자신을 확인받으러 가는 발걸음이 가벼울 리는 없었다.

수는 느릿느릿한 걸음으로 그 남자의 사무실 앞에 도착했다.

'지금 거신 전화는 없는 번호이거나, 받을 수 없사오니 삐 소리가
난 후…'

이제는 수화기의 목소리 뿐인 낯선 여자가 친근해질 정도였다. 이
정도 했으면 한 번 받아줄 만도 한데라고 생각을 할 정도로 끊임없
이 전화를 걸어보지만, 수화기 너머의 존재는 참 무정하기만 하다.

계속되는 연결도 모두 실패로 돌아가고 시간은 공간 위로 붕 떠버
린다. 손톱을 깨물며 멍하니 기대 있는 수의 얼굴엔 초조함도 없다.
얼마나 기다려야 하든, 오늘은 꼭 그 사람과 이야기를 해야 한다.

강렬한 햇빛은 조금씩 먹구름에 가려지기 시작하고, 자리를 뜰 줄
모르는 수는 집요하게 거리의 사람들을 관찰한다. 내려온 앞머리,
느슨하게 묶은 넥타이에 조금 헐렁한 듯한 정장, 사각형의 서류 가
방까지 익숙한 모습에 수의 심장이 뛰기 시작한다.

"상우 씨!"

목소리를 들었는지 못 들었는지 상우의 걸음은 계속해서 빨라지
고, 다급히 쫓는 수에게 걸음을 붙잡힌 사람은 상우가 아닌 비슷한
모습의 남자였다. 힘 없이 풀리는 손에 남자는 떠나고, 비슷한 모습
에도 잠깐 동안 미움보다 반가움이 앞서는 자신이 미련하기만 하다.

'상우 씨. 나 상우 씨네 회사 앞인데, 이야기 좀 할 수 있을까?'

결국 상우를 만나지 못한 수는 문자를 택했다. 참아 왔던 것이 그
리움인지, 화인지도 구분을 못하고 아직도 미련하게 요동치는 심장

은 한참 뒤에야 울리는 반가운 소리에 더 과격해진다.

'미안, 지금 외근 중이라 못 보겠다. 다음에 연락할게.'

수는 애써 감정을 누그러뜨려 보지만 손이 떨려 온다.

'상우 씨. 그러지 말고 잠깐 만나서 이야기 좀 하자.'

답을 기다리는 수의 일분 일초가 영원의 시간처럼 느껴졌다.

'무슨 말이든 좀 해 봐.'

간절함을 담은 문자가 한 번 더 전송되고, 다시 한참 뒤에 답문이 온다.

'미안.'

상우는 자신의 답이 그 어떤 질문도 충족시켜 주지 않는다는 것을 알고 있을까? 차마 상상할 수 없었던 마지막을 달려가는 수가 몰아친다.

'두루뭉술하게 이야기하지 마. 뭐가 미안하다는 건데.'

'미안. 잘해주고 싶었는데, 그러지 못한 것 같아서 너한테 미안하다.'

상우와 처음 만난 그날이 떠올랐다. 일면식도 없던 상우가 우산을 씌워 주던 지난 폭우의 여름, 그리고 시작되었던 연애. 인간관계가 서툴렀던 수를 위해 상우가 해 주었던 수많은 말들은 그저 말뿐이었나. 수는 아무도 믿을 수 없다고 생각했을 때 나타났던 그가 특별하다고 생각했다. 무엇도 그 사람과 나를 갈라놓을 수 없을 거라고, 머지않아 그 사람과 나는 우리가 될 것이라고 믿어 의심치 않았던 지난 시간들이 무작위로 떠오른다.

'어디서부터 거짓이니. 상우 씨 나한테 진심이었던 적은 있었어?'

피와 살이 되어주었던 지난 시간이 빠져나가고, 어느새 하늘을 모두 덮은 먹구름이 비를 쏟을 준비를 하고 있다.

'난, 단 한순간도 상우 씨한테 거짓이었던 적 없어.'

심하게 떨리는 손으로 끝끝내 울리지 않는 휴대전화를 멍하니 바라본다. 수화기 너머로 또다시 죄송한 말씀을 전하는 목소리에 휴대전화를 잡고 있던 손을 떨군다.

'이게 진짜 끝이구나…'

요란한 천둥소리가 말한다. 이 남자는 너에게 끝을 말하고 있다고. 침묵. 그것은 좋은 방법이 아니라고 생각해 왔다. 침묵. 그것으로 무엇을 전할 수 있다고 생각하는가, 또 무엇을 전하고 싶은가. 계속되는 적막한 침묵에 보이지도 않는 그를 자리에 가만히 묻는다. 이 사람은 이미 나에게 없는 사람이다.

"조심히 들어가세요~. 아, 머리 조심하시고요~~."

문 앞까지 배웅을 나온 사람은 친히 유리로 된 큰 문을 열어젖혔다. 막 비가 내리기 시작한 거리로 멜은 검은색 우산을 펼쳐 왔던 길을 되돌아갔다. 그 많던 사람들은 전부 어디로 숨었는지, 조용한 거리에 천둥소리를 동반한 거센 빗줄기가 바닥을 재빠르게 적신다. 멜은 비오는 바닥에 주저앉은 수를 발견하고는 파라솔 같은 큰 우산으로 자신을 숨기고 가던 길을 가다, 크게 한숨짓고 다시 돌아걷기 시작한다.

멜은 축 처진 수의 긴 머리를 살짝 잡아당겼다. 수의 하늘하늘했던 원피스가 볼품없이 처져 있었다. 우산 밑으로 내려다보는 멜의 뾰글뾰글한 파마머리가 눈에 띈다. 늘어난 티셔츠에 통이 큰 청바지는 벌써 밑단이 젖어 있다. 손을 내밀고 있는 멜에게서 수를 자극하는 차갑고 따듯한 향이 퍼진다. 큰 우산 밑으로 들어가 앞에 있는 사람이 누구든 그 사람에게 안기고 싶은 충동이 일었다.

"귀신인 줄 알았네."

멜의 목소리에 정신이 번쩍 들어온 수가 뒷걸음질치고, 멜은 다시 우산 속으로 끌어당겼다. 순간 수는 멜의 진한 향기에 정신을 못 차릴 정도로 휘청거렸다.

멜이 수와 함께 우산을 쓰고 도착한 곳은 골목 구석에 있는 '아프리카'라는 커피숍이었다. 탁자가 네 개밖에 없는 작은 공간 곳곳은 원주민 느낌이 나는 소품들로 가득했다. 벽 한편엔 갈색 배경에 형태를 알아볼 수 없는 추상화가 걸려 있었는데, 그 그림에는 멜의 이름이 새겨져 있었다. 멜의 돌아가신 아버지의 절친한 친구인 아프리카 사장은 멜이 들어오자 반갑게 맞이하며 흠뻑 젖어 있는 수에게 큰 수건을 건넸다.

멜은 자신의 그림이 있는 벽 쪽에 자리를 잡고 앉았다.

"예가체프?"

후덕한 외모에 수염이 턱에서부터 목까지 나 있는 사장이 묻자 멜은 찡긋 웃으며 정확하다는 듯 고개를 끄덕였다. 아직도 입구 쪽에 있는 수는 머리의 물기를 말리느라 정신이 없어 보였다.

하얀 셔츠를 입고 있던 사장은 소매를 걷어붙이고 로스팅된 원두를 작은 핸드밀에 직접 갈기 시작했다. 까드득 까드득 원두 가는 소리에 커피숍의 공기가 더 따뜻해진다.

그 사이 수건을 곱게 접어 들고 온 수는 탁자 위에 올려놓고 멜과 마주 보고 앉았다.

"머리했네요?"

수는 자신의 머리 위로 뽀글뽀글 올라와 있다는 듯한 손동작을 보였다.

"아, 응."

수가 하는 손동작을 따라 하던 멜은 주변을 둘러봤다.

"비 오는 날 머리하는 거 아니지 않아요?"

"음. 기분이 멜랑콜리해서."

수는 고개를 끄덕였다. 핸드밀의 소음이 잦아들고 향긋한 원두 향이 코를 간질인다.

"아, 그 준우 씨 말이야."

멜은 전시회 때의 일이 이제야 생각났다는 듯 손가락으로 탁자를 톡톡 쳤다.

"아, 상우 씨. 헤어졌어요. 방금."

수는 이름을 정정하고 시선을 벽 쪽으로 돌렸다. 아주 덤덤한 표정이었다. 애써 덤덤해 보이려는 표정이 아니라 진짜로 덤덤한 표정.

"준우 씨랑?"

의아하다는 듯 되묻는 멜은 준우의 이야기를 어떻게 꺼내야 할지 고민했다.

"네. 준우 씨든, 상우 씨든. 뭐 멜 씨가 아는 그 남자랑요."

수는 어깨를 들었다 올리고는 상관없다는 듯 고개를 저었다.

"헤어진 사람 치고는 덤덤하네."

멜은 머쓱한 표정으로 괜히 머리를 만지작거렸다.

"나름의 사정이 있겠죠. 뭐."

옅은 미소를 보이는 수는 양 손을 탁자 위에 올려놓고 마사지하듯 주물렀다.

"쿨하네."

수는 자신이 쿨하다는 멜의 말에 동의할 수 없었다. 자신은 누구보다도 미적지근하다고 생각해 왔었다. 어쩐지 수의 눈을 마주치기가 부담스러워진 멜이 시선을 피하자, 사장은 나무 판에 올려진 커피 잔 두 개와 예쁜 모양의 머랭이 담긴 접시를 탁자 위로 올려놓았다. 색채가 다양한 작은 커피 잔이었는데, 인디언 같이 보이는 꼬맹이가 잔을 탈출하려는 그림이 잔 안쪽으로 그려져 있었고, 받침에는 둥그렇게 나뭇잎 모양의 그림이 둘러져 있었다.

"사람들은 항상 자신이 상처받은 모습을 기억할 뿐이지, 상대가 상처받아 생긴 모습이라고는 생각 안 하잖아요."

축축하게 젖었던 수의 원피스가 다시 보송보송하게 올라와 있었다.

"누구에게나 자신은 특별하니까요."

사장은 나무 받침을 세우고 탁자에 기대서며 말했다.

나 자신이 특별하지 않다는 생각은 이미 오래전 스무 살을 갓 지나갈 때 깨달았다. 언제까지고 특별할 것만 같던 모두에게는 반드시 스무 살의 프리미엄이 붙은 시기가 찾아오게 되는데, 반짝반짝 빛나는 그 시기에 겪게 되는 많은 사건들은 그만큼 많은 의미들을 부여하지만, 그저 한정판이라는 딱지가 붙은 일 년이라는 것을 깨닫게 되는 순간 모든 것은 거품처럼 사라진다. 더는 '내'가 특별하다는 생각은 하지 않는다. 단지 '누구도' 특별하지 않다고 믿는 수밖에.

"사실 특별하다는 건 그냥 자기 최면 아닌가요?"

잔에 코를 박고 향을 맡던 멜이 사장을 올려다보며 말했다. 특별하다는 말 자체가 보통과 구별되게 다름이라는 뜻인데, 멜은 그 기준 자체가 모호하고 그 보통이라는 것은 무엇이며, 그것을 구별 짓게 하는 것은 무엇인가라는 생각이 들었다. 생각해 보면 이 세상에 존재하는 그 어떤 것도 '특별한 것'이란 건 없다.

"살아있다는 것 자체가 자기 최면이지. 제정신으로 살기 너무 힘든 세상이잖아."

사장은 옆 탁자에 걸터앉아 팔짱을 끼고 말했다.

"맞아. 난 가끔 내가 오래오래 살까 봐 너무 무섭다니까."

동의한다는 듯 웃으며 대답하는 멜의 뒤로 딸랑 종소리가 울리며 사람들이 들어온다. 사장은 기다렸다는 듯 작은 수건을 준비해 손님을 맞았다.

"왜 무서워요?"

수는 양쪽 손을 턱에 괬다. 아직 한 모금도 마시지 않은 커피가 잔 안에서 찰랑인다.

"벽에 똥칠할까 봐."

멜은 피식 웃으며 머랭을 집어 들고 한입 베어 물었다. 달콤한 간식을 먹은 사람 치고는 쓴 인상의 멜이 손에 들려 있는 나머지 반쪽을 유심히 살펴보더니 흡사 머랭에게 속삭이듯 작은 목소리로 중얼거렸다.

"이런 마음가짐으로 오래오래 살까 봐."

주전자를 가지고 다가온 사장은 또르르 소리를 내며 다시 커피를 채운다.

"상우 씨도 그런 비슷한 말을 한 적이 있어요."

상우는 언제나 상처받은 얼굴을 하고 있었다. 누가 더 괴로운 인생을 살고 있는가라는 대회에서 힘겹게 겨루기를 하는 사람처럼, 사는 건 의미가 없다고. 자신이 가장 괴롭지 않으면 안 된다는 말투는 언제나 신경이 쓰였다.

"나는 나만 그런 생각하고 있는 줄 알았는데, 생각보다 그런 사람들이 많네요."

식어버린 커피의 신맛이 수의 신경세포를 찌릿하게 건드린다. 여전히 비는 그칠 줄 모르고 흐느끼듯 내리고, 멜은 굳게 입을 다물었다.

덜컹이는 지하철은 빈틈이 보이지 않을 만큼 사람들이 빼곡히 들어앉아 있었다. 눈 둘 곳이 없는 공간은 숨이 막힌다. 우산을 돌돌 말고 있는 멜의 손가락 사이로 빗물이 떨어지고, 수는 눈을 감아 버린다.

"하느님 아래서…."

꽉 막힌 지하철 구석에서 느닷없이 간증의 소리가 들려왔다. 하느님 아래서로 시작된 간증은 정말 행복했어.라고 끝을 맺었다. 수는 그들이 하는 말을 믿지 않는다. 종교를 가지면 뭐하나. 교회에 가면 우린 죄 많은 어린양이고, 절에 가면 미천한 중생이거늘. 어차피 하찮은 인생이라면 굳이 종교에서까지 나의 초라함을 확인받고 싶지 않다.

비릿한 비 냄새와 땀 냄새 그리고 알 수 없는 냄새들이 섞여 지하철 안에 꿉꿉함이 떠나질 않는다. 여전히 입을 굳게 다물고 있는 멜과 수 사이에는 단 한마디의 대화도 오고 가지 않았다.

갑갑한 지하철 문이 열리자 싸늘해진 공기에 그제야 숨통이 트인다. 멜이 돌돌 말아 두었던 커다란 우산을 펼치자 사방으로 빗방울이 튀어 나간다. 걸을 때마다 신발 안쪽으로 빗물이 들어오는 수의 구두가 벗겨지려 하자 걸음의 속도는 점점 늦춰지고, 수와 멜의 각자 다른 어깨가 젖어 들어간다. 우산을 왼쪽에서 오른쪽으로 바꿔 들며 수와 멜의 사이가 좁혀가자 따뜻해진 멜의 향기가 느껴졌다.

"고마웠어요. 우산도, 커피도, 이야기도."

집 앞에 도착한 수는 우산 안에서 고개를 숙여 인사했다. 멜은 몇 발짝 걸어가다 다시 돌아와 아무 말 없이 수를 안았다. 덤덤해 보이는 표정 뒤로 느껴지는 쓸쓸함이 멜은 참을 수 없을 만큼 혐오스러웠다. 우산에 고인 빗물이 뚝뚝 떨어져 말랐던 멜의 바지 밑단을 다시 축축하게 적신다.

현관에는 못 보던 구두가 놓여 있었다. 불을 켜지 않은 어두운 거실, 창문을 통해 들어오는 소량의 빛이 공간을 밝힌다. 쿠션을 배에 올려놓고 양반다리로 앉아있던 장이 들어오는 수에게 홍차를 권한다. 소파 위로 갑자기 나타난 올리가 가볍게 목인사를 했고, 수가 좋아하는 파미그래네이트 블루베리가 들어 있는 갈색 머그컵을 건넨다.

"앙상세 울트라마린?"

거의 누워 있다시피 하던 올리가 배에 있던 쿠션을 빼고 자세를 바로 하며 물었다.

"그게 뭔데?"

장은 다시 자신이 가장 편한 자세를 찾으며 올리를 쳐다봤다.

"멜이 쓰는 향수…. 멜 만났어요?"

올리가 묻자, 수의 우물쭈물 길어지는 침묵에 대답을 원치 않는다는 듯 허공에 손사래를 쳤다.

"어. 자기야~~."

느닷없이 올리는 전화벨 소리에 마들렌을 한입 베어 물던 장이 허둥지둥 테라스로 나갔다. 홍차가 입으로 빨려 들어가는 소리가 들릴 정도로 조용했던 거실. 여전히 보슬보슬 내리고 있는 비는 그칠 생각이 없어 보였다.

올리는 불편한 듯 계속해서 자세를 바꿨다. 창 너머로 장의 애교 섞인 통화 소리가 가늘게 들려왔다. 후드를 어깨에 걸치고 있는 장은 오들오들 떨고 있었다. 그 모습은 수가 앉은자리 정면으로 보였다.

"내가 왜 멜이랑 헤어졌는지 알려줄까요?"

올리는 길어질 것 같은 장의 통화에 수를 향해 물었다. 대답도 없는 수의 침묵에 올리는 자세를 다시 바꿨다.

"날 너무 사랑해서래. 나를 너무 사랑해서 자기 작품 활동에 지장을 준대. 그래서 나를 버리기로 했대요. 진짜 무슨 쌍팔 연도 연예인도 아니고. 내가 살아생전 그런 말을 들을 줄 누가 알았겠어. 미친 또라이새끼."

수의 침묵은 상관없다는 듯 독백하는 올리의 허공을 향하는 큰 눈에 미련이 그렁그렁 맺혀 있다.

"뭐야! 무슨 일이 있었던 거야??"

올리의 모습에 깜짝 놀란 장이 들어오며 호들갑을 떨자 올리는 별일 아니라는 듯 쓱 눈가를 닦아 냈다.

"나, 애랑 헤어져야겠어."

비장한 표정으로 손에 들고 있던 마들렌을 마저 입에 넣은 장이 한숨을 푹푹 쉬었다.

"또? 무슨 일인데?"

수는 장이 들어오자 일어나 방으로 들어가며 물었다.

"너무 어려. 어제 하루 연락 안 되었다고 내가 이 나이에 무슨 애교질이니."

상대가 자주 바뀌는 장의 지금 연인은 고작 보름 정도 만난 연하의 대학생이었다. 쉽게 질려 오랜 기간 연애를 하지는 않지만 셀 수도 없이 많은 연인을 상대하면서도 매번 연애 기간만큼은 성실하게 임하는 장을 항상 대단하다고 생각했다. 상대에게 진심을 보이는 것. 또 상대의 진심을 당당히 요구하는 것. 이것이 장의 연애 철칙이었다.

"그렇게 자주 바뀌면 피곤하지 않아?"

옷을 갈아입고 나온 수는 올리를 등지고 소파에 기대며 돌아앉았다.

"재밌어. 사람들마다 전부 방식이 다르잖아."

장의 얼굴에 스르륵 미소가 번졌다가 스르륵 다시 울상을 짓는다.

"근데 솔직히 말하면 좀 지치긴 해. 이젠 정착하고 싶어."

장은 다리를 쭉 뻗어 스트레칭을 하더니 소파 주위를 뱅글뱅글 돌기 시작했다.

"그러면 행복할 거라고 생각해?"

올리는 멜과 자신을 생각하며 물었다. 영원할 것만 같던 두 사람 사이는 말도 안 되는 이유로 산산조각 나고 이제 와서는 정말 우리가 함께했던 시간이 있었는지까지 생각해야 하는 시기가 왔다.

"정착 말이야. 결국 영원이란 건 영원이란 단어밖에 없어. 어느 노랫말처럼 말이야."

고개를 끄덕이는 수 옆으로 장의 팔이 지나간다.

"맥주?"

올리는 이만 가야겠다며 거절했고, 아쉽다는 듯 장은 캔을 따 홀짝홀짝 마시기 시작했다. 낯선 구두가 현관에서 사라지자 붉은 조명이 바닥을 비추다 이내 꺼져 어둠만이 남는다.

또각이는 소리를 내며 올리는 우산을 들고 꼿꼿이 걷기 위해 노력했다. 금방이라도 주저앉아 울음을 터트릴 것 같은 마음에 걸음을 서두른다. 아무도 없는 거리에는 빠른 속도의 차들이 빗물을 튀겨가며 지나간다. 꼿꼿이 걷던 올리는 길가 한가운데 멈춰 서 움직일 생각을 하지 않았다. 맨홀 구멍에 낀 굽을 빼내려 한참을 낑낑대다 주저앉은 올리의 어깨가 가느다랗게 떨린다.

얼음이 담긴 유리잔에 가득 들어찬 사이다가 계속해서 탄산을 내뿜고 있었다. 장은 그 탄산을 입으로 머금어 입안 가득 터지게 오물거리다 탄산이 사라지면 그제야 삼켜 얼얼해진 혀의 감각을 즐겼다. 작아진 얼음을 입으로 굴리다 와그작 소리를 내며 깨물고 전화기를 들었다.

"멜? 나 준우 씨 전화번호 좀."

장은 곧바로 준우에게 전화를 걸었고, 통화가 끝나자 콧노래를 부르며 방으로 들어갔다.

준우의 목선을 타고 내려온 땀방울이 바닥으로 떨어지자 장은 덜

덜거리며 고개를 좌우로 흔들던 선풍기를 멈춰 세웠다. 열려 있던 창을 모두 닫고 맑은 소리를 내며 에어컨이 돌아가기 시작하자 실내는 금방 쾌적한 공기로 바뀌었다.

"음, 이건 지구에 좋지 않은 방법인데…"

준우는 농담 섞인 목소리로 볼멘소리를 하면서도 표정은 한결 상쾌하다. 계속해서 울리는 메시지 알림음에 장의 인상이 구겨진다. 휴대전화를 열어 방해금지 모드를 켜고, 준우 옆에 앉았다. 그러자 준우는 자신이 준비한 태블릿 피시를 꺼내 들었다.

"이건 멜 씨 전시회 오셨을 때 봤죠? 그때 포트폴리오예요."

"네. 그때 보고 인상 깊었거든요. 그래서 이번 제 전시도 부탁드리려는 거고요."

준우의 손 위에서 사진이 하나하나 넘어가고 장은 화면과 거실에 늘어뜨려 놓은 자신의 그림을 유심히 번갈아가며 봤다.

"이건 뭐예요? 연작 같은데?"

준우는 인물화 가득한 거실 한편에 풍경화 여러 점이 함께 있는 곳에 멈춰 섰다. 장은 '탄산 괜찮죠?'라고 물으며 준우에게 건네고 거실의 큰 창을 가리켰다.

"아 이거, 앞에 테라스예요."

장은 식물을 가꾸는 취미가 있었다. 테라스에서 키우는 식물들을 애지중지 가꾸며 계절마다 그렸던 그림이라 작품으로 낼 생각은 하고 있지 않았다.

"음…. 괜찮은데요? 이거 조금 더 큰 크기로 작업 가능할까요?"

준우는 장의 그림을 보자마자 '클로드 모네'의 '수련' 연작이 떠올랐다. 파리에 있는 오랑주리 미술관 같은 둥근 공간을 연출하면 좋을 것 같은 생각이었다.

장은 잠시 고민하는 듯하더니 "저는 인물 쪽에 중점을 뒀으면 좋겠어서요."라며 준우의 시선을 인물화 쪽으로 다시 돌렸다.

"이건 수 씨인가요?"

머리가 긴 여자의 뒷모습을 그린 그림이었는데, 파스텔 톤의 그림이 아득한 느낌을 자아냈다. 고개를 끄덕이는 장의 미소가 애매하고 불편한 느낌이 들었지만 준우는 신경 쓰지 않았다.

"수 씨는 어떤 사람이에요?"

준우는 그림에서 눈을 떼지 못하며 물었다. 다리를 한쪽 빼고는 팔짱을 낀 채 왼쪽 팔을 턱에 괴는 준우의 네 번째 손가락이 허전했다.

"글쎄요…. 저보다는 준우 씨가 더 잘 알 것 같은데요?"

장의 비꼬는 말투에 준우는 얼굴에 당황스러움이 여과 없이 묻어나며 자세를 고쳐 잡았다.

"이건 제가 메인으로 걸었으면 하는 그림이에요."

장은 아무 일 없었다는 듯이 다시 전시 이야기로 돌아가 이젤에 올려져 있는 초상화 앞으로 걸음을 옮겼다. 한동안 움직이지 못하던 준우는 손에 들려 있던 탄산을 벌컥벌컥 마셨다. 따끔거리는 탄산이 목으로 흘러 들어가 배출되지 못하는 것처럼 답답했다.

형광등이 켜지고 나서야 장과 준우는 해가 졌다는 사실을 알아차렸다.

"뭐하는 거야?"

수의 양손에는 장바구니가 들려 있었고, 준우는 반가운 듯 벌떡 일어나 인사를 했다. 장은 장바구니를 식탁으로 옮겨 안을 살펴봤다.

"김치찌개?"

"응"이라고 대답하는 수는 준우의 눈치를 살피고 장에게 대답을 요구하는 눈빛을 보냈다.

"나 이번에 전시하는데 준우 씨랑 같이 하려고, 괜찮지?"

몸을 반으로 접어 손끝을 발끝으로 가져가는 장은 힘겨운 소리를 냈다.

"내가 뭘 상관이 있나⋯."

태연한 척 팔을 걷어붙이고 채소들을 씻기 위해 수도꼭지를 트는 수는 침이 꼴깍 삼켜졌다. 홀연히 사라진 장이 신경 쓰여 채소 바구니에 물이 흘러넘치는 것도 신경을 못 쓸 지경이었다. 물소리 때문에 장과 준우의 목소리가 잘 들리지 않자 채소 손질을 뒤로하고 두부를 썰기 시작했다.

"인물의 정면을 그리지 않는 이유가 있어요?"

장의 그림 속에 등장하는 대부분의 인물은 옆모습이거나, 뒤돌아 있었다. 가끔 정면으로 등장하는 인물들은 눈을 감고 있거나, 시선을 피하고 있어 준우는 의아한 생각이 들었다.

"처음부터 의도가 있던 건 아니고요. 직접 보지 못하는 부분들을 그리고 싶었어요. 그러니까 남에게 특별한 모습이 아닌 자신에게 특별한 모습들을 보여주고 싶어서 시작된 거죠."

준우는 장의 대답을 세심하게 메모하며, '나에게 특별한'이라는 부분에 밑줄을 여러 번 긋고 별표를 쳤다.

모락모락 김을 내는 음식들이 하나 둘 식탁 위에 차려지고, 장이 그릇에 밥을 올려 담았다. '잘 먹겠습니다'라고 말하는 준우는 집밥을 반가워하며 두부부침을 반으로 갈라 간장에 찍어 먹고는 황홀한 표정을 지었다.

"그러니까 장 씨가 그림을 그리는 관점은 장 씨가 아닌 캔버스에 그려지는 그 인물이라는 거죠?"

장은 아직도 보글보글 끓고 있는 김치찌개를 숟가락으로 떠 조심히 입에 가져다 댔다.

"화려함만이 특별함을 보여줄 수 있는 건 아니라는 거죠."

둘의 대화를 가만히 듣고 있던 수는 젓가락으로 밥을 휘저었다.

"수 씨는 어떻게 생각하세요? 그림을 보는 사람의 시각으로."

입안 가득 밥알을 씹고 있는 장의 눈이 빛났다.

"글쎄요. 작가에겐 좀 미안하지만 그 특별함은 결국 작가만의 것이라고 생각해요."

수는 기름진 고구마 줄기를 오물오물 씹었다.

"하지만 난 특별해라는 생각을 이용하는 거지, 모두들 그렇게 생각하잖아."

장이 젓가락을 내려놓고 말하자 수는 물로 입을 헹궈 냈다.

"글쎄, 난 특별한 것은 없다고 생각해."

'그렇다고 너의 그림이 특별하지 않다는 이야기를 하는 것은 아니야'라는 말을 덧붙였다. 단지 특별하다는 느낌이나 감각은 사실 허상에 가깝다는 이야기를 하고 싶었을 뿐이었다.

"왜요, 내 눈엔 수 씨 특별해 보이는데요?"

대화를 흥미롭게 듣던 준우가 끼어들었다. 그러자 순식간에 다시 식탁에 침묵이 흐른다. 말 없는 식사는 세 사람이 모두 밥그릇을 비울 때까지 계속됐다.

"수 씨. 앞으로 자주 만날 것 같은데 전화번호 좀 알려 줄래요?"

현관 앞에서 신발을 신은 준우는 한층 더 노골적으로 굴었다. 장은 크지 않은 동작으로 기가 차다는 듯 중얼거리며 거실로 들어가 버리고 남색의 긴 카디건을 걸치고 있던 수는 준우를 뒤로하고 거칠게 현관문을 밀어 밖으로 나왔다. 쫓아 나온 준우가 현관문을 닫자 수는 기다렸다는 듯 쏘아붙였다.

"상우 씨. 제정신이야? 혹시 미쳤어?"

느닷없는 수의 행동에 놀라긴 준우도 마찬가지였다. 짙은 쌍꺼풀이 있는 눈을 셀 수도 없이 깜박였다.

"아니…. 아니, 왜 이렇게까지 적대적인지 모르겠네요."

준우는 수의 눈빛에서 경멸을 읽을 수 있었다.

"그리고 저는 상우 씨가 아니라 준우 씨입니다. 허준우요."

얇은 카디건을 걸친 수는 부들부들 떨리는 몸에 꼿꼿한 자세를 유지하려 허리를 더 단단하게 세웠다.

"나는 그냥 수 씨랑 가깝게 지냈으면 좋겠어요. 그게 그렇게 큰 잘못은 아니잖아요."

대답 없는 수를 향해 준우는 동정 어린 목소리로 호소했다. 잠깐 동안 이렇게까지 해야 하나 싶은 마음도 들었다. 단지 사람에게 호감을 표하는 것뿐인데, 대역죄인으로 몰리는 이 전개는 상당히 억울한 것이다.

"띠링" 소리에 휴대전화를 열자 어둑한 거리로 수의 얼굴이 비친다.

'잠깐 만나자.'

선명하게 찍혀 있는 상우의 이름에 혼란스러운 수의 눈동자가 휴대전화와 준우를 오가며 초점을 잃고 흔들린다.

세 사람이 앉아있는 탁자 위로 긴장감이 팽팽하게 당겨진다. 내려

온 앞머리, 느슨하게 풀어져 있는 넥타이와 조금 헐렁한 듯한 정장의 상우. 올린 머리에 핏이 좋게 입힌 캐주얼한 차림의 준우. 이렇게 나란히 앉혀 놓고 보니 그제야 미세하게 다른 부분들이 수의 눈에 들어온다. 왜 처음부터 눈치채지 못했을까. 아니 눈치채려 해 본 적이 없었다. 받은 상처를 누군가에게는 풀어야 했으니까. 이제 와서 돌이켜 보니 석연찮은 구석들이 하나하나 퍼즐처럼 끼워 맞춰진다.

"둘이 어떻게 알아요?"

준우가 기다란 머그컵의 자잘한 얼음을 입안으로 털어 넣고 와그작와그작 씹는다. 감정을 전혀 드러내지 않는 것이 장점이라면 장점이고, 단점이라면 단점인 상우의 표정은 여전히 아무것도 읽을 수가 없다.

"헤어졌어요."

수의 말에 얼음을 씹던 준우가 체한 듯 헛기침을 해댔다.

"나는 너한테 헤어지자고 한 적 없어."

여전히 무표정의 상우는 흔들림이 없다. 오히려 경련이 올 것 같이 고개를 빳빳이 세우고 있는 수의 표정이 불안하다.

"무슨 소리야. 형. … 형 결혼했잖아."

준우는 목소리를 낮춰 단호하게 상우를 나무랐다.

"나도 고독해. 가끔 출처 없는 헛헛함이 몰려와. 어쩔 줄 모르는 어둠이 내 방 안에 가라앉아."

상우의 표정이 일그러지며 컵에서 흘러나온 물이 탁자에 흥건히 고여 있다. 익히 들어왔던 말이었다. 수는 상우의 고독이라는 말에 갇혀 있었다. 항상 상우가 내뱉었던 고독이라는 단어가 수의 마음을 끊임없이 아프게 찔러댔다.

"그건 아닌 거지. 형! 야, 그건 아니다."

절대로 그것이 바람을 정당화할 수 없다고. 그것은 이유가 될 수 없다고 단호하게 받아치는 준우의 얼굴이 상기되어 있었다. 커피숍의 유리 벽 밖으로 상우의 또래로 보이는 부모가 아이와 함께 나와 더위를 식히는 모습이 보였다. 아이스크림을 입가에 잔뜩 묻히고 있는 아이의 모습을 귀엽다며 사진을 찍어대는 아빠와, 휴지로 입을 닦고 있는 엄마. 아빠가 아이의 아이스크림을 볼에 묻히자 아이의 엄마가 다소 격양된 목소리로 짜증을 내지만 얼굴에 미소가 가득하다.

아랑곳하지 않는 상우가 '둘이서 이야기하게 좀 비켜줄래'라며 준우를 보내려 하자 '그럴 순 없지'라며 준우는 버티고 있다. 어째서인지 상우와 준우의 싸움이 되어 버린 자리에서 수는 조용히 두 사람을 방관한다. 차라리 내 일이 아니었으면, 두 사람의 일이고, 나는 아무런 관련이 없었으면 싶은 마음이 강하게 수를 이 공간에서 분리시켰다.

"그런데 나는 상우 씨랑 헤어지기로 했어."

수가 단호하게 말하자 그제야 준우는 자리를 피했다. 상우와 이렇게 대면한 게 얼마 만인지, 얼마나 상우를 만나고 싶어 했는지, 그게 단지 상우를 사랑하는 마음뿐은 아니었을 것이다. 오기. 자신을 만나 주지 않는 상우에게 발동한 오기가 결국 수로 하여금 상우를 떠날 수 있는 마음까지 주었으니 조금은 용서할 수 있을까.

"어렴풋이 짐작은 하고 있었어. 상우 씨 결혼한 사람이라는 거. 언제 말할 생각이었어?"

수는 준우가 떠난 자리의 의자를 정리하며 물었다.

"숨길 수 있다면, 끝까지…."

그제야 상우는 고개를 떨군다. 누구에게도 보일 수 없다고 생각해 왔던 자신의 나약함을 수에게 덜어낼 때마다 아무 불평 없이 받아 줬던 그녀를 떠나보낼 자신이 없었다. 자신보다 더 나약해 보였던 수에게 위로받고, 또 그것이 그녀를 위로할 거라 생각했다. 하지만 어째서인지 더 어두워져만 가는 그녀에 대한 책임도 자신에게 넘어와 짐이 되자 점점 부담스러워져 수를 피했다. 그랬던 수는 지금 자신에게 이별을 말하고 있다.

고개 숙인 상우는 이걸로 된 거라고 자신을 속인다.

"네가 다시 나 때문에 사람을 못 믿고 피하는 일이 없었으면 좋겠다."

수는 상우가 확인을 받고 싶어 한 거라고 생각했다. 끝까지 본인의 책임은 없다는 대답을 듣고 싶어 하는 거라고. 그래서 수는 대답을 하지 않기로 했다. 상우가 죄책감이라도 가져갈 수 있도록.

수가 일어나려 의자를 빼자 상우는 다급하게 일어나 대답 없이 돌아서려는 수를 잡았다.

"혹시라도 밖에서 마주치면 웃으면서 인사하자."

"우연이라도 마주치지 않았으면 좋겠어."

수는 상우의 손을 뿌리쳤다. 잠깐 뒤돌아서 커피라도 뿌릴까 생각하다가, 거짓말이라 해도 그 거짓말로 위로받던 세월이 스쳐간다. 이제 정말 끝이 났다. 이번에야말로 상우는 과거의 사람인 것이다.

무거운 발걸음을 옮기는 수는 문득 멜에게 안겨 있었을 때 느꼈던 감정이 떠올랐다. 코끝에 진동하던 차갑고도 따뜻한 향기. 그 향기를 기억해 내려고 애를 썼다. 가만, 올리가 향수 이름을 말했던 것 같은데, 잡힐 듯이 잡히지 않는 그 향기가 간절하다.

현관에 앉아 있던 준우는 수를 발견하고 일어섰다.

"미안했어요."

수는 어쩔 줄 몰라 손바닥을 옷에 문질렀다.

"아닙니다. 제가 더 미안하네요 괜히…."

쭈뼛이던 준우가 고개를 숙이자 수도 그에게 고개를 숙였다.

"쌍둥이라 보는 눈이 비슷한가?"

어색한 상황을 피해 보려 한 준우의 농담에 둘 사이의 공기는 더 어색해지고, 벌겋게 달아오른 준우는 서둘러 인사를 했다.

"다음에 볼 때는 어색하지 않게 봐요. 들어가서 푹 쉬어요."

손을 흔들며 준우는 멀어져 갔다.

민소매 티에 반바지를 입고 머리띠로 시원하게 머리를 올린 장은 소파에 앉아 있었다. 둥그런 샐러드 그릇에 담겨 있는 당근을 토끼처럼 입안으로 끊임없이 집어삼키고 있었다.

수는 장의 옆에 앉아 차분한 목소리로 준우와 상우가 쌍둥이었다고 간단히 이야기했다.

"어쩐지!"

장은 쇼 프로에 온 방청객처럼 누구보다 열정적인 반응으로 호들갑을 떨며 수의 이야기에 호응했다. 고개를 격하게 흔드는 장은 이제야 이해가 된다는 듯 그동안의 준우의 모습을 회상했지만 깊은 질문은 하지 않았다. 그저 다음에 만나면 준우에게 사과를 해야겠다며 다시 당근을 먹기 시작했고, 평소와 다름없는 장의 태도에 수는 안도했다.

가방에 삼단 우산을 넣었다 뺐다 하던 올리는 창문을 열어 날씨를 살폈다. 여전히 쨍쨍한 하늘에 비가 올 것 같지는 않았지만, 예보엔 비 소식이 있는 날이었다. 한참을 망설이던 올리는 삼단 우산을 가방에 집어넣고 거리를 나섰다. 굽이 높은 검은색 토오프 구두 사이로 큐빅을 붙인 엄지발가락과 두, 세 번째 발가락이 살짝 모습을 드러냈다. 상업 전시를 주로 기획하는 올리가 진행을 맡은 갤러리로 향하는 길이었다. 그곳으로 향하는 길에는 낡고 허름한 건물에 멜의 작업실이 있었다. 올리는 그 갑갑한 작업실을 싫어했다. 그의 작업실을 지나갈 때마다 둥근 선글라스를 살짝 내려 빠르게 안의 상황을 살폈다.

"어머, 이게 누구야?"

천연 염색된 얇은 숄을 어깨에 두르고 나타난 중년의 여성은 올리의 어깨를 톡톡 쳤다. 이번에 맡은 젊은 남자 작가의 어머님이자 '페라' 갤러리의 대표였다. 뉴욕에서 디자인스쿨을 졸업하고 왔다는 그녀의 아들은 이미 한 차례 큰돈을 들여 전시를 했지만 큰 소득을 내지 못하고 주목도 받지 못한 채 끝낸 이력이 있었다. 이번에 올리와 함께 재기를 노리고 있었다.

"화려하게 해 줘요. 최대한 화려하고 크게."

갤러리를 소유하고 있는 대표는 아들을 간판 작가로 만들어 스타로 키우고 싶어 했다. 아닌 게 아니라, 신진 작가는 스타로서 충분히 가능성이 있어 보였다. 현대미술을 기반으로 팝아트적인 여러 가지 시도와 해석으로 새로운 패러다임을 구축하고 있었고, 작품에서도 일절 양보가 없는 작가였다. 유독 아닌 척하며 아들의 작품에 알게 모르게 관여하고 있는 대표만 뺀다면. 대표는 그의 어머니로서의 간섭으로 작가가 말하는 작품의 전체적인 흐름을 방해한달까. 지금은 미비하지만, 나중에 그 작가가 어머니의 재력으로 성공했을 때는 얼마나 더 큰 영향을 받게 될지는 이미 예상되는 그림이었다.

"지원은 아낌없이 하고 있잖아. 그렇지?"

청색 둥근 도자기 컵에 잣이 동동 띄워진 수정과를 조심스럽게 입으로 가져가는 대표의 새끼손가락이 하늘 위로 치솟아 있다.

"그럼요. 덕분에 마음 편히 진행하고 있습니다."

올리는 환하게 웃었다. 창호지를 덧바른 창문과 창문 사이로 물고기 모양의 풍경이 소리를 내며 살랑인다.

주변의 웃음소리에 밖을 보니 열려 있는 창문 밖으로 파마머리를 이마 위에 얹고 있는 멜이 우스꽝스러운 표정으로 춤을 추고 있었다. 멜은 올리와 눈이 마주치자 손가락을 안쪽으로 가리키며 들어가겠다는 손짓을 했다.

"아이고~ 대표님. 오랜만입니다."

입구서부터 허리를 숙이고 들어온 멜은 대표에게 인사하고 탁자 위에 놓인 유과를 덥석 집어 물었다. 올리는 피식 새어 나오는 웃음을 참는다.

"이야기들 하고 와요."

대표는 꽃 모양이 자수된 손수건을 꺼내 들어 이마를 살짝 닦아 내고 자리에서 일어났다.

"대표님, 언제 한 번 갤러리 공간 좀 빌려주세요."

일어서는 대표의 자리를 차지하고 앉은 멜은 넉살 좋게 대관을 부탁했다. 대표는 인심 좋은 어머니의 웃음으로 '멜이 하는 전시라면 언제든지. 그런데 지금 아들 전시를 준비 중이라서…'라며 대답을 흐렸다. 아들의 전시가 없었을 때도, 올리가 멜의 전시를 대표의 갤러리에서 열 수 있도록 부탁했을 때도, 대표는 단 한 번도 도와준 적도, 허락한 적도 없었다.

유과를 하나 더 집어 든 멜은 양반다리로 앉아 남은 수정과를 벌컥벌컥 마셨다.

"표정 좀 푸세요, 아가씨."

멜의 말에 올리는 볼을 두드리며 표정관리를 했다.

멜은 헤어지고 난 직후에도 줄곧 일관된 태도로 올리를 대했다. 오랜 친구처럼 마치 두 사람이 사귀었던 사실은 어디에도 없는 것처럼. 올리는 매번 자존심이 구겨지면서도 멜 앞에선 장단을 맞추어 반응을 하게 된다. 더 사랑하는 사람이 손해를 본다는 말은 거짓말이라고 생각한다. 자신을 너무 사랑해서 헤어져야 한다는 멜이 이렇게 멀쩡한 것을 보면 모두 엉터리 거짓투성이였던 것이다.

"머리 뭔데?"

올리는 퉁명스럽게 말하고 옆으로 돌아앉았다.

"어때? 너무~ 예쁘지?"

보글보글 올라온 앞머리를 자신의 손으로 쓰다듬는 멜의 표정은 정말 행복해 보였다. 그 모습에 올리는 다시 차오르는 울화를 참지 못했다.

"너랑 있으면 쓰레기가 된 기분이야. 힘껏 구겨지고 아무렇게나 던져진 쓰레기. 한번에 쓰레기통으로 들어가지도 못해서 옆에 나뒹구는 그런 쓰레기 말이야."

힘껏 소리치고 올리는 자리를 박차고 일어났다. 헐레벌떡 자리에서 일어난 멜은 올리를 쫓았다.

헤어지고 난 후에도 언제나 멜 주위를 서성이는 올리였지만, 막상 눈앞에 마주하면 이미 화를 내고 있는 자신에게 또 화가 치밀었다.

언제나 함께 걷던 길이었다. 손을 잡고서 나무로 된 액세서리를 파는 노점에서 새로운 것이 나왔나 구경하고, 호떡 아주머니에게 인사하고, 갤러리들마다 들러 새로운 전시를 구경하는 게 두 사람의 단골 데이트 코스였다. 지금은 이렇게 손도 잡을 수 없을 만큼 멀리 떨어져 일행이 아닌 척 걷고 있지만. 멜은 여전히 모든 지인들에게 반갑게 인사했다. 올리와 멜의 사이를 알고 있는 사람들은 수군거렸고, 아직 모르는 사람들은 함께 걷지 않는 올리에 관해 물었다. 그럴 때마다 멜은 대답을 흐렸다.

어떤 내용이든, 수군대는 소리는 듣고 싶지 않았다. 설령 그것이 그저 자격지심에서 오는 환청이라도.

"따라오지 마. 그냥 네 갈 길 가."

갤러리에 거의 다 도착할 때쯤 올리는 멈춰 서서 멜을 보내려 했다.

"구경 좀 하자. 그 소문의 신진 작가."

한량처럼 어슬렁어슬렁 따라오는 멜을 뒤로하고 올리는 아무 말 없이 휙 돌아섰다. 올리를 따라 도착한 페라는 그 동네에 가장 큰 갤러리였다. 4층짜리 갤러리는 1층에 안내데스크와 관련 상품을 파는 장소를 제외한 3층까지는 전부 전시실이었고, 4층이 갤러리의 접견실과 사무실들이 있는 공간이었다. 이미 도착한 올리의 기획팀은 층마다 분산되어 전시에 열중하고 있었다.

"아, 올리 씨. 이 부분에 영상을 좀 깔고 싶은데 어떻게 생각해요?"

이 더운 날에 검은색 털모자를 쓰고, 오른쪽 귀에 큰 피어싱을 하고 있는 신진 작가는 올리를 발견하고 인사도 생략한 채 전시에 관한 이야기를 시작했다.

"멜."

불쑥 들어온 손을 보고 신진 작가는 한참을 말없이 멜을 쳐다봤다.

"아, 두 분 만나본 적 없죠? 이분도 작가예요. 그림도 그리고 사진도 찍는."

올리가 어색하게 웃자 신진 작가는 아직도 내밀어져 있는 멜의 손을 살짝 잡았다 놓았다.

"에디입니다."

올리는 에디의 표정을 살폈다. 워낙 표정에 변화가 없는 사람이라 그의 표정만으론 기분을 파악하기 어려웠다.

"아무리 그래도, 전시 전에 외부인 들이는 건 좀…."

언짢음을 표현하는 에디의 말에 화끈거리는 얼굴을 감싸며 올리는 사과했다. 아는지 모르는지 멜은 종횡무진 올리의 기획팀 사람들과 이야기를 하며 돌아다녔다.

"미안해요. 에디 씨 그림을 보고 싶어해서요. 불편하다면 보낼게요."

에디는 뒤돌아 멜을 관찰했다. 귀에 매달려 있는 날카로운 피어싱이 햇빛에 반짝인다.

"두세요. 작가로서 어떤 이야기를 하는지도 듣고 싶고."

무관심으로 끝난 첫 번째 전시에 어떠한 이야기도 듣지 못한 에디는 이번 전시의 평가를 궁금해 하는 눈치였다.

"아, 오다가 대표님 만났었는데."

대표라는 말에 에디의 눈썹이 잠깐 꿈틀거렸다.

"아, 오셨다가 들어가셨어요."

계단을 올라가는 모퉁이에서 잠깐 망설이더니 에디가 멈춰 섰다.

"전시에 관한 상담은 일절 저랑 하셨으면 좋겠어요."

서너 계단 먼저 올라간 올리가 에디를 내려다봤다.

"그럼요."

에디는 올리가 같은 계단까지 오르길 기다렸다, 나란히 위층으로 올라갔다.

암막 커튼으로 빛 한 점 들어오지 않는 층에 드문드문 조명이 쏘아져 있었다. 한쪽 벽에 아직 걸리지 않아 바닥에 기대 있는 그림 앞에 멜이 서 있었다. 한쪽 벽을 전부 메우고 있을 정도로 큰 그림이었다. 형체만 알아볼 수 있는 두 사람의 모습이 서로의 등에 기대 서 있는 모습에, 뚫려 있는 심장 부분에서 무언가가 다채로운 색상을 띠며 흘러나오고, 튀어 나가는 그림이었다.

"어때요?"

에디는 성큼성큼 다가가 물었다. 멜 옆에 서 있으니 에디의 작은 체구가 훨씬 더 두드러졌다.

"글쎄, 난 평론가가 아니니까."

하지만 그의 그림은 확실히 사람을 끌어당기는 힘이 있었다. 단지 멜의 시선을 끌었던 건 하나같이 모두 프린트되어 있는 그림이었다는 것이었다. 창고에 수북이 쌓여 있을 복사본들이 머릿속으로 그려졌다. 비싼 값으로 팔려 나갈 채비를 하고 있는 복사본들.

"무관심."

뒷짐 지고 있는 에디는 천장을 올려다보며 말했다. 무관심은 이번 전시의 주제였다. 천장에 창살 같은 조형물들을 높이가 다르게 매달아 놓을 계획을 하고 있었다.

"감정은 무관심에서부터 불타오르죠. 관심 속에서 퇴색되고."

일인극을 찍듯 에디는 창살이 가슴에 꽂힌 시늉을 하며 바닥에 나뒹굴며 빨간 조명을 쏘는 게 어떻겠냐고 올리에게 물었다. 고개를 끄덕이던 올리가 무전기를 들자 빨간색 핀 조명이 에디를 향해 쏘아졌다.

"대부분 그 반대 아닌가."

멜은 빨간 조명으로부터 뒷걸음치며 떨어졌다.

"우리는 대부분이 아니니까."

바지를 툭툭 털며 에디가 일어나자 조명도 함께 꺼졌다. 암막 커튼을 걷어 내자 감당할 수 없는 빛이 큰 창을 통해 들어와 멜과 올리 그리고 에디는 손으로 눈을 가리며 인상을 찌푸렸다.

"퍼포먼스를 넣었으면 해서요."

팀을 알아보겠다는 올리의 말에 에디는 명함을 하나 내밀었다. 자신이 원하는 팀이 있는 모양이었다.

"크, 거대하네."

멜은 감탄사를 내뱉으며 졌다는 듯 두 손을 들었다.

"더 거대해질 겁니다."

작정한 듯한 단호한 말투와 변함없는 무표정. 작은 체구에서 뿜어져 나오는 살기 어린 독기는 어디에서 오는 것일까라는 생각이 들었다. 멜과 올리를 뒤로하고 에디는 다시 계단을 오르기 시작했다.

마지막 3층에 도착했을 땐 마치 놀이동산을 연상케 하는 인형들이 여기저기 널브러져 있었다. 에디가 작업한 자신의 마스코트라고 하는 것 같았다. 이것은 상품을 파는 1층에 크기별로 가격을 달리하고 예쁘게 앉아 있을 것이다.

"오늘은 여기까지 하죠."

줄무늬가 입혀진 인형을 만지작거리던 에디가 말했다.

"으아아. 배고파. 밥이나 먹으러 가자."

올리는 배를 쓰다듬는 멜을 무시한 채 에디에게 물었다.

"같이 가실래요?"

에디는 잠시 머뭇거리다 함께 길을 나섰다.

빨간 등으로 온 건물을 휘감고 있는 중국요리집에 도착했을 땐 장과 준우가 입구로 들어가려던 참이었다. 둘 다 멜의 머리를 두고 한 마디씩 했고, 올리는 에디를 소개했다.

"첫 전시 인상 깊게 봤습니다. 허준우입니다."

준우 역시 에디를 높게 평가하고 있는 모양이었다. 에디는 두꺼운 안경테 안쪽으로 유심히 준우를 쳐다보며 짧게 목례했다.

"응~. 그 신진 작가분이구나~~. 올리한테 이야기 많이 들었어요."

연신 고개를 끄덕이는 장은 에디에게 손을 내밀었고 에디 역시 짧게 악수했다.

둥그런 테이블에 앉아 우롱차를 마시는 도중 장의 부름에 수가 합류했고, 회전 탁자에 누룽지탕부터 시작해 전가복, 칠리새우, 고추잡채 그리고 꽃빵, 마지막으로 고량주가 올려졌다.

"그런데 어떻게 둘이 같이 와?"

올리는 장과 함께 온 준우가 궁금해 꽃빵에 고추잡채를 올리며 물었다. 자신의 잔에 고량주를 따르던 장은 병을 회전 탁자에 올려놨다.

"응. 이번에 나 전시 준비하는 거 준우 씨랑 같이하게 되었어."

장은 잔을 들어 올려 준우를 향해 건배하듯이 허공에 잔을 부딪쳤다.

"요즘 준우 씨 잘나가네."

회전 탁자를 돌리는 올리는 전가복 앞에 세워 앞접시에 송이버섯과 채소를 골고루 담았다.

"올리 씨만 하려고요."

준우도 잔을 들어 화답하듯 허공에 부딪치며 미소 지었다. 사실 준우와 장은 전시 방향을 놓고 의견이 팽팽하게 대립되어 있는 상태였다. 요릿집에 오기 전까지도 상업적인 부분을 극대화하고 싶은 장과 작가의 색깔이 더 드러날 수 있도록 기획 중인 준우 사이에 약간의 실랑이가 있었다.

"무조건 아름다워야 해."

칠리새우를 집은 장은 준우에게 들으라는 듯 말하며 입가에 묻은 소스를 티슈로 닦아냈다.

"아름다운 것에만 집착하는 이유를 모르겠네."

돌아온 칠리새우에 바로 젓가락을 가져가는 준우가 혼잣말하듯 받아쳤다.

"그렇잖아. 아름다운 것들은 누구나 좋아해. 누구든 가지고 싶어 하고, 소유하고 싶어 하잖아. 길가에 피어 있는 들꽃을 허락도 없이 꺾는 것도, 이름 모를 누군가의 그림을 몰래 촬영해 가는 것도 다 아름다움의 소유욕 아니야? 내 전시도 아름다웠으면 좋겠어. 누군가 꺾어가고 싶은 마음이 들도록. 물론 대가를 지불하고."

큰 손짓의 장은 모두의 눈을 보며 동의를 구하듯 물었다.

"팔리지 않는 작품은 의미가 없죠."

조용하던 에디가 입을 열었고, 그 말에 장은 격하게 고개를 끄덕였다. 올리는 멜을 향해 고개를 돌렸고, 멜은 대화는 안중에 없는 듯 한동안 굶은 사람처럼 우악스럽게 음식을 쓸어 담아 먹고 있었다.

"팔리지 않아도 모든 작품에는 의미가 있어요."

우롱차를 모두 비운 수가 아무 말 없는 멜을 가만히 보다 반박했다.

"하지만 무엇으로 가늠하죠? 죽고 나서 재평가받는 건 아무 의미가 없어요."

누룽지탕을 비운 에디는 우롱차가 자신의 앞으로 올 수 있도록 탁자를 돌리며 말했다. 멜은 음식을 먹다 말고 가만히 대화에 귀를 기울였다. 올리와 언제나 마찰이 있던 주제였다. 예술을 위한 돈인가, 돈을 위한 예술인가. 언제나 결론은 엇갈렸고 결국 헤어짐에까지 이르게 만들었던 그 주제.

"평생에 걸쳐 작가가 전하려 했던 메시지만으로 충분하지 않을까요?"

수와 에디의 대화를 듣던 준우는 두 손으로 꽃빵을 길게 찢으며 말했다. 예술의 초점은 예술가 자신이라고 생각했다. 그 예술가와 대중의 소통을 위한 매개체가 기획자이며, 그 사명을 온 힘을 다해 진행해 왔고, 그 사이에 불순물이 들어와서는 절대 안 된다고 그러한 예술을 동경하며, 또 존경하며 살아왔다.

"메시지가 전달되기도 전에 굶어 죽지 않으면 다행이고요."

티슈로 입가를 닦으며 에디는 일어났다. 처음 따랐던 고량주가 조금도 줄지 않은 채 잔에 채워져 있었다.

"먼저 가 보겠습니다."

에디가 나가고 바로 쪽찐 머리를 하고 치파오를 개량한 유니폼을 입은 직원이 카트를 끌고 들어왔다. 후식으로 나온 와인에 절인 배를 한 사람 앞에 하나씩 놓던 직원은 남은 후식을 들고 두리번거리다 비어 있는 에디의 자리에 놓고 나갔다. 덩그러니 놓여 있는 후식과 비어 있는 에디의 자리를 보는 올리의 마음이 편치 않았다.

계속되는 침묵의 식사는 장이 고량주를 입에 대는 시늉을 하며 깨졌다.

"아니, 준우 씨 말이야. 쌍둥이인 거 알고 있었어?"

크크크 웃는 장의 웃음소리에 술 한 잔 마시지 않은 수의 얼굴이 한 번에 달아올랐다.

"다시 한번 미안해요."

제대로 사과해야겠다고 생각은 했지만, 기회를 잡지 못해 지금까지 끌어 왔던 수는 어쩔 줄 몰라하며 사과했다.

"그럼 언제 밥 한번 사요~."

준우의 말을 끝으로 모두는 약속한 듯 자리에서 일어나 밖으로 나섰다. 한층 차가워진 밤공기가 이제 여름도 가고 있음을 말해 주는 것 같았다. 그들은 얇은 옷가지들을 여미며 쓸쓸한 모습으로 거리를 걸었다. 서로의 사이에 사람 한 명씩은 들어갈 만한 거리를 두고 걸었지만 그 어떤 것도 허용할 틈은 없어 보였다.

장이 가꾸는 정원엔 먹을 수 있는 것이 없었다. 수는 방울토마토나 고추, 상추 같은 채소를 작은 텃밭 식으로 구석에 키워보는 게 어떻겠냐고 제안한 적이 있지만 장은 단호하게 고개를 절레절레 흔들었다. '예쁘지 않은 것은 싫다'가 그 주장이었는데, 그럴 때마다 수는 방울토마토가 얼마나 예쁜데, 고추랑 상추도 귀엽다고 설득했지만 장은 호락호락하지 않았다. 하지만 그다지 열정적인 것은 아니어서 정원엔 여전히 꽃과 식물로 가득했다.

장은 그림 작업을 할 때완 다른 앞치마를 하고 목장갑을 끼고 정원으로 나가 삐져나온 나무들을 손질하기 위한 준비를 하고 있었다. 수는 나무로 된 긴 의자에 무릎을 품에 넣고 앉아 장의 정원을 구경하는 것을 좋아했다. 처음엔 먹을 수도 없는 것들을 사시사철 물 주고, 손질하고 꼬이는 벌레까지 감수하며 키워야 할까 싶은 마음이었지만, 가만히 앉아 돋아나는 새싹, 몽우리 진 꽃봉오리들이 활짝 피기 시작하면 수의 마음이 간질간질거리는 것이었다.

거실에는 케런 앤(Keren Ann)의 Not Going Anywhere의 전주가 흘러나오기 시작했고, '아무 데도 가지 않아요'라는 가사는 예상치 못한 기억들을 하나하나 끄집어 내 한동안 잊고 지내나 싶은 상우가 기억 속에서 툭하고 튀어나왔다. 수에게 의미가 큰 사람이었으니까, 다시 사람을 믿어도 된다는 믿음을 준 첫 번째 사람이었으니까, 쉽게 지울 수는 없을 거라 예상은 했다. 쉽게 보내는 줬지만 쉽게 잊을 수는 없을 거라, 그러니 잊을 수는 없지만 생각하지 않으려 노력하겠다고, 하지만 이렇게 불쑥불쑥 튀어나오면 곤란하다고 생각한다. 불쑥 튀어나온 기억은 한순간에 한 사람을 무력하게 만들었다. 그 무력함은 꼬리에 꼬리를 물어 수를 지배하고 거미처럼 말아 야금야금 집어삼킨다.

정원에 있던 장은 급하게 장갑을 벗어 전화를 받더니 헐레벌떡 나갈 채비를 했다. 그때까지도 수는 그저 멍하니 무력함에 지배당해 있다. 장의 다급한 목소리가 들려오는 것 같지만 신경 쓸 겨를이 없었다. 들려야 할 노래가 더는 들리지 않고 귀를 파고드는 전화벨 소리가 울린다. 차라리 없던 일이라면 더 마음이 편할까.

외투를 급하게 걸치고 나간 장이 초등학교 교문으로 들어가자 저 멀리 대학생 남자 친구가 보인다. 남자 친구가 앉아 있는 벤치까지 꽤나 넓은 운동장을 걸으며 여유로운 척 숨을 골랐다. 정원을 가꾸는 중 다급한 목소리의 남자 친구의 전화에 급하게 나왔지만 큼직한 청재킷을 걸치고 벤치에 앉아 담배를 피우고 있는 남자 친구는 한결 표정이 여유롭다. 장을 발견한 남자 친구는 장에게 간단히 손을 들어 올려 인사했다. 말없이 옆에 앉은 장은 주머니를 뒤적거렸다. 남자 친구는 아무 말 없이 자신이 물고 있던 담배를 장의 입에 물렸다.
"누나."
누나라는 소리를 처음 들은 장은 담배를 손가락 사이에 끼고 남자 친구를 쳐다봤다. 첫 만남에서도 누나라는 소리를 한 적이 없는 당돌한 친구였다. 이 친구가 가지고 있는 뻔뻔함은 장이 가장 높게 사는 장점이었다. 남자 친구는 이미 새로운 담배를 꺼내 불을 붙이고 있었고, 장은 입에 물려 있는 꽁초를 바닥에 비벼 껐다.

"무슨 일 있어? 새삼스럽게 웬 누나?"

장은 고개를 갸웃거리며 남자 친구 쪽으로 방향을 완전히 틀었다.

"누나야말로 무슨 일 있어?"

희미하게 실소를 터트리며 묻는 남자 친구의 말투에 빈정거림이 묻어나 있었다. 어리둥절한 장이 대답이 없자 남자 친구는 다시 입을 열었다.

"아니, 누나가 이렇게 한 번에 연락돼서 나온 건 완전 처음인 것 같은데?"

남자 친구의 매정한 말투에 장은 움츠러든다. 다정했던 연인이 변하는 건 한순간이라더니, 마치 어린 불량배에게 삥이라도 뜯기는 듯한 기분에 꾸미지 못하고 나온 자신의 모습이 신경 쓰였다. 혹시라도 이 어린 불량배가 초라한 행색의 자신을 더 우습게 볼까 봐.

"그래서 지금 뭐 시위하는 거야?"

남자 친구를 향해 틀어져 있던 장의 몸은 다시 정면을 향해 있었고, 텅 비어 있던 운동장에 사내아이들이 무리 지어 왔다. 그들은 골대 앞에 자리를 잡고 공을 차기 시작했고 그들의 발재간에 아주 작은 먼지바람이 일었다.

"아니, 누나랑 헤어지려고."

지나갔던 장의 모든 연인은 하나같이 이별을 고했다. 장이 원한 연애도 있지만 개중엔 분명 그들이 원했던 연애도 있었을 것이다. 지금 장에게 이별을 고하는 남자 친구와 마찬가지로.

"이유가 뭔데?"

예상하는 답이 있었지만 항상 장은 마지막 이유를 물었다. 문제의 해결은 원인을 알면서부터 시작이니까. 다음번에는 더 안정된 연애를 할 수 있을까. 그나저나 또 다른 사람을 만나 처음부터 시작해야 한다고 생각하니 온몸에 힘이 빠져 온다.

"누나 확실한 사람이니까, 확실히 이야기할게. 좀 질려."

오른쪽 입술이 실룩실룩거렸다. 그러니까, 무엇이 질린다는 건지 확실히 이야기해 줬으면 좋겠다고 다시 되묻고 싶었다. 하지만 다 끝난 마당에 무슨 의미가 있을까. 힘은 빠지지만 어딘가 홀가분한 마음도 들었다. 언제 떨어질지 모르는 줄을 타다 결국 안전한 그물망에 떨어진 느낌. 이렇게 또 연인을 보내는구나. 장은 조용히 고개를 끄덕였고, 방금 전까지 연인이었던 구 남친이 교문으로 나가 모습이 보이지 않을 때까지 그곳에 앉아 있었다.

도저히 끊어질 것 같지 않은 벨 소리에 수는 다 깨진 감정을 추스르고 휴대전화를 들었다. 모르는 번호가 떠 있는 것을 확인한 수가 머뭇거린다. 휴대전화를 뒤집어 놓았다가 다시 들었다. 아무 응답이 없는 전화기를 붙잡고 더 바짝 귀를 가져다 댄다.

'여보세요?'

'수, 나 힘들어…'

말해주지 않아도 그가 누군지 정도는 바로 알 수 있었다. 마치 기다리기라도 한 것처럼 상우의 목소리에 홀린 듯 밖을 나섰다. 길을 나서 지하철을 타고도 한참을 걸어야 나오는 상우의 회사 앞까지 막힘 없이 한숨에 달려간 그곳에 그가 있었다.

여전히 지친 기색이 역력한 상우는 처진 어깨를 한껏 내리고 고개를 푹 숙인 채 돌담에 앉아 있었다. 수가 대답 없는 상우를 기다리던 그곳에서. 말없이 앞으로 다가선 수는 익숙한 손짓으로 상우의 머리를 쓰다듬었다. 천천히 고개를 드는 상우는 수의 허리를 감싸 안고 가슴팍에 한참을 말없이 얼굴을 묻었다. 안겨 있는 상우가 안쓰러우면서도 그의 목소리에 망설임도 없이 다시 이곳에 와 있는 자신이 한심스러워 견딜 수가 없었다. 수는 안겨 있는 상우를 밀쳐 냈다. 다시 안으려는 상우에게서 뒷걸음질치자 상우는 수의 손을 잡고 눈을 맞췄다.

"그냥, 이렇게 만나면 안 될까."

수의 머릿속에서 나오기 전 들었던 '케런 앤'의 '낫 고잉 에니웨어'가 무한으로 재생되고 있었다. 아무것도 몰랐던 그 시절 끊임없이 그의 귓가에 대고 속삭였던 아무 데도 가지 않을 거야라는 약속이 이렇게 독이 되어 돌아오는 것일까.

"나는 네가 사라질까 봐 너무 무서워."

상우의 말이 주문처럼 들려 온다.

"그럼 나에게 모든 사랑을 줬어야지."

강하게 뿌리친 수의 손에 상우가 떨어져 나갔다. 그 뒤로 아무 상관 없는 사람들이 잠깐 멈췄다가 다시 제 갈 길을 바삐 간다. 잠깐의 실랑이는 조용히 길에 묻힌다. 수가 상우를 사랑했던 시간을 되돌려 이 길을 지나는 모두에게 나누어 준다면 아무 일 없다는 듯이 지나가는 사람들처럼 수도 잠깐 동안 자신을 가여워하거나, 상우를 경멸의 눈초리로 보고 조용히 지나쳐 줄까. 수의 눈에서 주체할 수 없는 눈물이 하염없이 흐른다. 상우는 그런 수를 두고 조용히 사람들 무리로 섞여 다시 사라졌다. 수는 움직일 수 없었다. 그 언젠가 그의 귀에 속삭이던 약속처럼 그대로 굳어 그 어디도 갈 수 없을 것만 같았다.

하루가 모든 게 엉망으로 꼬인 날이었다. 아침부터 멜은 난항을 겪고 있었다. 기분이 좋아 콧바람을 부르며 호들갑을 떨다가 탁자에 발톱을 찧고, 애지중지 아끼던 필름 카메라를 실수로 떨어트린 것이 오늘 재앙의 시작이었다. 찧은 발톱을 감싸 안고 아파할 겨를도 없이 설상가상으로 카메라가 떨어지면서 필름 통이 열려 데구루루 굴러 나온 필름에 빛이 들어가 있을 것을 생각하니 골이 흔들린다.

한 장. 딱 한 장만 더 찍으면 필름을 꺼내서 인화할 생각이었다. 이 필름을 꺼내기 위해 전국 방방곡곡을 돌아다닌 지난 세월이 주마등처럼 스쳤다. 그래도 혹시나 싶어 지금까지 찍어 왔던 필름과 떨어트린 필름을 가방에 넣었다. 그리고 바닥에 나뒹구는 카메라를 아이 안듯이 조심스럽게 들어 올렸다. 안에 부품이 떨어져 나갔는지 뭐가 돌아다니는 소리가 들리고 렌즈 부분에 미세하게 빗금이 보였다. 우선 카메라를 들고 상점에 가서 수리를 맡기고, 사진을 인화해야겠다는 생각에 서둘러 집을 나섰고, 마침 기름이 없는 스쿠터를 발로 팡팡 차버리고 타야 하는 버스를 발견하고 뛰기 시작했지만 달리는 버스를 잡을 리 만무했다. 무거운 카메라와 필름들을 어깨에 싣고 만원 버스를 타자 꿈틀대는 양말 사이로 피가 배어 나오고 있었다. 하지만 꼼작할 틈도 없는 만원 버스 안에서 내려야 할 정류장까지 부동자세로 서 있기만 해야 했다.

"이거 오래된 모델이라 힘들겠다."

"아, 형."

오래 알고 지낸, 카메라 매장의 형에게 매달리다시피 한 멜은 울 것 같은 얼굴을 하고 있었다.

"부품이 아예 없어."

곤란한 표정으로 형이 멜을 떼어 내자 이번엔 장난감을 못 가진 아이가 떼쓰듯 찡얼거리더니 바닥에 누워버렸다. 이런 일이 한두 번이 아니라는 듯 태연하게 앉아 있는 형은 매장에 손님이 없어 다행이라며 멜을 내버려 두었다. 멜은 한참을 상심한 채로 누워 있었다.

"아버지 건데…."

돌아가신 아버지의 유품이었던 카메라였다. 카메라를 품에 안은 멜은 아무 일 없다는 듯 털어내고 일어나 사진관으로 들어갔다. 거기서도 역시 살릴 수 있는 사진이 없다는 말에 필름들만 받아 들고 나왔다. 아무것도 손에 넣지 못한 멜은 쇼윈도에 비친 자신을 한참을 쳐다보다 성큼성큼 걸음을 옮겨 자주 가는 미용실에서 염색을 했다. 설상가상 원하는 색과 전혀 다른 색의 머리에 멜은 타오르는 심지처럼 화가 붙기 시작했다.

어깨에 짊어진 무거운 고장 난 카메라와, 빛 먹은 필름들 그리고 마음에 안 드는 머리색까지 열을 내고 있는 멜을 비웃듯 보란 듯이 차례로 미끄러지기 시작했다. '차라리 나도 맨 마지막 줄에 서서 신나게 미끄럼틀이나 타는 거면 참 좋겠는데'라는 생각을 하는데 서 있는 수가 보였다.

"자주 보네."

나란히 선 멜이 말을 걸었지만 반응이 없자 수의 어깨를 두드렸다. 돌아선 수는 울고 있었다. 흠칫 놀란 멜은 뒷걸음질치고, 눈물이 가득 차 오른 수의 흐릿한 시야엔 실루엣만 보일 뿐이다. 다만 깨질 듯한 차가운 향기가 멜을 기억하게 한다.

수는 탄식 비슷한 소리를 조금씩 내며 울었다. 울음을 삼키는 행위인 것 같기도 했다. 그러더니 이내 수는 조용해져 잠을 자고 있는 건가 착각할 정도로 미동도 없이 잠잠해졌다.

"그 사람은 왜 나에게 왔을까요?"

"나는 왜 이 아이를 집어 들었을까?"

영문을 모르는 수의 질문에 에라, 모르겠다. 멜은 가방 안에 들어 있는 카메라를 만지작거리며 하소연하기 시작했다.

"아무리 생각해도 이유를 모르겠어요."

"그러게 나도 아무리 생각해도 모르겠어."

수와 멜은 각자 다른 이야기를 하며 걸었다. 신호에 걸리면 멜은 수의 앞을 막아 걸음을 멈추도록 하고, 다시 파란불이 켜지면 멜의 기척을 느끼고 차오르는 눈물을 떨구며 수도 걷기 시작했다.

"그냥 받지 말걸 그랬어요. 잠깐 참을걸. 괜히 받아가지고…."

"딱 한 장 남았었거든? 하… 그냥 그때 강원도에서 다 쓰고 올걸. 괜히 남겨놔 가지고…."

두 사람은 강둑에 앉아 흐르는 강물을 바라봤다. 멈춰 있는 듯 흐르는 강물 위 다리에 빛이 하나둘 들어온다. 강에는 빛이 반사되어 출렁이는 불빛이 동그랗게 수중으로 공간을 만든다. 수는 가방을 뒤적여 반창고를 건네고, 멜은 주섬주섬 양말을 벗고 이미 다 굳어져 있는 피고름을 걷어내고 반창고를 붙였다.

"내 잘못이에요."

"맞아, 내 잘못이야."

두 사람은 다시 걷기 시작했다. 반대쪽으로 조깅하는 사람들이나 자전거가 지나칠 때마다 강하고 짧은 강바람이 매섭게 얼굴을 덮고 얇게 안개가 끼어 있는 한강 둔치에 흐드러지게 피어 있는 양귀비들이 살랑인다.

"한번만 안아줄래요?"

한강 둔치를 빠져나와 지하철 입구에서 머뭇거리던 수가 말했다. 수의 눈은 멜의 눈이 아닌 귀 언저리를 보고 있는 듯했다. 멜은 망설임 없이 카메라 가방을 바닥에 내려놨다. 넥타이를 맨 사람들과 또각거리는 구두 소리를 내는 사람들이 두 사람 사이로 지나갔다. 멜이 수에게 한 걸음 더 가까이 다가가자 더는 그 사이를 지나는 사람은 없었다. 수의 숨소리가 멜의 귓가에 들리고 멜의 향기에 수의 심장박동이 치솟는다. 멜의 왼쪽 목과 수의 왼쪽 목이 딱 맞는 블록을 끼워 맞춘 듯 들어맞는다. 위로의 의미든, 혹은 아무 의미가 없든, 그 이상의 의미이든 아무것도 확신할 순 없지만 고요한 멜의 심장소리와 온몸을 휘감는 울트라마린의 향기에 안정을 찾은 수의 심장박동이 잦아진다.

장은 라테 위에 올려진 캐러멜 시럽 위로 설탕 시럽을 대여섯 번 더 두르고 얇은 빨대로 마구 휘젓기 시작했다. 하얗던 거품 위로 라테가 올라와 연한 갈색이 되었는데도 장은 멈출 생각이 없어 보였다.

"여기 전시 장소로 섭외할 생각인데 어때요?"

준우는 앉은자리에서 이미 다른 작가의 전시가 진행되고 있는 '골목길'이라는 카페의 구석구석을 손으로 가리키며 물었다.

"네…. 준우 씨가 좋다면 그런 거겠죠."

축 처진 장은 그제야 빨대를 멈추고 벌컥 마시려 입에 대고는 뜨거운 라테에 입안을 데이고 만다. '앗, 뜨거'라는 소리에 놀란 준우는 평소와는 다른 모습의 장을 보며 자신의 차가운 아메리카노를 내밀었다.

"여기 별로 마음에 안 들어요?"

빨대를 이용해 컵 끝까지 얼음을 가져온 장은 여러 번 입안까지 들어가기 직전에 놓치기를 반복했다. 빨대를 탁자에 내려놓고 얼음이 입에 들어올 때까지 입에 넣어 얼음만 남을 때까지 우물거렸다.

"준우 씨. 저 좀 질리는 스타일이에요?"

한참을 생각하며 눈알을 굴리더니 햄스터처럼 양볼에 얼음을 저장해 두고 묻는 장의 얼굴이 사뭇 진지하다.

"왜 그러는 건데요?"

뜬금없는 질문에 가볍게 넘어가려는 듯 웃음으로 무마하는 준우가 자신의 아메리카노를 도로 가져와 얼음을 씹으며 물었다.

"아니, 그냥요…."

딴청을 하는 장에게 준우는 집중하자는 의미로 엄지와 중지를 부딪혀 '딱' 소리를 냈다.

"일합시다. 일."

준우가 장을 데려온 카페는 규모가 꽤 컸는데 사장이 예술가 지원에 관심이 많아 전시하는 예술가들에게 관대함은 물론이고 전시를 목적으로 지어졌기 때문에 공간을 의도대로 바꾸기 쉬운 구조물로 되어 있었다. 그중 준우의 마음에 쏙 든 방이 하나 있었는데 그곳은 평소 세미나실로 이용하는 원형으로 된 공간이었다. 전시를 하게 되면 그곳까지도 사용할 수 있게 해 준다는 사장의 말을 흥분된 목소리로 장에게 전하고 있는 중이었다.

"준우 씨, 저 어때요?"

준우의 설명에도 아랑곳하지 않는 장은 이미 전시는 안중에도 없어 보였다.

"멋진 여성이죠."

아무래도 장의 상태가 이상하다고 생각한 준우는 자세를 바로잡고 조금은 형식적인 목소리로 대답했다.

"그럼 저랑 만나볼래요?"

대답 없이 지그시 장을 살펴보는 준우의 걱정스러운 눈빛에도 장은 별일 아니라는 듯이 크게 웃어대기 시작했다.

"농담. 농담 농담."

민망해진 장이 다시 준우의 아메리카노를 가져가 마시기 시작했고, 낯선 모습에 준우는 덩달아 심각해지기 시작했다.

"진짜 무슨 일 있어요?"

몇 번을 겪어도 익숙해지지 않는 헤어짐은 장에게 끊임없는 연애를 하게 만들었지만 아직까지도 연애 공백기에는 담대하지 못했다. 어른인 척 이별을 받아들이지만 사실 가장 견디기 힘든 순간이 이별이라는 걸 인정하지 못하는 그녀는 어쩌면 그냥 외로운 존재가 되는 게 무섭다고 느끼기 때문이 아닐까 생각한다.

"아무것도 아니에요."

치아를 보이며 웃는 장의 표정이 안쓰럽다. 준우는 더 묻지 않기로 했다. 그냥 전시에 관한 상의도 조금 미뤄 두고 자신의 아메리카노를 양보하고 본인의 시간을 갖도록 조용히 앞에 앉아 있었다.

입구부터 늘어선 화환들은 그야말로 축제 분위기를 연상시켰다. 검은색 정장을 입은 사람들이 갤러리 중간중간에 서 있고, 상기된 표정의 갤러리 대표와 그의 아들 에디는 기자들의 인터뷰에 응하고 있었다. 여전히 표정은 없지만 인터뷰에 진지하게 응하는 그의 모습에 대표도 자랑스러움을 숨길 수 없는 모양이었다.

전시 첫날은 관계자와 초대 손님만으로 진행되었고, 올리도 하루 종일 손님들과 인사를 하느라 허리 펼 시간도 없어 보였다. 에디의 전시는 한 치의 오차도 없이 완벽하게 진행되어 가고 있었고, 비싼 가격의 그림이 하나둘 팔려나갈 때마다 대표 얼굴에는 웃음꽃이 떠나질 않았다.

"인간의 내면에 대해서 이야기하고 싶었습니다."

성실히 대답하는 에디에게 플래시 세례가 터졌다. 갸름한 얼굴에 지금은 선하게 감추고 있지만 독기 어린 눈, 트레이드마크처럼 씌워진 검은색 털모자에 플래시 때문에 하얀 얼굴이 더 하얗게 반사돼 여기저기 뭇 여성들의 탄식이 들려왔다.

이번 전시에 가장 큰 이벤트인 퍼포먼스는 첫날만 에디가 하고 둘째 날부터는 대역이 섭외되어 있었다. 인터뷰를 마친 에디를 따라 계단을 오르면서 갤러리는 일순 정전 상태였고, 웅성웅성한 가운데 에디의 '무관심'이라는 그림 앞에 낮은 조명과 안개가 깔렸다. 에디가 중앙에 서자 빨간 핀 조명이 비췄고 천장에서 창살이 내려오고 그중 한 창살이 에디에게 떨어졌다. 그 창살을 맞고 쓰러지는 에디를 향해 동시에 찰칵찰칵 촬영 소리와 근심 어린 소리가 들려왔고, 관객 사이에 있던 미리 섭외한 댄스팀이 등장하면서 빠른 비트의 음악이 흘러나왔다. 거기에 맞춰 애크러배틱한 동작을 하는 댄서 가운데서 에디는 창살을 들고 죽어 가는 연기를 했다. 짧았지만 강렬했던 공연이 끝나자 박수갈채가 쏟아졌고, '무관심'에 온통 관심이 쏠렸다.

숨이 차올라 있는 에디를 대신해 올리가 나서 그림 설명을 시작했다.

"우리는 모두 선과 악이 공존하는 심장을 가지고 있죠. 작가는 그러한 감정들이 아직 표출될 수 없는 무관심에 대한 잠재적인 욕망을 표현하고자 했습니다."

그림의 반응은 뜨거웠다. 결국 갤러리 대표의 총괄 아래 즉흥적인 경매에 부쳐졌다.

"이걸 그쪽 친구들도 봤으면 좋았을걸 그랬네요."

자신의 그림이 계속해서 높은 가격으로 책정돼 가는 것을 보며 구석에 앉은 에디는 아직 고르지 못한 숨을 거칠게 내뱉었다.

"그랬어도 좋았겠네요."

털모자 안에서부터 흐르는 에디의 땀방울이 턱선을 타고 매달려 있다. 올리는 물과 손수건을 건넸다. 숨을 고른 에디는 다시 듬직한 표정으로 관중 속으로 들어갔다. 하지만 어딘지 모르게 불안한 모습에 꺼림칙한 느낌을 지울 수 없었다.

"올리 씨, 축하해."

뒤에서부터 들려오는 간드러진 음성에 올리는 '작가의 의자'라는 나름 국내의 저명한 계간지의 기자 시옷이라는 것을 바로 알아차렸다.

"고마워요 언니. 기사 좀 잘 부탁해요."

하늘하늘한 소재의 원피스에 청재킷을 걸친 시옷의 팔목에 주렁주렁 매달려 있는 펜던트가 접어 올린 옷에 걸려 있었다.

"나 아니어도 기사는 잘 나올 것 같아. 대표 돈 좀 썼겠던데. 여기저기 아주 난리야."

시옷은 올리에게 귓속말로 속삭였다.

"그나저나 멜, 요즘 힘들어?"

소식이 빠른 사람이었다. 두 사람이 헤어진 사이라는 것을 모르는 것도 아닐 텐데 시옷은 천역덕스러운 얼굴로 물었다.

"글쎄요."

보나 마나 별것도 아닌 가십거리겠지 싶은 올리는 손에 쥐고 있는 무전기에 집중했다.

"멜, 여기저기 돈 빌리고 다니던데?"

"그게 무슨 말이에요?'"

올리의 눈썹이 꿈틀거렸다. 시옷은 입이 근질거리는 듯 들썩였고, 마침 설명을 마친 에디가 앞으로 지나갔다. 결국 시옷은 아무런 대답도 주지 않은 채 급하게 에디를 따라나섰다. 올리는 휴대전화를 만지작거렸다. 손에 들고 있는 무전기에서는 음식이 떨어졌다는 내용이 흘러나오고 있었다.

에디의 전시는 아주 성공적으로 치러졌다. 전시 첫날부터 대부분의 작품이 모두 팔린 상태였고 벌써부터 다음 전시를 묻는 사람들의 기대가 들려왔다. 그 덕분에 올리도 전시기획을 의뢰하는 대표들을 상대하느라 온몸에 진이 빠져나갔다. 전화기를 붙잡고 응대하는 올리는 낮에 시옷이 흘리고 간 멜의 이야기가 계속해서 머릿속을 떠나지 못하고 맴돌았다.

"사장님. 나 그냥 전시하지 말까요?"

'아프리카'의 가장 한가한 평일 오전에 찾아온 멜은 망가진 카메라를 애틋하게 붙잡고 있었다. 아버지의 카메라가 망가져 더는 사진을 찍을 수 없게 된 멜은 지금까지 찍어두었던 사진을 공개할 때라고 생각했다.

"아직도 장소 섭외 못 했어?"

예가체프를 들고 온 사장은 멜과 마주 보고 앉았다. 꼬맹이였던 시절부터 알고 지내왔고, 멜의 아버지가 돌아가시고 난 후부터는 아들처럼 챙긴 녀석이었다. 언젠가 아버지를 위한 전시를 하겠다고 말해 오던 녀석이 풀이 죽어 있으니 사장의 마음도 편치는 않았다.

"아버지랑 약속이라 안 되겠죠?"

멜의 아버지는 숲을 찍는 사진작가였다. 강원도 본가에서 가까운 뒷산에 산책을 갔다가 산불을 피하지 못하고, 구덩이에 묻혀 있었던 이 필름이 들어 있는 카메라가 유일한 유품이었다. 멜의 아버지는 사진작가이긴 하지만 살아생전 단 한 번도 자신의 이름을 건 사진전을 경험한 적이 없었다. 안 팔리는 작가의 인생은 매우 초라한 것이었다. 인맥도 돈도 없는 작가의 설움을 눈으로 보고 온 멜이지만, 멜은 아버지의 사진을 아주 좋아했다. 어린 멜의 눈에 아버지의 숲은 아주 따뜻하다고 느꼈던 것이 아직도 어렴풋이 남아 있다. 돌아가신 후로 단 한 번도 아버지가 찍은 사진을 본 적도 없고, 유일한 유품인 그 필름도 현상하지 못하고 있었다. 단지 아버지가 돌아가시기 직전에 크고 멋지게 당신의 사진전을 열어주겠노라 농담처럼, 노래처럼 말했던 그 약속만이 뇌리에 강하게 박혀 있을 뿐이었다. 하지만 상업 전시를 열지 않는 멜에겐 언제나 밑 빠진 독에 물 붓기였다.

멜의 깊어지는 한숨에 사장도 아무 말을 할 수가 없었다.

수많은 사람들을 보며 이 많은 사람들이 다 어디서 온 것일까라는 생각을 하는 수는 매스꺼운 속을 달래며 심호흡을 한다. 저 멀리부터 안개가 걷히듯 사람들 사이로 환하게 웃는 상우의 얼굴이 보인다. 아니 준우. 수는 고개를 세차게 휘젓는다. 늦어서 미안하다며 사과하는 준우의 얼굴을 아직도 똑바로 보기 힘든 수는 시선을 피하며 어색하게 웃는다. 준우가 앞장서 수를 안내했고, 사람들 틈바구니 사이에서 자꾸만 준우를 놓치는 수의 손을 덥석 잡았다. 놀란 수가 바로 손을 빼자 준우가 머쓱하게 웃어 보이며 걸음을 늦춰 나란히 걷기 시작했다.

베트남 쌀국수집으로 들어간 두 사람은 입구가 얇고 길쭉한 주전자를 가운데 두고 앉았다. 에스프레소 잔처럼 생긴 작은 잔에 기울자 쪼르르 소리를 내며 김을 모락모락 풍기는 재스민 차가 따라졌다.

"정말 나오실 줄은 몰랐어요."

따뜻한 물수건으로 손등을 문지르며 말했다. 상우랑 완전 똑같이 생긴 모습에 흠칫 놀라면서도 입고 있는 청 와이셔츠에 수놓아진 작은 인디언 인형들을 보며 안심한다. 상우는 절대 저런 귀여운 무늬가 그려진 옷을 입을 리가 없다.

"약속했으니까요."

양지가 올려진 쌀국수 두 그릇과 비스듬히 잘린 스프링롤 4조각이 나왔다. 생 숙주와 절인 양파를 집어 국물에 푹 담근 준우가 레몬즙을 짜자 시큼한 냄새가 올라온다.

"사실, 처음 수 씨 만났을 때 여자 친구랑 별로 안 좋았거든요."

'아, 지금은 헤어졌어요.'라고 말하는 준우는 왼쪽 손을 올려 흔들었다.

"그런데 그때 마침 수 씨가 제 앞에 나타난 거죠."

스프링롤을 먹는 준우의 입술에 땅콩소스가 살짝 묻어났다.

"그러니까, 저희 형 때문에 저까지 안 좋게 보진 말아줘요."

그럴 생각은 없지만 똑같은 얼굴의 준우에게서 상우를 떨쳐내기란 쉬운 일은 아니었다.

"준우 씨는 준우 씨죠."

준우의 기분이 상하지 않을까 생각과는 다른 말을 내뱉지만 틀린 말은 아니라고 생각한다. 준우는 준우고, 상우는 상우니까. 단지 자신만 그 구별을 확실히 하면 되는 거라고 생각했다.

"여자 친구랑은 왜 안 좋았어요?"

수는 상우의 이야기를 피하고 싶은 마음에 궁금하지도 않은 질문을 해 놓고 태연히 쌀국수를 입에 가져다 댔다. 그걸로 이 어색한 분위기의 책임은 준우에게로 넘어갔다. 물론 구구절절한 사정을 이야기하고 나면 다시 자신에게 넘어오겠지만.

"사실, 같이 있어도 거리감이 느껴졌거든요. 함께 있지만 멀리 있는 사람을 보는 느낌."

분위기는 확연히 다르지만 준우의 눈빛이 아련해지며 상우가 짙게 묻어난다.

"한 번 거리감이 생기면 좁혀지는 건 배로 힘든 것 같아요."

원래 연애라는 것이 다들 이렇게 힘든 것인가라는 생각도 한다. 그럼에도 계속해서 연애를 시작하게 하는 원동력은 무엇인가 의문이 든다. 자꾸만 지쳐 가는 수는 쌀국수를 반 그릇도 먹지 못하고 남겼다. 준우의 그릇도 다 비워지지 못하고 젓가락을 내려놓는 것이 보였다.

식사를 마친 두 사람은 다시 사람이 넘치는 시내 한복판으로 나왔다. 길쭉길쭉한 내레이터 모델들이 저마다 제품 홍보를 하고 있었다. 수는 언뜻 느껴지는 청량한 향기를 따라 홀린 듯 걸음을 옮겼고 어느새 작고 단아한 병에 들어 있는 파란 액체 앞에 서 있다.

"앙상세 울트라마린입니다."

멀끔하게 차려입은 남성은 수에게 시향지를 내밀었다. 언젠가 올리가 말했던 그 향수 이름이 바로 이것이었음을 바로 알아차린다. 이것이 그토록 수를 그립게 만들었던 멜의 향기라는 것도.

"여기서 뭐해요?"

한참을 두리번거리던 준우는 향수 앞에서 발을 떼지 못하는 수를 발견하고 뛰어왔다. 눈을 감은 채로 코끝에 시향지를 대고 있는 수는 준우가 옆에 와 있는 것은 눈치도 못 채고 있는 듯했다. 한참을 뻘쭘하게 서 있던 준우는 매장에 들어갔다 나오며 수의 손에 들려 있는 시향지를 살짝 빼고 자신의 코에 가져다 대며 말했다.

"마음에 들어요?"

각성한 듯한 눈을 번뜩 뜨자 준우는 수의 손에 앙상세 울트라마린이 들어가 있는 종이백을 걸었다.

"아니에요."

수는 다시 종이백을 넘기자, 준우는 손을 뒤로하며 받지 않았다.

"고마워서 그래요. 그냥 받고 커피 한잔 더 사주세요."

난감한 표정을 짓고 있는 수가 종이백을 들고 어쩔 줄 몰라 하자 준우는 잽싸게 뺏어 수의 가방에 넣었다.

"취향 독특하시네요. 이거 남자 향순데."

기분이 좋은지 어깨를 으쓱하며 다시 앞장서는 준우의 뒤를 조용히 따라 걷는 이 길이 어쩐지 익숙하다. 멈춰 선 곳은 바로 '아프리카' 커피숍이었다. 입장을 알리는 종소리, 그리고 푸근한 사장님의 인사, 시무룩한 표정의 멜.

주책맞게 심장이 뛰기 시작한 수는 훔친 물건을 들키기라도 한 듯 재빨리 향수가 든 가방을 등 뒤로 숨겼다.

"엇, 멜 씨 여기 있었네요?"

"오랜만이네, 준우 씨."

멜은 조용히 고개를 끄덕였다. 오히려 아는 사이인 것처럼 보이는 사장님이 더 반갑게 준우를 맞았다.

"아가씨도 오랜만이네요."

얼굴을 기억하고 있었던지 인사하는 사장에게 수도 꾸벅 고개를 숙이고 자연스럽게 멜이 있는 탁자에 앉았다.

"으아, 그거 멜 씨가 아끼던 카메라 아니에요?"

금이 가 있는 렌즈의 처참한 광경을 목격한 준우는 마치 자신이 다친 듯 인상을 찌푸렸다.

"사망했어."

카메라를 꼭 끌어안는 멜은 최대한 불쌍한 표정을 지어 보였다. 수는 이 순간에도 멈추지 않는 심장박동 소리를 누군가가 들을까 노심초사하는 모습이었다.

"사장님, 시다모로 주세요."

원두 갈리는 소리가 들리기 시작하자 준우는 수에게 귓속말을 했다.

"화장실은 저쪽에 있어요."

안절부절못하는 모습이 준우의 눈엔 생리현상이 급한 걸로 보였나 보다 안심하며 수는 자연스럽게 일어났다. '아프리카'의 화장실은 실외에 있었다. 짤랑이는 문을 열고 나가 건물을 반 바퀴 돌아 수돗물을 틀어 손을 씻는데 옆에 직사각형의 초상화가 하나 눈에 띄었다. 초상화 속의 젊은 남자는 옆을 비스듬히 보고 있었는데, 그곳엔 밖이 선명하게 보이는 투명한 창문이 있었다. 젊은 남자의 초상은 어딘지 서글픈 눈으로 창밖을 하염없이 내다보고 있었고, 왼쪽 어깨 부분에 멜의 사인이 있었다.

다시 짤랑이는 소리를 내고 들어섰을 땐 남자 셋의 분위기는 화기애애해 보였다.

"완전히 멜 씨를 어중이떠중이로 써 놨더라고요."

"무슨 말이에요?"

돌아온 수가 앉으며 물었다.

"아, 이번에 '작가의 의자' 잡지에 작게 멜 씨와 저의 전시에 대해 실렸더라고요."

"아, 진짜요?"

장의 책상 위에 올려져 있던 그 잡지를 수도 본 기억이 났다. 그런데 이 좋은 분위기는 뭔지, 악평이 달렸다는 사람 치고는 꽤나 즐거워 보였다.

"완전 미운털 박힌 거지 뭐."

키득키득 웃는 멜은 자조 섞인 말투로 비아냥거렸다.

"작가의 의자가 아니라 자본의 의자가 별명이에요, 그 잡지."

수는 그림이나 예술을 언제나 보는 쪽이었기 때문에 그저 잡지에 실리고, 그들이 평가하면 그것이 옳다고 생각해 왔는데, 역시 보여 주는 쪽인 작가와 기획자들의 입장은 다른 거구나라는 생각을 다시 한번 한다.

"저도 이번에 근본 없는 기획자로 찍혔던데요?"

같이 웃던 준우도 동조하고 순식간에 화기애애했던 분위기는 가라앉았다.

"아! 화장실에 멜 씨 그림이 하나 있던데 누구예요?"

수는 분위기를 바꿔 보고자 꺼낸 말에 사장은 조용히 일어나 비워진 커피 잔에 새로운 커피를 따랐다.

"아, 그거 우리 아버지."

"아버지 사진을 화장실에 걸어 놨어요?"

사장은 수의 식은 커피 잔을 새 잔으로 바꿔줬고, 수는 미소를 머금으며 커피 잔을 들었다.

"아버지가 숲을 좋아하셨거든."

멜은 쓸쓸하게 카메라를 매만졌다.

"예전에 건물들이 많이 없었을 때 그 창문을 통해서 숲이 보였었거든요."

부연 설명하듯 사장은 말했다. 뭔가 알고 있는 듯한 준우는 수에게 눈짓을 해 보였지만 그런 준우가 부담스러웠던 수는 애써 눈짓을 무시했다.

"지금은 별로 안 좋아하시나 봐요?"

준우는 고개를 돌리고 이마에 손을 얹었다.

"지금도 좋아하실 거야. 돌아가셨지만."

덤덤한 멜과는 상반되게 화들짝 놀란 수가 떨군 커피는 카메라를 물들였다. 멜은 젖어가는 카메라를 보며 쓴웃음을 지었고, 사장은 헐레벌떡 가져온 수건으로 카메라를 닦아냈다.

"미안해요."

10분. 아니 5분 전으로만 돌아갈 수 있다면. 잠깐 일어난 실수에 수는 전에 했던 실수, 그전에 했던 실수, 그 전전에 했던 실수까지 전부 끄집어내서 자신을 책망한다. 입이 방정이지 싶은 마음에 새빨개진 얼굴에 두 손으로 입을 가린 채 고개를 떨궜다. 정작 멜은 아무렇지 않다는 표정이었다.

"그럼 나 돈 좀 빌려줄래?"

농담인 듯 진담인 듯 애매한 멜의 눈동자가 체념한 듯 뿌옇게 흔들렸다. 사정 설명을 하는 멜의 표정이 암담하게 변해 갔다.

"사실 포기 직전이야."

실소를 터트리는 멜은 의자에 양반다리로 앉아 주섬주섬 카메라를 가방에 넣었다.

"멜 씨, 돈이 필요한 거면 공모전은 어때요?"

곰곰이 생각하던 준우가 태블릿 피시를 뒤지더니 한 포스터를 보여 줬다.

"피렌체에서 하는 공모전인데 주제, 분야 아무것도 상관없어요. 참가비가 있긴 한데 상금이 상당하더라고요."

규모가 상당히 큰 공모전이었다. 자격요건 없이 오직 작품만 출품할 수 있고 참가하는 모두의 신상은 비공개로 진행된다. 토너먼트 형식으로 순위가 정해지고 최종으로 남는 사람이 상금을 받는 구조였다.

'어때요?'라고 준우가 묻자 멜은 생각에 잠긴 듯했다.

낡고 지저분하지만 이 작업실을 얻은 지 벌써 삼 년째가 된 것에 멜은 감격했다. 반지하에 먼지 가득했던 이 공간에서 코 풀 때마다 새까만 먼지가 나와도 좋아서 어쩔 줄 몰랐던 때가 떠올라 지그시 눈을 감고 의자에 기대앉았다. 물감 냄새가 비릿하게 올라왔던 이곳에서 올리와 함께 그림을 그리던 시절도 있었다. 올리는 그림을 그리는 것보다 전시를 기획하는 데 더 흥미를 가졌지만.

"뭐하는 거야? 문까지 활짝 열어놓고."

밖에서부터 들려오는 발소리만으로도 올리가 왔다는 것쯤은 쉽게 알 수 있었다.

"충전하는 거야."

의자에 축 처진 채로 앉아 있는 멜은 뒤도 돌아보지 않고 대답했다. 올리의 목소리를 들은 멜은 퓨즈가 뽑힌 듯 온몸에서 한층 더 힘이 쭈욱 하고 빠져나갔다.

이 공간에서 작업했던 모든 것들은 올리 손을 통해 전시장으로 옮겨졌었다. 크고 작은 전시들을 함께 진행했고, 올리는 대형 기획사에 취직하며 멜의 작품을 단두대에 올려놓고 상품적 가치에 대해 떠들기 시작했다.

"전시 준비하는 거 잘 안 되고 있다며."

굳이 뒤돌아보지 않고 짜증 섞인 목소리만으로도 표정을 읽을 수 있었다. 올리는 작업실을 돌아다니며 그동안 작업해 놓은 것들을 살펴보며 평가하고 있을 것이다.

"응."

멜의 머리보다도 위쪽에 있는 창문을 통해서 차가운 바람이 들어왔다. 그냥 이대로 잠들 수 있다면 얼마나 좋을까라는 생각을 한다. 아무것에도 방해받지 않고 지금은 그저 잠을 자고 싶다고.

"도와줘?"

공격적인 말투의 올리였지만 단지 그의 도와달라는 말 한마디면 된다고 생각했다. 지금까지 했던 모든 말을 용서해 줄 수도 있다고.

"됐어. 내가 알아서 해."

여전히 뒤도 돌아보지 않고 말하는 멜을 보며 올리는 무슨 똥배짱인가 싶다.

"네가 뭘 알아서 해!"

버럭 소리를 지른 올리는 씩씩거리며 멜의 작업실을 나왔다. 여기저기 돈 빌리고 다니는 주제에 뭘 알아서 하겠다는 건지. 그 대단한 자존심에 흠집까지 내면서 하려는 그 전시가 무엇인지도 알아내지 못한 올리는 분이 안 풀려 활짝 열려 있는 현관문을 발로 쾅쾅 찼다.

다시 잡아보려 해도 손 쓸 방법도, 시간도 없이 한참을 그렇게 멜은 힘이 빠진 상태로 공허한 눈을 하고 있었다. 어찌 보면 구제불능의 상태로 보일 수도 있겠지만, 또 다르게 생각하면 충전을 하고 있은 시간이기도 했다. 한참을 그렇게 힘이 빠지는 대로 내버려 두면, 앉아 있던 시간만큼 새로운 에너지가 다시 몸으로 들어온다. 그 에너지를 얻기 위해 힘이 다 빠져나가 버리도록 온 힘을 다해 많은 시간 올리와 사투하려고 했는지도 모르겠다. 최대한 올리를 받아들일 수 있도록.

페라에서 진행되었던 에디의 전시는 아주 성공적으로 막을 내렸다. 갤러리를 가득 채웠던 에디의 그림들은 복사본까지 거의 다 팔려 갔고, 그 뜨거웠던 열기는 텅 빈 전시장이 증명하고 있었다. 4층의 개량 한복을 입고 있는 대표는 흡족한 표정으로 비싼 홍차 잔을 내왔다. 금테가 둘러져 있는 병의 뚜껑을 열어 각설탕 한 조각을 꺼내 잔에 넣었다.

"아들 그림이 반응이 좋아. 기분이 너무 좋아 내가."

새끼손가락을 위로 올리고 우아하게 차를 마시는 대표의 잔에 붉은 입술 자욱이 묻어났다. 커다란 오팔 알 반지가 끼워져 있는 손가락을 쓰윽 내미는 대표의 손에는 하얀 봉투가 있었다.

"고마워서, 따로 챙겼어."

"저…, 대표님."

봉투는 탁자에 그대로 둔 채로 올리는 머뭇거렸다. 잔잔하게 클래식이 흘러나오는 사무실에서 대표는 서두르지 않고 홍차를 즐기며 기다렸다.

"부탁드리고 싶은 게 있는데요."

"뭐가 그렇게 어려워. 뭐든지 말해."

어렵게 꺼낸 올리의 말에 대표는 고개를 끄덕이며 지휘하듯 허공에 손을 휘저었다.

"이곳에서 멜의 전시를 했으면 해서요."

허공을 가르던 대표의 손이 멈춰지고 가지런히 무릎에 올려진다. 살며시 미소를 띠는 대표의 한쪽 입꼬리가 살짝 올라가 있다.

"멜 작품 좋지."

어쩐 일로 긍정적인 반응에 올리는 안도의 숨을 내쉬려는데, 대표
가 말을 덧붙였다.

"근데 올리 씨도 알다시피 우리 갤러리랑은 안 맞는 것 같은데."

올리는 나오려던 숨이 쏙 들어가, 가슴을 꽉 막은 기분이었다.

"부탁드릴게요."

부탁이라는 걸 해본 적이 없는 올리가 지금 오직 멜을 위해 서툰
용기를 짜내느라 느껴지는 낯선 감정에 목소리가 가느다랗게 떨렸다.

"음…. 그럼 조건이 하나 있어."

대표는 인심을 쓰고 있다는 듯 거들먹거렸다.

"멜이 당분간 우리 갤러리 얼굴마담 하자."

멜은 과도한 상업주의 전시에 열을 올리는 이 일대 갤러리들을 비
판하고 나선 적이 있기 때문에 모두 쉬쉬하지만 이미 이쪽 세계에선
미운 털이 제대로 박혀 있었다. 분위기상 지금 멜의 전시를 받아 줄
갤러리는 물론 없거니와 전시의 질이 좋다 해도 탐탁지 않은 시선으
로 뭉개버릴 수 있다. 그렇지만 그만큼 화제를 몰고 다니는 인물이기
도 했기에 충분한 관심을 끌 수 있다. 그 때문에 페라 갤러리 대표의
지원은 멜에게 좋은 방패가 될 것이다. 하지만 올리는 멜을 설득할
수 있을지 의구심이 먼저 들었다. 자신의 그림이 상업적인 기준으로
입에 올려지는 것마저 예민하게 반응하며 거부하는데, 갤러리의 이
익을 위해 나서는 역할을 하라는 건 너무 잔인한 요구가 아닐까 하

는 생각이 들었다. 그렇지만 현실적인 문제도 더는 간과할 수 없다고 판단했다.

"알겠습니다."

올리는 대표에게 인사하고 갤러리를 빠져나왔다. 휑한 입구에 화환에서 떨어진 몇 송이의 꽃이 뒹굴고 있었다.

"아깝긴 하죠."

하얀 반팔을 입고 나타난 에디는 긴장이 풀렸는지 볼살이 살짝 올라와 있었다. 독기가 그득했던 눈도 조금은 유순해진 것 같기도 했고. 항상 긴 옷만 입고 다녀 몰랐는데 팔뚝에는 몇 가지 작은 문신이 눈에 띄었다. 꽤나 귀여운 모양에 에디의 인상을 부드러워 보이게 했다.

"뭐가요?"

올리는 조금 전 무거웠던 감정은 잠깐 내려놓기로 하는 대신 떨어진 꽃들을 주우며 물었다.

"멜 씨 그림 말이에요."

갤러리 입구의 낮은 계단에 앉은 에디는 떨어진 꽃송이의 잎을 가지고 장난을 쳤다.

사실 이번 에디의 전시 초기 아이디어는 준우가 기획한 멜의 전시에서 얻었다. 우연찮게 들어갔던 전시장에서 영감을 받아 더 화려하고 더 철학적인 척 본인의 전시를 계획했고, 어머니에게 멜의 전시에 대한 이야기를 했더니 바로 올리라는 이름이 나왔기 때문에 준우의 기획이 올리의 기획인 줄 알고 섭외했었다. 하지만 결과적으로 올리와 손발이 잘 맞았기 때문에 상당히 만족한 상태에 있었다.

"이번 전시, 덕분에 재밌었어요. 고마워요."

종이 포장이 된 A5 크기의 캔버스를 올리에게 내밀고 에디는 갤러리 안으로 쏙 들어갔다.

안 어울리게 귀여운 모습이라고 생각하며 올리는 에디의 말을 곱씹는다.

"이대로 두기엔 아까운 멜의 그림."

여름이 가기 전을 목표로 했던 장의 전시는 상태에 따라 미루고 미뤄져 완전한 가을이 되고 나서야 겨우 올릴 수 있었다. 밝은 색상의 복슬복슬한 스웨터를 입고 있는 장은 한 마리의 푸들 같았다.

장의 전시가 열리는 '골목길'의 사장도 매우 흡족해 하는 모습이었다. 준우의 끈질긴 설득 끝에 전시하게 된 장의 정원 연작이 가장 인기가 좋았다. 장이 원했던 대로 예쁘고 사랑스러운 분위기가 여기저기 곳곳에 묻어나 있었다. 손님들은 장이 그려낸 초상화 앞에서 사진을 찍어 갔다.

카페 사장과 준우 그리고 장은 구석자리에 앉아 이야기를 하고 있었다. 수는 아이스 카페라테를 주문하고 장에게 다가갔다.

"축하해."

꽃을 좋아하는 장을 위해 수가 준비한 자주색 라벤더 리시안과 연분홍색 쿠르쿠마를 섞어 유칼립투스로 두른 꽃다발을 내밀자 아이처럼 좋아하는 얼굴을 보니 뿌듯해졌다. 장은 카페 사장을 소개해 주려 했는지 사장님을 부르다 들려오는 벨 소리에 허겁지겁 양해를 구하며 밖을 나섰다.

"여보세요? 자기야!"

장의 목소리가 한껏 간드러지며 멀어진다.

"장 씨 남자 친구 생겼어요?"

준우는 어이없어 하며 장의 뒷모습을 바라봤다.

"얼마 전에 소개팅했나 봐요."

'어쩐지…'라며 웃는 준우의 얼굴에 수도 따라 웃었다.

장은 한 남자의 팔짱을 끼고 들어왔다. 장의 옆에는 큰 키의 듬직한 체격, 딱 맞는 정장에 넥타이핀까지 갖추고 온 새로운 남자 친구는 들떠 있어 보였다. 그 뒤로 멜이 따라 들어왔다.

"인사해. 내 남자 친구."

빠르게 인사시키고 장은 자신의 전시를 남자 친구에게 소개하려 카페의 구석구석을 돌았다. 그에 비해 지쳐 보이는 멜은 오자마자 물을 벌컥벌컥 마셔댔다. 수가 자리를 만들어 주기 위해 옆자리로 옮기자 멜은 수가 앉았던 자리에 녹아들듯 파고들었다.

"생각 좀 해 봤어요?"

잠을 못 잤는지 퀭한 눈동자로 멜은 준우를 쳐다봤다. 준우가 다시 한번 묻자 그제야 멜은 알아들었다는 듯 대답했다.

"아. 그거 그냥 안 하려고. 여기서 해 보는 데까진 해 보고."

굳이 나가야 할 이유를 찾지 못했고, 이곳에 뿌리가 있으니 꽃을 피워도 여기서 피워야 한다고 생각했다. 더군다나 아버지의 전시는 이곳에서 인정받고 싶은 욕구가 강했던 멜이었다. 쓰러지듯 탁자에 기대 눈을 지그시 감았다.

올리는 들어오자마자 두리번거렸다. 통이 넓은 바지 속에 가려진 높은 구두가 바닥에 부딪치며 소리가 났다. 장을 발견하고 인사를 하는 듯하더니 바로 돌아서는 것을 보아 장을 찾는 것 같아 보이진 않았다. 옅은 갈색 블라우스를 입고 있는 올리는 평소와 다르게 차분해 보이는 분위기를 풍기고 있었다. 장이 가리키는 손가락을 따라 엎드려 있는 멜을 발견하고 당당히 걷는 올리가 점점 크게 보인다.

"잠깐 이야기 좀 해."

멜이 뜨다만 눈으로 귀찮다는 듯 손짓했다.

"나와."

싸늘한 기운을 풍기며 올리는 나갔다.

빨갛게 변해 가는 단풍나무가 길게 늘어진 길 아래 올리는 팔짱을 낀 채로 삐딱하게 서 있었다. 얇은 셔츠만 걸치고 나온 멜은 추운지

주머니에 손을 넣고 웅크린 채 나무 아래 의자에 앉았다.

"무슨 일인데."

올리는 앉아 있는 멜을 여전히 서서 내려다보고 있었다.

"네 그림, 페라에서 전시해."

올리는 단도직입적으로 짧고 간단하게 말했다.

"페라? 페라 사모님이 웬일이래? 아들이 잘돼서 잠깐 관용이 넘치셨나."

콧방귀를 뀌며 멜은 빈정거렸다. 제멋대로 접힌 바지 밑단 아래로 양말을 신지 않아 그대로 복사뼈가 노출되어 있었다.

"빈정대지 마. 좋은 기회야. 너도 알지?"

발로 떨어져 있는 단풍잎을 모으는 멜에게 올리는 타이르듯 말했다.

"그렇지. 나처럼 안 팔리는 작가한테는 꿈의 무대일지도 모르겠다."

멜의 목소리엔 한층 더 빈정거림이 심해졌지만, 아닌 게 아니라. 예술작가로서 성공하기란 이 나라엔 너무 제한사항이 많고, 편협하고, 그 길은 좁았다. 그리고 일생을 안 팔리는 작가로 살아온 멜의 아버지를 위한 데뷔 무대로 손색이 없는 건 사실이었다.

흔들리는 멜의 얼굴에 멜의 마음이 바뀔세라 올리는 조심스럽지만 당당한 목소리로 이야기했다.

"그 대신…. 네가 얼굴마담 하는 조건이야."

당당하게 말했지만 사실 올리는 멜의 대답을 가슴 졸이며 기다렸다. 매도 먼저 맞는 게 낫다고 솔직히 이야기하고 설득시켜야겠다고 생각했다.

"싫어."

단박에 거절하는 멜은 자조 섞인 웃음을 지으며 말했다.

"싫을 이유가 뭐가 있어. 대체."

작가가 자신의 작품을 알리기 위해 부수적인 활동을 하는 것에 강박적으로 거부반응을 보이는 멜을 올리는 도저히 이해할 수가 없었다. 물론 그 활동이라는 것이 작품에 전혀 상관이 없더라도 누구에게나 과정은 있는 법이고, 모든 과정이 순탄할 수만도 없는 법이다.

"쪽팔려. 굴욕적이야."

양 손을 뒤통수에 대고 엉덩이를 의자 끝부분에 걸친 멜은 하늘을 보며 말했다. 불어오는 바람에 얇은 멜의 셔츠가 살랑살랑 거리며 멜의 배를 들췄다 났다를 반복했다.

"쪽팔려? 굴욕적이야? 웃기시네."

건성건성 하는 멜의 태도에 올리는 실소를 터트렸다.

"야, 사람은 태생부터 굴욕적이고 쪽팔린 거야. 날 때부터 발가벗고 많은 사람들 앞에 서야 하지. 심지어 누군가의 손길이 닿지 않으면 아무것도 못해. 감정 표현이라곤 그저 우는 것 밖에 못하지. 혼자서는 아무것도 습득할 수 없고 아무것도 말할 수도, 먹을 수도, 심지어 싸지른 걸 치울 수도 없어. 가르쳐 주지 않으면 글씨도 못 읽었던 시절이 있었어. 그런데 뭐? 그런 건 굴욕적이라 못해? 쪽팔려?"

도저히 진지해질 줄 모르는 멜의 태도에 울컥한 올리는 불같이 화를 내며 있는 대로 소리 질렀다. 지나가던 사람들은 잠깐 멈춰 섰다 올리를 피해 걸었다.

"그래서 뭐?"

퀭한 멜의 눈동자는 건조했다.

"페라에 네 그림 팔아. 너 돈 필요하다며."

올리의 높은 목소리는 분이 아직 가라앉지 않아 가느다랗게 떨리고 있었다.

"너는 내 작품들이 돈으로밖에 안 보이지?"

자세를 바로잡고 일어나는 멜은 정색했다. 이렇게 정색하는 멜은 올리도 처음 보는 모습이었다. 올리는 멜의 반응에 움찔했다. 이렇게 앞뒤 안 가리고 소리 지르고 나서 또 후회할 걸 잔뜩 인상을 찌푸리는 올리가 되레 씩씩댔다. 멜은 그런 올리를 뒤로하고 조용히 걷기 시작했다.

"그래도 다시 생각해 봐!!"

멀어지는 멜을 잡지도 못하고 발만 동동 구른다. 더 작게 보이기 전에 멜의 뒤통수에 대고 소리 지르지만 차오르는 눈물은 참을 수가 없다. 멜이 앉았던 의자에 주저앉은 올리는 얼굴을 감싸고 화장이 번지지 않도록 조심히 바닥으로 눈물을 떨군다.

한참 후에 돌아온 올리는 기운이 모두 빠져 있었다.

"오늘 분위기 왜 이래? 초상집이야? 나 전시 첫날인데."

새로운 남자 친구가 자리를 비운 사이 장은 투덜거렸다.

"미안, 축하해. 준우 씨도."

애써 웃는 올리의 눈가가 아직도 빨갛게 붓고 실핏줄이 살짝 터져 있었다.

"멜은?"

장의 말에 준우와 수는 두리번거렸다. 이제 문 닫을 시간이 다 됐는지 카페의 사장과 아르바이트생은 마감 준비를 하고 있었다.

"몰라. 아까 어디 가던데?"

대답하는 올리의 목소리에 힘이 하나도 들어가 있지 않았다. 수는 보이지 않는 멜과 올리의 상태가 계속 신경 쓰였다.

그 사이 장의 남자 친구가 다시 돌아왔고 장은 신난 목소리였다.

"와인바 어때? 우리 자기가 쏜대."

장의 남자 친구는 여전히 상기된 얼굴로 목석같이 장의 옆에 서 있었다.

모두 외투를 챙겨 밖을 나섰고, 외투가 없는 장을 위해 자신의 검은색 정장 외투를 장의 어깨에 걸치며 남자 친구가 자동차의 리모컨 키로 차 위치를 알렸다. 온통 검고 흰 차밖에 없는 가운데 새빨간 그의 차가 눈에 띄었다. 몇 걸음 못 가 올리는 도저히 안 되겠다며 온 길을 되돌아갔다. 아쉬워하는 장을 태운 빨간 차가 요란하게 출발한다. 차 안에서는 올드팝이 흘러나왔고, 마이클 잭슨의 'Billie Jean'이 나왔을 때는 넘치는 흥이 절정에 달한 장이 앞 좌석에서 들썩였다.

사실 멜은 이미 돌아볼 수 있는 갤러리는 전부 다 돌아봤었다. 전등을 켜지 않으면 불빛 한 조각도 들어오지 않는 작업실의 벽을 바라보고 섰다.

올리와 헤어진 뒤, 사실 아무것도 손에 잡히지 않았다. 언제나 자신감 넘치는 자세와 굳은 신념으로 임해 왔지만 자신만 노력한다고 해서 되는 세상이 아니라는 걸 다시 한번 깨우칠 뿐이었다. 올리와 관련된 갤러리들은 모두 멜에게서 등을 돌렸다. 그것이 올리와 헤어지고 난 후 일어난 일이기 때문에 모든 책임은 그녀에게 있다는 것은 아니다. 원래 갤러리 사람들은 멜을 싫어했으니까. 건방진 태도와 파격적인 멜의 그림과 사진은 언제나 그쪽 사람들의 입방아에 오르고 내렸다.

올리는 헤어진 지금도 멜의 뮤즈였다. 멜은 언제나 그녀를 그리워하고 갈망하고 새로운 에너지를 얻었다. 싸움의 원인은 서로 다른 가치관이었지만 올리는 전혀 이해하지 않았고, 이해하려 하지도 않았다. 그 이유로 떨어져 나간 멜이 올리와 헤어진 직후에 응한 인터뷰에서 싫은 소리 좀 했다고 부풀려질 대로 부풀려진 기사가 나간 후로부터 갤러리 쪽 사람들과는 공공의 적이 되었다. 그러다 보니 더는 멜의 그림도 사진도 받아주는 곳이 없었다.

이번에도 결국은 그렇게 될 것이라고 생각했다. 알아 보다 알아 보다 결국 포기하게 되겠지. 나 자신이 하류로 남는 것은 무섭지 않지만, 이미 돌아가신 아버지를 그렇게 둘 순 없다고 생각했다. 나 자신은 이미 세상과 많은 타협으로 여기까지 왔지만 아버지의 사진만은 그 어떠한 것도 양보할 수 없다고 생각했다. 깊고 낮은 한숨들이 캄캄한 반지하 작업실에 깔린다.

헤어졌지만 여전히 올리는 멜의 주변을 떠날 줄 몰랐다. 알면 알수록 멜을 더 알고 싶었다. 그럴수록 올리는 멜을 위해 더 열심히 뛰었다. 그는 자신이 가지고 있지 않는 재능을 가지고 있으니까. 그냥 두기에는 너무 아까운 멜의 재능. 올리가 가지고 싶어도 가질 수 없었던 그 재능. 올리는 멜의 재능을 극대화하는 방법을 알고 있었다. 자극적이고 더 자극적이게 멜을 조르며 재능을 팔아 왔다. 그것이 그의 재능을 소진하는 것이라고는 생각하지 않았다. 하지만 자신의 작품이 올리의 손에서 팔려나갈 때마다 눈에 띄게 고립되어 갔다. 멜의 에너지를 뺏어 자신이 이렇게 서 있는 거라 생각하면 미안해 미칠 것 같은 마음이 든다. 지금도 멜의 작업실 건물 입구에서 서성이는 자신이 한심하지만 올리는 멜이 없으면 안 된다는 걸 다시 한번 깨닫는다. 멜의 작업실이 있는 낡은 건물 입구의 전등 센서가 꺼졌다 켜졌다를 반복하다 결국엔 잠잠하게 꺼진 채 미동조차 없었다.

은은한 불빛 아래 현악 오중주가 각자의 자리에서 소리를 내며 조화를 이뤘다.

장과 장의 남자 친구, 준우 그리고 수가 있는 탁자도 분위기가 무르익을 대로 무르익었다. 와인은 역시 체코 와인이지라며 장의 남자 친구가 코르크마개를 따자 뿡 하는 소리가 경쾌하게 울린다. 빈 유리병에 물결치듯 와인을 디켄딩하는 그의 솜씨가 예사롭지 않다.

"너무 행복해."

장은 혀가 꼬여 말했다. 하얀 얼굴에 손을 감싸는 볼이 빨갛게 물들어 있었다.

"맞아요. 행복이라는 게 별거 있나요. 지금 이 순간이 행복이죠."

계속해서 머리를 만지던 준우는 헝클어진 머리로 잔을 높이 들어 대꾸했다.

장은 손가락으로 수를 콕 집어 물었다.

"행복하길 바라?"

아직도 첫 잔을 비우지 못한 수가 의미 없이 와인 잔의 바닥을 잡고 돌렸다. 행복해지길 바랐던 건 이미 먼 과거의 이야기 혹은 다른

세상의 이야기인 것만 같았다. 그보단,

"아니. 나는 이유가 필요해. 내가 살아 있어야 하는 좀 더 강렬한 이유."

수는 진지하게 대답했다. 말이 끝나기가 무섭게 장은 웃음을 터트렸다. 그러자 옆에 있던 장의 남자 친구가 웃고, 그 웃음은 준우에게 까지 전염되어 세 사람은 뒤로 넘어갈 듯 깔깔대며 웃었다. 왜 그들이 갑자기 웃음을 터트렸는지는 모르겠지만 아무렴 어때라는 생각이 들었다.

수는 외투를 들고 밖으로 나와 좀 더 강렬한 이유를 향해 걸었다. 무작정 걷고 또 걸었다. 원래도 길거리라는 것이 취한 사람이 많은 것인지 그날따라 유난히 취객들이 많이 보였다. 구석에서 혼신의 힘을 다해 토하는 여자가 비틀대더니 몇 걸음 못 가고 다시 속을 게워내는 순화 없이 들려오는 생생한 소리에 수까지 속이 안 좋아지는 것 같았다. 반대편에서 오는 취객 무리와 살짝 부딪치자 무리 중 한 명이 벌러덩 넘어졌다. 아는지 모르는지 무리는 제 갈 길을 가고 있고, 무서움이 앞선 수는 달리기 시작했다.

가방을 품에 쥔 수는 두리번거리며 건물을 찾았다. 세련된 주택들 사이에 있는 낡은 건물은 오히려 더 튀었다. 입구를 기웃거리자 자동 센서가 반응하며 주황색 불이 켜진다. 조심스럽게 계단을 내려가 문을 두드리자 누군지 묻지도 않고 열리는 문 안쪽의 당황스러운 표정의 멜이 보인다. 아마 수가 이곳에 왔으리라고 상상도 못했을 것이다. 들어오라는 말도 없이 멜은 문 앞에 굳어 있었다.

"걱정돼서 와 봤어요."

멜은 방 안을 밝히는 불을 켜고서야 겨우 수를 방 안으로 들여보냈다. 멜의 향기로 가득 찬 그곳은 그의 작업물로 보이는 것들이 크기별로 차곡차곡 쌓여 있었다.

"걱정?"

휑한 작업실의 먼지 쌓인 의자를 탈탈 털어 내어 주는 멜을 보자 빈손으로 온 것이 미안해졌다.

"아까, 낮에…."

멜은 수의 말을 곱씹었다. 고개를 갸우뚱하며 상당히 불편한 기색으로 시선을 피했다.

"위로해 주고 싶어서요."

수가 멜에게 받았던 위로만큼이라도 진심이 전달되길 바라며 멜의 손등 위로 자신의 손바닥을 가져다 댔다.

"영화를 너무 많이 본 거 아니야?"

수의 손이 닿자마자 너무 쉽고 무정하게 수의 손을 뿌리치는 날카로운 그의 목소리.

"이런 걸론 위로가 되지 않아. 다음부턴 술이라도 한병 가지고 오라고. 그게 위로니까."

잠깐이지만 울트라마린보다도 더 차가웠던 멜의 손과 그것보다 더 깨질 듯한 차가운 태도에 수는 당황스러움을 감출 수 없었다. 머릿속이 텅 비는 것만 같았다. 시간이 멈춘 것은 아닐까 싶을 정도로 커다란 벽이 멜과 수 사이를 가로막는다. 어떤 변명도 하지 못한 채 멜의 작업실에서 나오자 다시 한번 동작을 감지하는 전등이 켜진다. 왔던 길을 되돌아가는 수의 발걸음이 갯벌을 걷는 것처럼 무겁다.

오랜만에 내리는 비였다. 한층 차가워진 공기에 축축하게 젖은 도로 위로 먼지 걷힌 비 냄새가 올라왔다. 우산을 가지고 오지 않은 것을 후회했다. 비를 피해 카페에 들어간 수는 조금 떨어지는 비를 더 가까이에서 보고 싶은 마음에 앞이 훤하게 뚫려 있는 창가 자리에 앉았다.

차가웠던 멜의 손을 생각하면 아직도 간담이 서늘해진다. 불행인지 다행인지 그 후로 멜과 마주친 적은 단 한 번도 없었다. 자연스럽게 멜은 수에게서 사라졌고, 간간이 들려오는 소식도 일절 없었다.

탁자 위에서 부르르르 떠는 진동 벨을 들고 일어섰다. 진동 벨과 맞바꾼 쟁반엔 따뜻하게 덥혀진 빵과 오늘의 커피가 올려져 있다. 가만히 귓가에 울리는 빗소리, 고소하게 올라오는 빵 냄새, 따뜻한 머그잔 그리고 별다를 것 없이 계속 흐르는 일상. 노란색 치즈가 올려진 빵 한 조각을 입에 베어 문다. 입안 가득 퍼지는 샛노란 색깔만

큼이나 짭조름한 치즈향. 희미하게 느껴지는 행복은 멀리서 찾을 필
요도 없이 이런 걸 말하는 게 아닐까.

하지만 그것도 잠시. 문득, 자신에게 허락된 행복이라는 건 이 정
도가 아닐까 하는 생각이 들었다. 더 행복을 바라봤자 원래부터 최
대치의 행복은 개인마다 정해져 있어 바란다는 행위조차 아무 의미
없는 건 아닐까 싶은. 창을 통해 비치는 초라한 모습을 애써 외면하
려 해 보지만 결국 마주하고 지그시 눈을 감고 자신에게, 자신의 인
생에 대한 용서를 빈다.

"뭐해요?"

준우는 접혀 있는 장우산을 돌돌 말아 들고 서 있었다.

"용서를 빌고 있어요."

창문 밖으로 물웅덩이를 지나가는 차가 도로변에 있는 나무에 물
을 뿌리는 모습이 보였다.

"뭘 잘못했는데요?"

바닥에 꼭지를 대고 있는 준우의 우산 밑으로 빗물이 흥건하게 고
인다.

"모르겠어요."

아마도 큰 죄를 짓고 살아간다고 생각했다. 그렇기 때문에 수는
항상 자신도 모르게 용서를 구걸하곤 했다. 도대체 무슨 죄를 지었
기에 이리도 무거운 걸까라고 생각하지만 언제나 답은 없다. 체념한

듯한 수의 표정이 무의 존재를 대변한다.

준우의 주머니에서 벨 소리가 울리고, 다급한 올리의 음성이 그대로 흘러나와 수의 귀까지 들어갔다.

올리는 에디의 전시를 성공적으로 끝내고 여기저기 빗발치는 섭외와 인터뷰 전화에 눈코 뜰 새 없이 바쁜 나날을 보내고 있었다.

쌓여 있는 기획안과 프린트된 작품집 사이에 에디가 줬던 선물이 포장도 뜯기지 않은 채 끼어 있었다. 종이를 찢어 내자 서서히 그림이 드러난다. 그림을 들고 실눈을 떠 사무실을 한 바퀴 돌아 아무것도 걸려 있지 않은 하얀 벽 중앙에 걸었다. 가만히 보고 있자니 수백 대의 플래시가 터지고 있는 것 같은 느낌이 들기도 하고, 빛이 반사된 물결이 치고 있는 듯도 보였다. 올리의 상상 속에선 캔버스 밖으로 수평선이 그려진다.

"아, 바다 보고 싶다."

쉬고 싶은 마음이 간절했다. 지금 당장 따뜻한 남쪽으로 무작정 달리다 보면 힐끗힐끗 보이는 바다가 있겠지. 창문을 열면 맡아지는 바다 냄새. 선 베드에 누워 여유롭게 내리쬐는 햇빛을 여과 없이 받을 수 있다면.

'띠리리링.' 사무실로 울려 퍼지는 전화벨 소리에 산통이 깨진 올리는 빠르게 현실로 복귀한다.

'춥겠지.'

"전화받았습니다."

페라의 전화였다. 갤러리 직원은 멜의 전시 일정에 대해 묻고 있었다. 올리는 대답을 망설이며 탁자에 검지를 초 단위로 내리쳤다. 전화기 속에서 대답을 재촉하는 목소리가 올리의 뇌를 울린다.

"아, 죄송해요. 확인 후 다시 전화드릴게요."

대답도 확인하지 않은 채 전화는 끊어졌다. 얇은 살색 골지 티에 와인색 긴 스커트를 입은 올리는 트렌치코트를 들고 밖을 나섰다. 비 오는 거리는 며칠 새 피부에 느껴질 만큼 기온이 떨어져 있었다. 한손에 휴대전화를 들고 다른 한손으로는 트렌치코트의 앞부분을 단단히 여민 후 자가용을 향해 뛰었다.

'지금 거신 전화는 없는 번호이거나, 전화를 받을 수 없사오니 삐 소리가 난 후….'

멜의 전화는 연결되지 않았다. 올리는 허공에 '전화도 안 받을 거야?'라고 따지며 핸들을 돌렸다.

지하라 그런지 계단을 내릴 때마다 더 차갑고 스산한 기운이 올라왔다. 너무 쉽게 열리는 잠겨 있지 않은 문에 이상한 낌새를 차린 올리는 문을 완전히 열어젖혔고, 볼 수 있는 건 아무것도 없었다. 며칠 전까지만 해도 사람이 드나들었다는 것이 믿기지 않을 만큼 텅 비어 있는 지하실은 온통 습기가 가득 차 있었다. 주머니에 있는 휴대전화를 꺼내 다시 전화를 걸어보지만 이대로 평생 연결되지 않을 것만 같은 연결음 소리만 반복해서 들릴 뿐이었다. 머리를 굴려 생각해 보려 하지만 아무것도 생각나지 않는 올리는 울음이 터지기 일보직전이다. 천장에 반쯤 걸려 있는 창문에서 가는 비가 쳐들어온다.

"여기서 뭐해요, 아가씨?"

아가씨라는 말에 올리의 몸이 잽싸게 반응한다. 기대와 다르게 푸근한 인상의 아주머니가 서 있었고, 등 뒤로 나타난 청년은 안경을 치켜세우고 들어오자마자 신발을 신은 채 구석구석을 돌아다녔다. 지나간 자리엔 선명한 신발 자국이 찍혔다. 부동산에서 왔다는 아주머니에게 올리는 괜한 질문이라는 걸 알면서도 지푸라기라도 잡는 심정으로 혹시 세입자였던 사람이 왜 집을 내놓았는지 아느냐고 묻지만 '글쎄요…'라는 대답만 돌아올 뿐 고개를 절레절레 흔들었다.

"급매물이 나와서 저희도 급하게 와본 거예요."

축 처진 올리의 어깨가 안쓰러웠는지 아주머니는 한마디 더 보탰다.

"돈이 급했던 모양이던데, 사정사정해서 건물주한테 보증금 받아갔다고 하더라고요."

'멜이 사라졌다. 돈 때문에.'

올리는 억장이 무너진다. 고집스러운 멜을 원망하면서도 어디에 가면 찾을 수 있을지 분주하게 머리를 굴렸다.

"준우 씨. 혹시 멜 소식 아는 거 있어요?"

'모르겠다'는 대답을 들은 올리의 전화기는 멈췄다. 전화기를 붙잡은 지 십 분도 채 되지 않았지만 올리가 알고 있는 멜은 거기까지였다. 지금까지의 관계가 이렇게 얕았나 싶을 정도로 두 사람 사이에 연결되어 있는 사람이 없었다. 그제야 올리는 멜이 스스로 돌아오지 않는 한 자신의 힘으로는 절대 그를 찾을 수 없을 거라는 생각이 들어 무서워졌다. 애꿎은 허리끈을 손톱으로 긁어대다 준우에게서 온 문자에 찍힌 주소를 멍하니 바라본다.

내비게이션에 주소를 찍고 달리기 시작한 도로는 비가 오는 탓에 꽉 막혀 속도가 나지 않았다. 답답한 발을 구르며 신호에 걸릴 때마다 애꿎은 핸들만 두드린다. 골목길로 진입하고 나서는 비슷해 보이는 길을 계속 맴돌다 차에서 내린 올리는 '아프리카'를 찾아 걷기 시작했다. 우산에 가려진 시야로 간판 하나 놓치지 않도록 집중해서 걷다 모퉁이로 보이는 짙은 녹색 간판의 '아프리카'를 발견했다.

짤랑이는 문을 열고 들어가니 사장과 준우 그리고 안절부절못하는 수가 이야기하고 있었다.

"올리 씨. 여기 멜 씨 아버지의 친구분이에요."

낯선 장소, 낯선 얼굴. 이렇게 가까운 곳에 멜의 지인이 있는 줄은 몰랐다.

"멜이랑은 가족처럼 지내고 있습니다."

올리는 아무것도 모르고 있었다. 멜이 가족처럼 지내는 존재가 이

서울에 있는 줄은 오랜 기간을 연애하면서도 전혀 알지 못했다.

"안녕하세요."

조심스럽게 인사하는 올리에게 사장은 흑백으로 프린트된 종이한 장을 건넸다.

"이곳에 간다고 하더라고요."

피렌체의 공모전 포스터가 A4용지 사이즈로 출력되어 있었다.

"안 간다고 하더니만 결국 갔네요."

다리를 꼬고 앉은 준우가 말했다.

"그러게요. 저한테도 일주일 전에 갑자기 와서 인사만 하고 갔어요."

올리의 끓어오르는 화가 누그러들며 눈물이 차오르자 사장은 수건을 건넨다. 멜이 어디에 있든 살아 있다는 것만으로도 마음속 한구석에선 안도의 한숨이 쉬어진다. 우는 올리를 보고 사람들이 안절부절못하자 부쩍 많아진 눈물을 여기저기 흘리고 다니는 자신이 싫어도 흐르는 눈물은 멈춰지지 않는다.

며칠 앓더니 올리는 다시 일상생활에 잘 적응한 듯 보였다. 그동안 쉬느라 꼬인 일정들을 푸는 것만으로도 하루하루가 모자랐다. 페라 갤러리에서 하기로 했던 멜의 전시는 에디의 특별 전시회로 메우기로 했다. 에디는 그것에 분노한 듯 보였지만 대표의 뜻이 그러하니 어쩔 수 없이 순응하는 눈이 다시 매서워졌다.

"조건이 있어요."

같은 핏줄 아니랄까 봐, 조건을 참 좋아하는 대표와 에디 사이의 신경전이 팽팽하게 당겨졌다.

"이번 전시는 허준우 씨랑 진행하는 걸로 하죠."

에디는 '작가의 의자' 잡지의 멜과 준우의 전시가 소개된 쪽을 펼쳤다. 준우에 대해 '근본 없는 기획자'라고 평가해 놓은 문장이 눈에 띄었다.

"허준우가 누구야?"

말을 잇지 못하는 대표의 얼굴이 일그러졌다.

"지금 신인 작가 사이에서 인기 있는 기획자예요."

자신의 울타리에서 벗어나거나 파격적인 시도를 하면 가차 없이 싹을 자르는 실태에 탄식한다. 익숙하지 않은 것은 불온전하다고 생각하는 건지, 익숙함이 온전함이라 생각하는 건지. 빠르게 성장하는 속도를 따라가지 못하는 자신들이 무서운 것인지. 안타까운 마음에 올리가 지원사격에 나서자 대표는 에디의 손에 있는 잡지의 내용을 자세히 읽어 내리기 시작했다.

"그렇게 해."

둔탁한 소리를 내며 잡지가 덮인다. 대표의 반응에 에디는 놀랐고, 올리는 웃었다.

적어도 대표는 영악한 사람이었다. 자신이 지금 무엇을 가지고 있는지, 그것을 어떻게 활용할 수 있는지를 정확하게 알고 있었다. 그

패기 어린 무명 기획자가 자신이 짜 놓은 울타리 안으로 들어와 충성하기 시작하면 그 울타리는 상상도 할 수 없을 만큼 커진다는 것을. 준우가 어떤 선택을 하게 될지는 모르겠지만, 올리는 그렇게 하지 않았으면 좋겠다고 생각한다.

자신처럼 되지 않길. 더 큰 그림으로 더 큰 세상을 구축하길.

올리는 준우의 번호를 알려주고 갤러리를 나왔다. 사무실로 바로 복귀하기 위해 차에 올라타자 내비게이션이 켜지며 카페 '아프리카'의 경로를 안내한다. 서랍을 열어 '아프리카'의 사장님이 건넨 종이를 다시 펼쳐 피렌체라고 찍혀 있는 글씨를 쓰다듬어 본다.

올리는 자신이 지금까지 그들이 만들어 놓은 울타리 안에서 얼마나 무차별하고 폭력적으로 멜의 신념을 무시해 왔는지 깨닫고는 깜짝 놀랐다. 자신이 진정 사랑한 것은 멜이 맞는가에 까지 생각이 미치니 얼굴이 화끈 달아오른다. 올리는 멜에게 준 것이 사랑이 아닌 단지 집착이라는 생각에 이르자 그에게 해 왔던 수많은 잘못이 떠올라 용서받으려는 것조차 염치없다는 생각이 들어 세차게 고개를 젓는다. 그럴 리가 없다. 올리는 멜 그 자체를 사랑한다.

올리는 사무실에 도착하자마자 긴 휴가를 냈다. 몸도 마음도 지쳐 있었다. 지금은 쉬어야 할 때라고 생각했다. 하지만 그 휴가는 유보됐다. 페라 말고도 올리가 해결해야 하는 많은 일과가 밀려 있었다.

같이 있고 싶다는 남자 친구의 말에 장은 못 이기는 척 수에게 전화를 걸었다. 급하게 나오느라 챙기지 못한 정원을 생각하며 물을 줘 달라는 말도 빼먹지 않고 전했다. 와중에 뒤에서 안고 목덜미에 입맞춤을 퍼붓는 남자 친구 덕분에 장은 행복하다. 사랑받고 있다는 느낌은 이렇게 사랑스럽다.

블라인드를 걷어 올리자 빼곡히 빛나는 서울의 밤이 보인다. 샤워기 소리가 멈추고 가운을 걸친 남자 친구가 젖은 머리로 나온다. 키가 큰 장은 지금까지 만났던 남자와는 다르게 안겼을 때 쇄골이 보이는 것이 설렜다. 남자 친구의 쇄골을 따라 손가락을 움직이자 덩치에 안 맞게 쑥스러워하는 모습이 귀엽다고 생각했다.

"자기는 나에 대한 판타지가 있어?"

장은 남자 친구의 쇄골에 입을 맞추며 물었다.

"응."

잠시 생각하는 듯하더니 남자 친구는 장의 머리를 쓰다듬는다.

"말해 봐."

품을 파고드는 장은 이미 남자 친구의 손에 의해 침대로 뉘어진다.

"금지된 모든 것."

천장으로 비치는 그의 몸 근육들이 요동친다. 슬며시 장의 눈을 가리는 천 쪼가리에 오직 거친 숨소리만 귓속으로 파고든다.

"내 마지막은 너였으면 좋겠다."

그의 말에 엉덩이를 들썩이며 움찔거린다. 장에게 있어서는 지금 앞에 있는 사람이 늘 마지막 사랑이다.

온통 무채색인 수의 방에 채도가 높은 앙상세 울트라마린은 단연 눈에 띄었다. 깨끗한 파란색. 단아한 병의 모양도 마음에 들었지만 병이 아닌 향수액 자체가 파란색이라는 점이 특히 마음에 들었다. 무엇보다도 향기. 뇌가 울릴 정도로 어지럽게 만드는 앙상세 울트라마린은 수의 마음을 홀딱 가져갔다.

앙상세(insensé)라는 프랑스어가 가지고 있는 비상식적이고 무분별한, 엉뚱한, 기상천외한, 엄청난, 미친이라는 뜻이 전혀 아깝지 않다고 생각했다. 향수를 보고 있으면 모두가 일하고 있는 여유로운 오후에 털레털레 서핑보드를 끌고 나와 차가운 바닷속으로 미련 없이 들어가는 남자의 모습이 떠올랐다. 자유로운 멜도.

파란 뚜껑을 열어 손목에 펌핑한다. 짜릿하게 올라오는 시트러스 향이 시간이 지나면 지날수록 묵직한 나무향으로 가라앉아 하루 종일 정신을 못 차릴 정도로 취하게 만들었다. 향에 취하면 취할수록 더욱 선명하게 떠오르는 멜의 모습도 수의 의식 속으로 더 선명하게 각인된다.

한동안 잠잠하다 싶었던 상우는 잊을 만하면 뜬금없이 연락이 왔다. 잊을 수 없던 사람은 또 다른 의미의 잊을 수 없는 사람이 되어

가고 있었다. 준우의 모습에 면역이 생겨 이젠 상우의 모습을 봐도 심장이 덜컥 내려앉거나 하는 일은 없었다. 추워진 날씨 탓인지, 마지막으로 봤을 때와 비교해서 복장에 거의 변화가 없는 상우는 떨고 있었다.

"죽을 것 같아."

다가오려는 상우를 향해 수가 손바닥을 보이며 손짓한다.

"제발."

항상 무너지진 않지만 그 직전의 상태를 유지할 것 같았던 상우는 한층 더 처절한 모습으로 수 앞에 서 있다.

"나도 제발."

무릎을 꿇으려는 상우를 일으켜 앉힌다.

"상우 씨. 나 애원하는 거야. 당신 버리지 말라고. 당신 자신까지 당신을 버리지 않았으면 좋겠어. 너무 불쌍하잖아. 나 자신에게까지 버림받는 거…. 나는 누구든 불쌍한 거 싫어."

누군가가 무너져 내리는 모습을 보고 있는 것만큼 괴로운 것은 없었다. 그런데 이제 와서 가만 생각해 보면 무엇이 상우를 이렇게까지 만들었는가를 들어본 적이 없었다. 그는 처음부터 괴로워하는 역할이었다. 그런데도 수는 상우와 특별한 무언가로 연결되어 있다고 생각했다는 것이 이제 와 의아했다. 상우는 그 사이 무슨 일이 있었던 걸까. 왜 이렇게 눈에 띄게 처절해진 것일까. 하지만 간절한 상우의 눈빛에 더는 속지 않겠다고 다짐한다.

"근데 죽지 마. 나 때문에 죽었다는 소리는 안 들었으면 좋겠다."

수가 할 수 있는 최대한의 배려였다고 생각한다. 상우를 제자리로 돌려놓는 것. 그리고 자신도 제자리로 돌아가는 것. 우리 모두는 각자가 지켜야만 하는 자리들이 있지 않은가.

수는 돌아선 상우가 보이지 않을 때까지 그 자리에서 뒷모습을 지켜봤다. 항상 보기 힘들어 외면했던 그래도 한때 사랑했던 그의 뒷모습이 꿈같이 사라진다.

한가했던 주말 오전 조용한 집에 울리는 초인종 소리에 부스스한 모습으로 문을 열자 올리가 서 있었다. 잔뜩 멋을 부린 올리는 들어오자마자 콧물을 훌쩍였다.

"이 날씨에 웬 밀짚모자?"

소파에 누워 있던 장이 올리의 모습에 경악하며 웃음을 터트렸다.

"바다 가자."

아랑곳하지 않는 올리는 허리춤에 손을 올려 위풍당당한 자세를 만들며 말했다.

"바다요? 갑자기?"

무릎 나온 바지를 입고 있는 수가 머리를 긁적이며 묻자 올리는 반짝반짝 빛나는 눈으로 고개를 끄덕였다.

"나도 같이 가는 거예요?"

의외로 뜨뜻미지근한 반응을 보이는 장은 피곤하다며 다시 소파로 누워 버렸고 올리의 말에 수는 두근거리기 시작했다.

"당연하지."

올리는 수의 손을 잡아끌고 장이 누워 있는 소파로 갔다.

"가자~, 어렵게 시간 낸 거란 말이야."

올리의 애교에도 어림없다는 태도를 보이자 올리는 수와 눈을 맞추고 고개를 끄덕였다. 두 사람은 장을 간지럽히기 시작했고 자지러지게 웃으며 꿈틀대던 장은 졌다며 주섬주섬 짐을 챙기기 시작했다.

"어디로 갈 건데?"

양치를 하던 장이 거품을 잔뜩 물고 어눌한 말투로 힘겹게 물었다.

"서해."

식탁의자에 걸터앉아 당근을 씹어 먹고 있는 올리의 대답에는 망설임이 없었다.

"왜 서해예요?"

이미 준비를 마치고 얌전히 소파에서 기다리던 수가 물었다.

"해 뜨는 거 말고, 지는 거 보고 싶어."

마지막 남은 당근을 해치운 올리는 그릇을 싱크대에 가져다 놓고 헹궜다.

"그만 말 놓지 그래?"

입을 헹구고 나온 장이 닭살 돋는다는 듯이 양 팔을 문질렀다.

트렁크를 가득 채우고도 자리가 없어 뒷 좌석까지 나와 있는 짐에 장과 수는 입이 떡 벌어졌다. 장은 재빠르게 앞 좌석을 차지하고 앉았다. 수도 뒷좌석에 끼여 자리를 잡자, 바로 올리의 차가 출발했다. 서해까지는 약 3시간 정도 걸린다고 내비게이션이 안내하고 있었다.

부드럽게 미끄러지는 차 밖으로 낯선 풍경들이 지나가고, 흥얼거리는 올리의 높은 음성이 기분 좋게 울려 퍼졌다. 수는 가만히 창문에 기대어 사이드 미러로 고개를 까닥이며 리듬을 타고 있는 장의 모습을 구경한다.

준비성이 철저한 올리가 예약한 펜션은 바닷가와 가까운 곳으로 발코니에서 바로 바다가 보였다. 두꺼운 패딩을 걸친 올리는 절대 포기 못하겠다며 밀짚모자를 머리에 쓰고 바닷가를 산책했다. 푹신한 모래들이 있는 곳을 골라 올리와 장, 그리고 수가 나란히 앉는다. 거센 바닷바람이 생각했던 것만큼 낭만적이거나 여유롭진 않았지만 그걸로 충분했다. 그저 바다를 바라볼 수 있는 것으로. 올리의 밀짚모자는 계속해서 머리를 이탈했다. 그럴 때마다 몇 번이고 그 모자를 주워와 다시 머리에 썼다. 소중한 듯 꽉 붙잡고.

"좋다."

가장 귀찮아했던 장의 '좋다'라는 말 울림이 마음을 참 편안하게 했다. 그렇지만 점점 더 거세지는 바람은 편치 않았는지 세 사람은 금방 숙소로 들어와 간단하게 배를 채우고 바다가 보이는 발코니에 바짝 붙어 누웠다. 물안개가 서려 있는 서해바다는 점점 멀어지며 뻘이 보이기 시작했다.

멜의 소식을 가장 늦게 안 장은 푸념인 듯 입을 열었다.

"멜. 피렌체 갔다며?"

'어떻게 나한텐 말도 안 하냐'라며 입을 삐죽거리는 장은 진심으로 서운해 보였다.

"보고 싶다."

올리의 말에 '나도'라고 말할 뻔한 수가 입을 막는다.

"정신 차리세요. 너네 헤어진 지 벌써 반년은 넘었거든요?"

누워 있는 장은 자전거 타듯 허공에 다리를 돌리며 말했다.

"죽지 못해 산다."

올리의 말에 수는 사는 게 사는 것 같지도 않고 의미도 없다는 마음을 들킨 것 같아 깜짝 놀랐다.

"죽지 못해 산다는 말 진짜 싫어해. 아니 너무 무책임하잖아. 살 의지가 없는데 아까운 공기 들이마시면서 왜 인생을 축내?"

숨을 몰아쉬며 빠르게 '그런 말은 함부로 하는 게 아니야'라는 장은 입술을 삐죽이며 투덜댔다.

그래도 어쩔 수 없는 거라고 수는 생각했다. 잔뜩 그늘진 얼굴로 사는 재미도 없지만, 그렇다고 살기 싫다는 건 아니라는 올리의 말이 답은 없다고 생각했다. 정해져 있는 답은 결국 '모르는 것'이라고.

"정 그러면 피렌체를 가 보지 그래?"

장의 물음에 수는 비스듬히 상체를 세워 올리의 반응을 살폈다.

"난 이미 영혼까지 탈탈 털렸어."

올리는 몸을 뒤집어 엎드려 팔 안쪽으로 얼굴을 감췄다.

"이미 다 털린 자존심 챙겨 뭐해."

장은 안타까우면서도 답답한 마음에 올리의 어깨를 두어 번 다독였다.

"미안해서 그러지, 사실은."

'미안해서 그래, 멜한테. 너무 미안해서. 너무너무 미안해서.' 올리는 계속해서 미안하다는 말을 반복했다. 자신에게 하듯, 아님 장과 수에게 들으라고 하듯, 멜에게 하듯, 바닥에 머리를 박고 메아리처럼 속삭였다.

"자꾸 멜의 냄새가 맴도는 것 같아서 더 그래."

뜨끔한 수는 양손을 뒤로 감췄다.

준우는 에디의 전시 제의를 이미 한 차례 거절했다. 페라 대표의 권위적인 태도도 마음에 들지 않았지만 결정적으로 에디가 쓸데없이 모든 것을 벌려 놓는다고 생각했다. 개인적으로 에디의 그림은 좋아하지만 그가 원하는 전시는 본인이 해 줄 수 없다는 생각이 들었다.

그런데도 이 끈기는 무엇인지 에디는 계속해서 연락을 해 왔다.

"알았어요. 기획은 전부 준우 씨에게 맡길게요."

사무실까지 찾아온 에디는 선심 쓰듯 말했다.

"아니, 이미 한번 어그러진 건데, 왜 굳이 저랑 해야 해요?"

부탁하러 온 주제에 묘하게 주도권을 잡고 있는 에디가 짜증이나 준우는 계속 버티고 있었다.

"그동안 준우 씨가 했던 전시, 관심 있게 보고 있었습니다. 마음에 들어요. 틀에 박히지 않은 사고. 제 그림이랑 어울리잖아요. 맞춤이라고 생각해요."

준우는 피식 새어 나오는 웃음을 참았다.

"에디 1/2. 전시 제목."

고개를 치켜세우는 준우를 향해 에디는 말없이 고개를 끄덕였다.

이미 한 번 봤던 그림들이었지만 다시 한번 진지하게 작품들을 골라냈다. 급하게 잡힌 전시라 시간적인 여유가 없었을 텐데도 여전히 완성도 높은 에디의 그림에 준우는 감탄했다. 준우는 바로 머릿속에 전시 형태를 그려 나간다.

"한 층만 쓰죠."

이번에 준비한 에디의 그림은 모두 흑백으로만 구성했다. 갤러리가 커야지만 쾌적한 관람을 할 수 있다는 고정관념을 깨뜨리면 좋겠다는 생각을 한다. 천장에서 배너처럼 에디의 그림을 내려 입장할 때는 층을 꽉 채울 만큼 **빽빽하게** 배열하고, 각도를 다르게 할수록 전시장의 여백이 보이며 180° 돌았을 때 그림이 격자무늬로 번갈아 가며 교차되어 보이도록 입체적인 전시를 꾸밀 계획을 하고 있었다.

"디제이를 부르면 어때요? 하우스 일렉트로닉으로."

선곡을 고민하고 있던 준우는 에디의 말에 손바닥을 올렸다. 반응이 없는 에디에게 손을 흔들어 보이자 준우의 행동을 따라 인사하듯 손을 들어 흔들었다. 준우는 인사하는 에디의 손바닥에 자신의 손바닥을 부딪쳐 짝 소리가 나도록 하이파이브를 했다.

집으로 돌아오는 수는 집 앞을 얼쩡거리고 있는 익숙한 뒤통수를 발견했다. 움직임이 많은 걸 보아하니 준우임을 확신했다.

"며칠 전 형도 다녀갔어요."

배시시 웃는 준우의 얼굴이 제법 근사하다고 생각하는 걸 보면 수가 가지고 있는 상우의 대한 기억은 순조롭게 잊히고 있는 게 분명했다.

"좀 걸을래요?"

기분이 좋아 보이는 준우의 손에는 병 음료 두 잔이 들려 있었다.

집에서 가까운 산책로로 이동하는 도중에 준우는 수에게 알로에주스와 토마토주스가 들려 있는 양손을 내밀었다. 취향도 일반적이지 않다고 생각했다. 대부분 오렌지주스와 사과주스 아니면 포도주

스 아닌가? 싶은 생각이 들자 피식 새어 나오는 웃음을 참으며 알로
에주스를 집어 들었다.

준우와 수는 다시 걷기 시작했다. 강 옆으로 아무렇게나 자라난
갈대들이 손등을 간지럽힌다. 서로의 손이 살짝씩 부딪힐 때마다 긴
장하는 준우는 괜히 기지개를 켰다.

"우리 형, 안 미워요?"

적당한 곳에 자리를 잡고 앉은 준우가 물었다. 자리 뒤로 앉은 키
보다 훨씬 큰 갈대들이 높이 치솟아 있다.

대답을 하지 못하는 수는 처음엔 준우의 질문 자체를 이해하지 못
했다. 미움의 감정은 생각보다 멀었다. 오히려 고마웠다.

"그렇게 전부 다 품고 있으면 힘들지 않아요?"

대답하지 않고 입을 다물고 있는 수를 보는 준우가 어림짐작하며
다시 물었다.

"힘들기보단…."

수는 하늘을 쳐다봤다. 덩달아 올려다본 준우의 눈에 반짝이는
별들이 쏟아진다.

"힘들기보단…. 지겨워요, 내가."

해탈한 듯한 표정으로 말하는 수를 보는 준우가 움찔한다. 계속해
서 준우를 거슬리고 신경 쓰게 하는 표정에 심장이 심하게 요동친다.

"외롭지 않아요?"

홀로 자신과 싸우는 수가 안쓰러워 힘이 되고 싶다고 생각했다.

"내 자아가 왼쪽과 오른쪽으로 나뉘어 있다면, 왼쪽은 외롭다고 몸서리를 치는데 오른쪽은 그건 아니라며 왼쪽을 타박해요. 그럼 둘이 싸워요. 누가 이기든 나에게 돌아오는 건 없어요. 언제 끝날지도 몰라요. 영광도 승리도 없는 상처뿐이죠."

수는 말하면서 추웠는지 입고 있는 외투의 지퍼를 목 끝까지 올렸다.

"수 씨한테 필요한 게 뭔데요? 우리 형?"

차마 준우 앞에서 밝힐 수는 없지만 단번에 멜의 향기가 떠올랐다.

"이제 그 사람은 필요하지 않아요."

온통 멜의 생각이 가득한 수를 보는 준우는 형에 대한 미련이라고 생각한다. 단호하게 말하는 만큼 자신의 마음을 부정하고 있는 것이라고.

"그 빈자리 내가 채울 수 있을까요?"

사뭇 진지한 준우의 얼굴이 달빛에 반사되고, 적극적으로 아예 수 쪽으로 자세가 기울어져 있었다.

"저는 준우 씨가 생각하는 것보다 훨씬 메마른 사람이에요."

수는 준우를 외면했다. 아직 손목에 체취로 마르지 않은 울트라마린의 향기가 공기를 타고 올라왔다.

"제가 수 씨에게 물을 줄게요."

멋진 말이라고 생각하면서도 그 순간만큼은 다시 옆에 있는 사람이 상우인지, 준우인지 의심해야 했다. 흔들리는 수의 동공은 여과 없이 준우의 동공에 비췄다.

"미안해요."

역시 아닌 건 아닌 것이라고 생각했다. 준우의 말들은 수의 알쏭달쏭했던 다짐들을 더욱 확고하게 만든다.

"뭐? 얼마나? 아니 언제?"

정말로 놀란 건 장이었다. 20인치 보라색 캐리어를 끌고 방에서 나온 수는 잠깐 옆 동네에 다녀오겠다는 말투로 피렌체에 가겠다고 말했다.

"지금."

입이 다물어지지 않는 장은 말을 더듬으며 잇지 못했다.

"아니…왜…갑자기…아니…왜…네가…왜…?"

자고 일어난 지 얼마 안 된 터라 왼쪽 머리가 한껏 위로 치솟아 있다. 잠이 덜 깬 건가 장은 볼을 꼬집어 보기도 하지만 앞에 서 있는 수는 단호했다.

"확인하고 싶은 게 있어서."

아직도 얼어 있는 장을 뒤로하고 수는 현관을 나왔다. 캐리어 바퀴가 아스팔트 바닥에 부딪혀 탈탈거리며 시끄러운 소리를 낸다. 드

넓은 공항에 도착한 수는 티케팅을 하기 위해 줄을 섰고, 여권을 건네자 항공사 직원은 수하물이 있느냐고 물었다. 캐리어를 만지작거리다 없다고 대답한 후 티켓을 건네받았다. 12시 50분 비행기. 수는 손목에 차여 있는 은색 메탈 시계를 확인한다. 11시 30분.

기나긴 줄에 휴가철도 아닌데 이렇게 사람이 많다니, 다들 무슨 사연을 안고 어딜 이리 바삐 가는지 궁금해졌다. 면세점을 지나쳐 바로 출국장으로 이동한 수는 보조가방을 열어 노트북을 꺼냈다. 휴대전화가 연결이 되지 않는 멜과 연락할 방법이 마땅치 않아 멜의 이메일을 찾아냈다. 막상 메일을 열자 보이는 흰 화면에 뭐라고 써야 할지 한참을 고민했다. 인사말을 쓰고 지우고를 몇 번이나 반복했는지 모르겠다. 결국 짧고 간결하게.

'멜 씨를 만나러 피렌체로 갑니다. 연락 주세요. 수.'

시간을 확인하니 12시 20분을 가리키고 있었다. 비행기에 오르기 위해 또다시 줄을 섰고, 전화를 받았다. 어버버 거리느라 배웅인사도 제대로 못 한 장의 전화였다. 앞뒤 말 다 자르고 응원하겠다는 장의 통화를 마지막으로 수는 드디어 비행기에 올라탔다. 자그마치 13시간의 비행을 해야 했다. 프랑크푸르트를 경유하는 비행기에 올라탄 수가 대기하는 시간까지 합치면 무려 17시간이었다. 수는 자리에 앉자마자 이리저리 최대한 편한 자세를 취하려 노력했다. 탑승객이 모두 들어온 비행기 안은 분주했다. 헤드셋으로 귀를 막고 노트북에 코를 박고 있는 사람, 이미 벌써 곯아떨어져 있는 사람이 눈에 띄었지만 무엇보다 거의 대부분의 사람들은 설렘이 가득한 얼굴을 하고 있었다. 가족단위의 승객도, 어려 보이는 또래 친구들의 얼굴도 혼자서 노트에 무언가를 적어 내려 가는 사람도.

안내방송이 흐르고 승무원들이 나눠주는 레몬향 나는 물티슈를 시작으로 굉음을 내는 비행기가 드디어 출발한다. 상공을 향해 비행기가 구름을 뚫고 올라가자 멀어지던 한국의 땅이 구름 아래로 쏙 사라진다. 얼마 있지 않아 승무원들은 음료를 배급하고, 수는 사과주스를 부탁했다. 옆에 앉은 청년이 맥주를 부탁하자 작은 기내용 크기의 캔이 나왔다. 치익- 하는 소리와 함께 작은 플라스틱 잔에 맥주가 따라지는데 침이 꼴깍꼴깍 넘어갈 정도로 마시고 싶었다.

"드실래요?"

수의 간절한 눈빛을 느꼈는지 청년은 잔을 건네며 손을 올려 승무원을 호출하려 했다.

"아니요. 저 술을 못해서."

얼른 청년의 손을 잡아 내렸다.

"한 모금이면 되는데, 한 캔 시키면 전부 다 버리잖아요"

"그럼 한 모금만 하실래요?"

청년은 선뜻 맥주가 든 플라스틱 잔을 내밀었다. 수가 고개를 젓자 코앞까지 맥주가 들어왔다.

"그럼, 사양 않고."

조심스럽게 컵을 입에 가져다 대는 수는 정말 딱 한 모금만 마시고 컵을 돌려줬다. 적은 양인데도 따갑게 목을 적시며 차가운 맥주가 흘러들어 간다. 딱 거기까지가 기분이 좋다. 한 모금 혹은 반 잔 정도. 그 이상부턴 목구멍이 붓는 느낌이 들며 자동으로 속이 게워 낼 준비를 한다. 수만 예민한 건지. 다른 사람들은 그 느낌을 즐기는 건지 아직까지도 이해할 수 없는 음주의 세계라고 생각한다. 청년은 남은 맥주를 시원하게 모두 목으로 넘겼다. 이해할 수는 없지만, 한 번쯤은 저렇게 시원하게 들이켜 보고 싶다는 생각이 들 만큼.

자신을 법학도라고 소개한 청년은 배가 고팠는지 기내식이 나오자마자 허겁지겁 먹어치우기 시작했다.

"이거 안 드실 거예요?"

청년은 자신의 기내식을 깨끗하게 비운 뒤 수가 입맛이 없어 남긴 빵을 가리켰다. 고개를 끄덕이며 내밀자 너무 즐거워하는 모습이 귀여워 샐러드를 또 건넸더니, 빵을 반으로 갈라 샐러드를 넣어 샌드위치를 만든다.

승무원들이 식판을 모두 회수해 가고 음료를 권하자 청년은 커피를 부탁했고 수는 차를 부탁했다.

"최종 목적지가 어디예요?"

깨끗해진 탁자에 컵을 올려놓고 수가 물었다.

"스페인이요."

법학도는 막 졸업을 하고 진로를 정하기 전 여행을 할 겸 비행기 티켓을 끊었다고 했다. 그런데 한 회사에서 인턴 제의가 온 것이다. 인턴과 여행을 고민하다 과감히 인턴을 포기하고 여행길에 올랐다는 뒷얘기를 했다.

"스페인이 너무 가고 싶었어요."

자랑스러운 얼굴로 말하는 법학도가 정말 멋있다고 생각했다. 그의 말에 한 번도 생각해 본 적 없는 스페인을 언젠가 가 보고 싶다고 생각했으니까. 아무리 영화를 보고 청년과 떠들고 잠을 자고 일어나도 13시간은 쉽게 지나가지 않았다. 숙면하는 고객들을 위해 컴컴하게 불을 꺼 둔 기체 안은 고요하고 창밖으로 보이는 쨍쨍한 빛과 몽글몽글 푹신하게 깔려 있는 구름 위로 한 번만 누워봤으면 좋겠다는 생각을 하며 다시 잠을 청했다. 또 한번의 음료와, 기내식이 나오고, 빵과 샐러드를 청년에게 넘기고 나니 드디어 경유지인 프랑크푸르트에 도착했다. 13시간 동안 구겨져 있던 몸을 피며 청년에게 즐겁고 안전한 여행 하라며 손을 흔들고 헤어졌다.

4시 35분. 12시 50분에 한국을 떠나 13시간을 날아왔는데, 아직 4시 35분이라니 헛웃음이 나왔다. 게이트 번호를 확인한 후 노트북을 꺼내 메일을 확인한다. 여전히 수신확인도 되어 있지 않은 메일을 보며 다시 노트북을 닫았다.

4시간의 대기 후 8시 50분 프랑크푸르트에서 피렌체까지는 대략 1시간 30분이 걸렸다. 조금 작아진 비행기에 좌석은 불편했지만 길지 않은 비행시간에 부담은 훨씬 덜했다.

10시 20분 드디어 도착한 피렌체공항은 공항이라기보단 깔끔한 터미널 같았다. 입국심사를 받고 도장 찍힌 여권을 들고 나왔을 땐 이미 깜깜해진 거리라 아무것도 느낄 수 없었다. 그저 씻고 싶다는 생각만 간절할 뿐이었다. 공항에서 택시를 잡고 호텔 주소를 건넸다. 20분 정도 걸려 도착한 곳에서 횡단보도를 건너 골목을 도니 바로 앞에 있는 작은 간판의 호텔로 들어가 체크인을 하고 방에 들어간 후의 기억이 없다. 다만 메일 확인을 위해 켜 놓은 노트북을 붙잡고 정신없이 잠이 들었던 것 같다.

오전 7시. 수는 온몸의 찜찜함을 느끼며 저절로 눈이 떠졌다. 후드득 소리를 내며 겨우 허리를 펴 욕실에 들어가 따뜻한 물에 몸을 담근다. 힘겹게 몸을 일으켜 다시 침실로 향한다. 한참을 잠들었다고 생각했는데 일어나니 오전 9시밖에 되지 않았다. 노트북을 들고 로비로 나가 조식으로 빵과 차를 들며 다시 메일 확인을 한다. 여전히 받은메일[0]의 표시. 멜을 만날 순 있을까? 그래도 여기까지 왔는데 관광이나 해볼까 싶어 주섬주섬 옷을 갈아입고 밖으로 나섰다.

처음 보는 환한 피렌체의 하늘은 정말 높았다. 두꺼운 외투를 가져오길 잘했다는 생각이 들 만큼 아직은 쌀쌀한 공기. 전부 약속이라도 한 듯 큰 개를 한 마리씩 끌고 다니는 피렌체의 구석구석이 너무 예뻐 정신을 놓고 돌아다니다 골목에서 길을 잃기도 하고, 사람들에게 쓸려 도착한 우피치박물관의 어마 무시한 줄을 보고 관람을 포기한 수는 아르노강에서 잔디에 누워 있는 연인을 구경했다. 그들도 추운지 꽁꽁 싸매고 햇빛이 드는 잔디로 옮겨 다니며 사랑을 나누는 모습이 참 인간적이라는 생각을 하고 베키오다리의 상점들을 구경하며 미켈란젤로언덕으로 향했다. 생각보다 멀고 험난했던 터라 점심시간을 훌쩍 넘겨 아무 상점에 들어가 작은 크기의 마르게리타 피자를 한 조각 사서 나왔다. 어디를 가도 북적이는 거리를 피해 넓은 공터에 자리를 잡고 앉았다. 미리 사 놓은 피자는 이미 다 식었고, 배고픈 마음에 덥석 한입 물었던 피자는 고스란히 다시 종이에 싸여 가방으로 들어갔다. 이렇게 맛없는 피자는 태어나서 처음인 것만 같았다.

수는 다시 걷기 시작했다. 하염없이 걷기 시작하니 사실은 존재하지 않는 건 아닐까 싶었던 미켈란젤로언덕 초입이 나왔다. 하지만 그것도 잠시, 다시 의심의 물결이 솟구쳤다. 올라가도 올라가도 끝나지 않을 것만 같은 이 언덕은 사실 목적지가 아니지 않을까. 그냥 피렌체의 어느 뒷산이지 않을까? 하지만 내려갈 수도 없이 너무 많이 올라왔다.

"으아, 버스 탈걸."

뒤늦은 후회를 해 보지만 멈출 수 없는 산행은 계속되었다. 땀이 줄줄 흐르는 탓에 두꺼운 외투는 짐이 되어버린 지 오래였다.

더는 한 발짝도 움직일 수 없을 것 같아서 언덕 어딘가에서 멈춰있었다. 온통 쓸쓸한 낙엽들이 뒹굴고 있는 가난한 나무들 사이에서, 경적소리가 울렸다. '여긴 인도인데 비켜 달라고 할 것까진 없잖아' 싶은 마음에 뒤를 돌았다.

"태워 줄까요?"

건너편 차의 창문을 내리고 이탈리안 중년의 여성이 드문드문 어색한 영어를 쓰며 수에게 물었다. 동공이 풀려 대답 없이 멀뚱히 쳐다보자 운동복 차림의 그녀가 작은 치와와를 데리고 내렸다.

"미켈란젤로언덕 가는 거 아니에요? 엄청 멀어요."

앞뒤 잴 것 없이 수는 차에 올라탔다. 치와와는 분홍색 리본이 달린 옷을 입고 있었다.

강아지 산책을 위해 가끔 언덕에 온다는 그녀가 말했던 것처럼 미켈란젤로언덕은 한참을 더 올라가서야 모습을 드러냈다.

한눈에 보이는 피렌체 전경에 수는 탄성이 절로 나왔다.

"피렌체는 첫 방문인가요?"

그녀의 치와와는 아주 얌전했다.

"어제 도착했어요. 도시가 아주 아름답네요."

수의 칭찬에 아이처럼 기뻐하는 그녀는 모국의 자부심, 특히 피렌체의 애정이 대단해 보였다. 그녀와 치와와가 미켈란젤로언덕을 두, 세 바퀴 정도 돌 동안 수는 돌담에 기대 저기 어딘가에 있을 멜을 떠올리며 피렌체를 바라봤다.

점심을 대접하고 싶다는 그녀의 제안에 도착한 곳은 엉뚱하게도 고속도로의 휴게소가 있을 법한 자리였다. 생뚱맞게 위치한 식당의 주인과 반갑게 이야기하는 것을 듣자 하니 환하게 웃으며 외국인 친구를 데려왔다고 말하는 것 같았다. 수는 최대한 할 수 있는 가장 밝은 웃음으로 인사했고, 온통 이탈리아어로 도배된 메뉴판에 까막눈인 수가 대신 주문을 부탁하자 그녀는 멀리 있는 주인에게 소리쳤고, 주인도 멀리서 그녀에게 소리쳤다. 메뉴 이름을 말하고 알았다는 대답을 받은 것 같았다.

그녀는 탁자 밑으로 치와와의 밥을 챙겨주며 식사 후의 일정을 물었다. 딱히 아무것도 없다고 대답하자 식당의 주인은 커다란 피자 두 판을 가지고 왔다.

"마르게리타 피자예요."

수 앞에 놓인 마르게리타는 커다란 허브 잎이 올려져 있는 화덕 도우에 토마토소스를 바르고 치즈, 그리고 토마토와 페퍼로니 조각이 토핑되어 있었다. 가방에 종이로 싸인 이름만 같은 싸구려 피자와는 비교도 안 되게 아름다운 자태를 뽐내고 있었다. 수가 생김새만큼이나 차이가 나는 피자 맛에 감탄하자 흐뭇하게 바라본다.

그녀는 식사를 끝마쳐 가자 아름다운 곳에 데려가 주겠다고 말했다. 시간을 뺏는 것 같아 미안한 마음에 한사코 거절하자 자기는 이제 주위에 친구가 많이 없다며, 자신이 가고 싶어 그런 것이라고 대답하는 부탁을 거절할 수 없었다. 그렇게 식사까지 대접받고 다시 그녀의 차량에 올라탔다. 경계심이 많던 수였는데, 낯선 곳에 오니 낯선 사람의 친절엔 당연히 악의가 없다고 생각되는 것일까. 그녀의 친절이 과분하지만 부담스러움보단 고마움이 더 크게 느껴졌다.

한 시간 정도 달려 온통 관광객뿐이던 피렌체를 벗어나 '피에솔레'라는 곳에 도착했다. 피렌체에서 사람을 빼면 피에솔레 같은 모습이지 않을까 싶을 정도로 두 도시는 닮아 있었다. 피에솔레언덕에 올라가서 더 넓게 보이는 피렌체 전경을 한참 동안 바라봤다. 그녀는 남편 없이 혼자서 생활하며 가끔씩 사무치는 외로움에 마음이 허할 때가 있는데, 이렇게 사람을 만나면 너무 좋다며 고맙다고 이야기하는데 수의 가슴이 아릿해진다. 해가 지기 시작한 피에솔레를 떠나 그녀는 수를 산타마리아 노벨라 역까지 바래다줬다. 수는 이렇게 좋은 하루를 보내게 해줘서 고맙다며 포옹했고, 양 볼에 입 맞추며 헤어졌다.

해가 중천일 때에야 일어난 멜은 손을 더듬어 물부터 찾았다. 어제 마신 와인이 올라올 것 같았다. 작업실까지 처분하며 전 재산을 탈탈 털어 온 피렌체의 생활은 생각했던 것보다 훨씬 좋았다. 굳은 마음을 먹고 그냥은 돌아가지 않을 작정으로 떠나기 전 휴대전화를 해지했다. 멜이 가지고 온 건 오로지 그림도구와 아버지의 사진기였다.

우려했던 것과는 달리 이곳에서 멜의 그림은 훨씬 더 환영받았고, 작가 비공개라는 시스템하에 공모전에 출전한 모두는 한건물에서 생활하게끔 계약을 했기 때문에 집과 음식도 한번에 해결됐다. 단계가 올라가면 올라갈수록 사람 수는 줄어들었지만.

이곳은 매일 밤이 축제였다. 멜은 매일 밤 열리는 파티에 가서 온몸으로 비트를 느끼고 춤추고 돌아와 늦게 일어나 해가 지기 전까지 작업에 몰두했다. 아직까지 단 한 번도 심사위원들을 본 적이 없었다. 모든 지령과 통보는 메일을 통한다. 그리고 오늘은 8강 진출의 기회를 얻었는지 그 결과가 나오는 날이다.

멜이 숙소에 마련된 컴퓨터에 접속해 중요 표시가 있는 메일을 열자 8강 진출을 축하한다는 메일과 함께 4강을 위한 지령이 안내되어 있었다.

피식. 웃음이 새어 나온다.

다시 목록으로 돌아가 스팸메일들을 지우려는데 익숙한 한글이 보인다. 자신을 만나기 위해 피렌체에 오겠다는 수의 메일을 확인한 그는 고개를 갸웃거린다.

꿈같았던 중년 여성과의 하루는 찰나의 순간처럼 지나갔다. 다시 어둠이 내린 피렌체의 거리는 스산한 분위기가 감돈다. 수는 호텔에 돌아오자마자 노트북을 열었다. 받은메일[1]. 떨리는 마음으로 수신 확인 버튼을 누르자 멜이 메일을 확인했다는 표시가 뜬다. 지금 와 있는 메일은 분명 멜에게서 온 것이라 생각하자 가슴이 벅차오른다.

'두오모광장. 가죽 골목 초입, 신발가게 앞. 오후 3시. 멜.'

간결한 멜의 답장에 수는 제대로 찾아왔구나 하는 안도감이 들었다.

빨리 아침이 오길 설레는 마음에 한숨도 잠들지 못했어도 수는 정신이 또렷하다. 일어나자마자 샤워를 하고 머리를 말리며 콧노래를 부른다. 공들여 화장한 후 몇 벌 없는 옷 중에 고르고 골라 거울 앞에 대고 허리에 꽃무늬가 그려진 분홍색 스웨터와 스키니진 그리고 검은색 라운드된 원피스를 놓고 열심히 골랐다. 고민 끝에 수는 검은 스타킹에 검은 원피스를 입었다. 결국 두꺼운 외투로 가려질 테지만, 더디게 가는 시간을 기다리지 못하고 들썩이는 엉덩이를 들어 먼저 나간 수는 두오모를 찾았다. 작은 피렌체의 중심가엔 어디서든 보이는 두오모가 보였다. 가지 않는 시간을 조르며 약속시간까지는 삼십 분 정도 남아 있다. 여유롭게 두오모 주변을 돌기 시작했다. 여전히 넘쳐 나는 관광객과 길에서 그림을 그려주는 화가들. 그 사이에 있는 멜을 생각하니 웃음이 난다. 거리의 악사들이 들려주는 음악이 오직 자신을 위한 것 같이 즐겁다. 단지 한 바퀴 돌았을 뿐인데 이렇게 행복해도 되나 싶을 정도로 수는 즐거운 이 감정이 낯설지만, 싫지 않다.

정신이 팔려 약속시간을 놓친 수가 달려가자 드디어 저 멀리 눈동자 안으로 멜의 모습이 가득 찬다.

"진짜 왔네?"

멜은 한국에 있을 때보다 더 핼쑥해졌지만, 밝아진 모습이었다.

"보고 싶었어요."

오히려 당황한 건 멜이었다. 콧속을 찌르는 가죽 냄새에도 마냥 웃고 있는 수의 모습이 오히려 낯설게 느껴졌다. 멜과 수는 두오모의 큐폴라로 가기 위해 계단을 오르기 시작했다. 웅장한 규모에 비해 점점 좁아지는 계단은 체력적인 소모가 꽤 컸다. 중간중간에 있는 창을 통해서 살짝씩 피렌체의 주황물결이 보인다. 중간쯤 잠시 계단을 벗어나 천장화를 보며 바사리와 주카리가 그린 '최후의 심판'이라고 설명하는 멜은 허리춤에 손을 얹고 눈으로 사진을 찍듯 한참을 살폈다.

다시 오르기 시작하며 멜은 머뭇머뭇거리며, 책임감이 들듯 이 두오모가 세계에서 4번째로 큰 두오모라고 설명했고, 수학여행에 따라온 학생처럼 수는 열심히 멜의 말을 새겨 들었다.

큐폴라에 올랐을 땐 두오모의 종탑이 보였다. 미켈란젤로언덕에

서 봤던 피렌체와는 확연히 다른 풍경이었다. 온통 주황색 지붕들이 온 도시를 덮고 있어 주황색 바닥인 것 같기도 했다. 무엇을 해도 기분이 좋은 수에 비해 어째서인지 말 수가 더 줄어들고 어두워진 것 같은 멜은 조용했다. 머리가 많이 자라 귀가 덮여 있어 톡톡 건드려 부르지 않으면 자신을 부르는지도 모르기 부지기수였다. 무엇보다 울트라마린의 차가운 향기가 나지 않는 멜은 낯설고 어색했다.

식당가로 진입한 멜과 수는 고성처럼 생긴 웅장한 식당에 들어가 정원이 보이는 자리로 안내를 받고 스테이크와 파스타, 와인과 물을 주문했다.

"아, 공모전은 어떻게 되어 가고 있어요?"

지배인은 멜 앞에 와인을, 그리고 수 앞에 물을 놨다.

"응, 좋아. 8강까지 진출했어."

공모전 이야기에 멜의 얼굴이 살짝 피는 것 같았다.

"축하해요."

지배인이 스테이크를 들고 서 있자 멜은 자신의 자리를 톡톡 쳤다. 수 앞에 놓인 건 튜브 형식의 펜네 파스타 위로 버섯 크림소스가 끼얹어져 있었다. 멜과 수는 어쩐지 아무 말도 없이 먹는 데만 집중했다. 어떤 디저트를 먹겠냐는 질문에 추천을 받는다 했더니 새빨간 산딸기 케이크가 나왔다. 시큼하고 달콤했던 디저트를 끝으로 멜과 수는 피렌체의 돌로 된 거리를 산책하기 위해 나섰다.

"근데 진짜 여기 왜 온 거야?"

앞서 가는 멜의 모습에 역광이 비추며 그의 몸에 빛이 새어 나가는 것처럼 보였다. 수가 걸음을 빨리해 앞질러 서자 멜도 걸음을 멈춘다.

"저는 멜 씨에게 누구이며, 누구나이고 싶어요."

특별한 누구이며, 익숙한 누구나처럼 옆에 녹아들어 있는 사람이고 싶었다.

"그게 무슨 말인데?"

말을 이해 못한 건 아니지만 멜은 지금 수가 좋아한다는 감정을 잘못 이해하고 있다는 생각이 들었다. 좋아하는 감정의 기준은 절대 남이 되어서는 안 된다고 생각했다. 그것의 절대적 기준은 본인이다.

"좋아한다는 말이에요."

수줍게 웃는 수는 손가락을 가만두지 못했다.

"네가 날 좋아한다는 말은 착각이거나 거짓말이야."

멜은 단호했다. 그리고 완벽한 거절이었다.

17시간을 넘게 비행기를 타고 와 하루 하고도 반나절 동안 기다린 멜의 대답은 이렇게 허무한 것이었다. 하루 종일 들떠 있던 기분이 바닥으로 가라앉았다.

두 사람 모두 더는 말을 잇지 않았다. 그렇다고 상대의 기분을 살피지도 않았다. 그저 그 돌길에 우두커니 서서 각자의 시간을 보내고 있을 뿐이었다.

"나는 결국 올리에게 돌아갈 거야."

멜의 목소리는 동굴 속에 들어온 것처럼 울려 퍼졌다. 한국말을 하지 못하는 이 거리의 사람들도 모두 알아들었을 것만 같은 울림은 짙은 문신처럼 귓가에 새겨진다.

멜과 수는 처음 만났던 두오모광장 가죽 골목 초입에 서 있다.

"조심히 들어가."

지독하게 무더웠던 그해 여름. 지글지글 끓는 아스팔트 위로 문득 느껴졌던 청량한 향기의 차가운 공기는 무의식적으로 수의 호흡에 큰 지장을 주며 나타났다. 그 청량했던 향기는 없어진 지 오래고 그 향기의 진원은 어두컴컴하고 시큼한 냄새가 나는 가죽 골목으로 사라져 갔다.

올리는 가뿐한 마음으로 페라 갤러리에 들어갔다. 준우와 에디는 전시 준비하는 데 몰두하고 있었다. 똑똑 벽을 치자 두 남자가 동시에 올리를 쳐다본다.

"웬일이에요?"

여전히 깔끔하고 군더더기 없는 준우가 반갑게 맞이했다.

"뭐 상관없는 사람은 오지도 말라 이거예요?"

한층 여유로워 보이는 올리가 대꾸하자 준우가 호탕하게 웃어넘긴다.

"이 캐리어는 뭐예요?"

전보다 더 통통하게 살이 오른 에디가 올리의 캐리어를 가리켰다.

"저 피렌체로 가요. 휴가 받아서."

볼 옆으로 브이자를 그리는 올리는 상당히 신나 보였다. 그럴 줄 알았다며 엄지손가락을 치켜드는 준우에게 올리는 피렌체 공모전에 대해 몇 가지를 물었다.

"이번 전시 못 봐서 미안해요, 그리고 그림 고마워요."

에디에게 감사의 말을 전하자 전에 없던 쑥스러운 모습이 되어 올리와 준우는 또 한바탕 웃었다.

"괜찮으니까. 멜 씨랑 이야기 잘해 봐요."

"네."

올리는 응원하는 준우와 에디에게 손을 내밀었다. 멜이 떠나고 난 뒤 그녀는 오직 자신에게 집중했다. '나 자신까지 속이진 말자'라는 생각은 나는 멜을 사랑한다는 결론을 내렸다. 아직 멜이 더 필요하다고. 일을 처리하기까지 늦어진 만큼 길고 긴 휴가를 받은 올리는 피렌체로 떠나기 위해 움직였다.

수의 잠 못 드는 밤은 다음날로 이어졌다. 가죽 골목에서 호텔로 돌아오는 돌 거리에서도, 문을 열기 위해 카드키를 꺼내는 순간에도, 의자에 앉아 커튼 사이로 빛이 새어 들어올 때까지 생각해 보니 오히려 마음이 편안해진다. 수가 피렌체로 온 목적은 아주 확실하다. 자신이 행복해져야 하는 이유를 찾았고, 그 대답을 듣기 위해 이곳에 왔다. 수는 냉정하고 확실한 대답을 들었다. 그거면 된 거다. 오직 자신을 위한 시간을 썼다는 것만으로도 수는 손해 볼 것이 없었다.

식당으로 내려간 수는 평소보다 더 든든하게 배를 채웠다. 따뜻하게 차려입고 형형색색의 젤라토 냉장고에 시선을 뺏겨 한참을 고심한 끝에 포도가 씨까지 갈려 있는 젤라토 컵을 받았다. 그러고 수는 길을 잃었다. 골목을 지나고 또 골목을 지나면 또 골목이 나왔다. 더는 걸을 수 없다고 판단했을 때 눈앞에 나타난 벤치에 덜썩 앉아 바람을 맞는다. 키가 큰 나무들 사이로 들어오는 볕. 옹기종기 모여 있는 아이들이 작은 놀이터에 쭈그리고 앉아 흙장난을 하고 있었다. 멀지 않은 거리에 엄마들도 모여 수다를 떨고 있다. 나뭇잎이 다 떨어져 뾰족하게 창을 세운 나무들이 놀이터 주변을 에워싸고 마치 '넌 들어올 수 없는 곳이야'라고 말하는 것 같았다.

좌절감이 든 수와 놀이터 사이로 유모차를 끄는 젊은 부부가 지나갔고, 얼마 안 있어 깔끔하게 차려입은 노부부가 사이좋게 손을 잡고 느릿느릿 걸었다. 노부부의 신발 밑창에 묻은 진흙이 다 보일 정도로 아주 느리게 느리게 수를 지나친다. 수의 앞으로 지금껏 경험하지 못했던 삶들이 조용하고 끈질기게 지나갔다.

"아, 살고 싶다."

문득 아무렇지도 않게 살고 싶다는 말이 나왔다. 살고 싶다니…. 순간 꽹장히 낯선 느낌은 손이 닿지 않는 간지러움을 건드린다. 그것은 흡사 배신감과 같은 위치라고 생각을 했다. 지금까지의 언제나 자신조차 한 발짝 뒤로 물러서 방관하던 사물 같은 삶의 배신감. 수는 혼란스러운 감정을 숨길 수 없었다. 이제 돌아가야겠다는 생각에 숙소로 돌아온 수는 서둘러 짐을 쌌다.

공항에서 가장 빠른 비행기의 티켓을 구매한 수는 모스크바에서 경유하기 위해 내렸다. 모스크바공항은 아주 넓고 매우 추웠다. 캐리어에 있는 옷을 주섬주섬 꺼내 모두 껴입고 고개를 들자 한 여인의 흔들리는 눈동자와 마주쳤다. 허름해 보이는 옷차림의 그녀는 수에게 다가와 뭐라 뭐라 말을 걸었다. 단 한마디도 알아들을 수 없는 수는 당황하고, 여인은 손에 구겨진 비행기표를 들고 있었다. 간절함이 절절했던 그녀의 눈빛. 수의 말에 그녀는 귀를 쫑긋 세우지만 여전히 의사소통은 되지 않는다. 결국 울음을 터트린 그녀 옆에서 같이 울고 싶은 심정이었다. 그때 구세주처럼 등장한 젊은 여인이 그녀에게 말을 걸었고, 마침내 그녀는 울음을 멈췄다.

"그라시아스!"

아마 스페인어를 쓰는 어느 국가의 사람들이었나 보다고 생각했다. 옷을 잔뜩 껴입고 있는 수에게 다가와 그녀들은 순식간에 볼 키스를 하고 떠났다. 잊히지 않는 그녀의 강렬했던 의지에 제압당한 수의 미묘한 감정들이 꿈틀댄다. 해석할 수 없어 얼떨떨한 기분으로 의자에 털썩 앉아 비행기를 기다렸다.

대략 열 시간이 걸려 한국에 도착한 수는 집으로 돌아가기 위해 서둘러 공항버스를 탔다. 버스 창으로 지나가는 익숙한 풍경들이 왜 이렇게 낯설게 느껴지는지. 어느 곳도 낯설다면 결국 어디에도 속할 수 없는 존재인 건가 싶은 생각도 들었다. 캐리어를 터덜터덜 끌고 도착한 집 현관문을 열고 들어갔을 땐 캄캄한 거실에 장이 심각한 표정으로 소파에 앉아 있었다.

"왔어?"

낯선 감정은 괜한 오해였나 싶을 정도로 장은 전혀 위화감 없는 말투로 말하고는 다시 심각한 표정으로 돌아갔다.

"무슨 일 있어?"

캐리어는 그냥 현관에 둔 채 겉옷을 벗으며 소파에 앉아 쉴 없이 장의 세계로 들어간다.

"헤어졌어."

가까이서 본 장의 눈은 한껏 부어 있었다.

"이번엔 꽤 오래가지 않았어?"

얼마 전까지만 해도 행복해마지 않던 장의 모습이 떠올랐다.

"변태 새끼. 애 딸린 유부남이더라."

입술을 삐죽삐죽 내밀던 장은 결국 울음을 터트렸다. 이 분위기에 묻혀 한바탕 같이 울어볼까 시도했지만 도저히 눈물이 나오지 않아 그냥 장의 어깨를 감싸 다독인다. 한참을 달래 진정이 된 장을 내버려 두고 수는 방으로 들어가 나오지 않았다.

장은 메말라 버린 정원에서 아무것도 수확하지 못한 채 나와 장갑을 벗었다. 수의 방문을 두드려 보지만 돌아온 이후론 기척도 없다.

가죽으로 된 검정 원피스에 비치는 스타킹을 신고 가죽부츠를 고른 장은 서둘러 나간다. 꽃집에 들러 너무 예쁘게 뭉쳐 있는 녹색 수국에 반해 한다발 사들고 페라 갤러리로 향했다.

페라의 넓은 전시장을 두고 모두가 밖으로 나와 있어 관계자에게 물으니, 입체 전시라 인원 제한을 둬 모두 입장을 기다리고 있는 중이라고 했다. 에디와 준우를 만나러 왔다고 했더니 3층으로 가보라는 말을 듣고 전시장은 구경도 못해 보고 계단을 올랐다.

"장 씨! 수 씨는 같이 안 왔어요?"

보자마자 수부터 찾는 준우를 째려보니, 그의 짙고 큰 눈이 반달 모양으로 접힌다.

"시차 적응이 안 되나 봐요, 일어나질 못하네."

대답하는 사이 에디가 곁으로 오자 축하한다며 녹색 수국 꽃다발을 내밀었다. 꽃 선물이 어색한지 당황하며 받아드는데, 잡고 있는 모양새가 영 어색하다.

"시차 적응이요?"

준우는 몇 가지 음식을 접시에 담아 장에게 내밀며 물었다.

"수, 피렌체에서 엊그제 들어왔는데, 몰랐어요?"

순간 얼굴이 굳어졌다 펴지는 준우의 표정이 보인다. 장은 접시에서 가장 귀엽게 생긴 병아리 모양의 과자를 집어 들었다.

"왜 그렇게 다들 피렌체를 가는지 나 원 참."

한탄하듯 준우는 접시를 내려놨다.

"누가 또 피렌체 갔어요?"

장은 병아리 모양의 과자 머리를 씹으며 물었다.

"올리 씨요."

대화를 듣던 에디는 자리를 떴다.

"아씨. 이것들은 왜 다들 나한텐 말도 안 하고 가!"

장은 진심으로 분노했다.

"준우 씨. 나 그렇게 별로예요?"

소다 맛이 나는 칵테일을 집어 든 장은 준우에게 불쌍한 표정을 지어 보였다.

"또 왜요."

우스워 죽겠다는 표정의 준우에게 에디의 위치를 묻는 무선이 오자 빠르게 주변을 파악했다.

"아니, 그냥요."

대답이 끝나자마자 준우는 에디에게 가고 장은 혼자 남겨졌다. 한숨을 쉬며 칵테일을 들이켜다 전시장 밖으로 나가 파우치를 뒤적거렸다.

사람들이 없는 곳으로 최대한 멀리 떨어져 담배에 불을 붙였다. 페라에서 나오는 사람들은 저마다 에디의 전시에 대해 한마디씩 했다. 폭포처럼 쏟아져 나오는 저 많은 남자 중 왜 내 남자는 없는 걸까 한탄한다. 이렇게 최선을 다해 사랑하는 사람이 어딨다고. 장은 애꿎은 하늘에 화풀이하듯 하얀 연기를 내뱉는다.

"장 씨, 매력 있어요."

미안했는지 따라 나온 준우는 슬그머니 장의 옆에 섰다.

"그럼, 나 만나 볼래요?"

장이 농담인 듯 진담인 듯 아슬하게 사이를 오가며 묻자, 준우는 알쏭달쏭하게 애매한 웃음을 터트린다.

얼마나 잠이 들어 있었는지, 잠에서 깬 수는 아직도 몽롱한 상태로 방문을 열었다. 텅 빈 거실에서 바싹 말라 있는 장의 정원이 보인다. 물이라도 줄까 싶어 문을 열자 거센 바람이 한꺼번에 들이닥쳤다. 얼른 문을 닫은 수는 창 안에서 바싹 말라 볼품 없어진 정원을 한참을 더 들여다본다.

씻어야겠다 싶은 마음이 든 수는 화장실로 들어갔다. 전등을 켜자 은은한 불이 화장실을 밝히고 칫솔을 집어 들어 문지르기 시작한다. 큰 거울에 비친 자신의 얼굴이 왜 이렇게 불쌍하고 초라해 보이는지.

'멜에게 찾아갔던 건 내가 아니야.'

거울 속 자신에게 말하며 또 자신을 자신에게서 분리시키기 시작한다. 그건 그냥 무료하고 나태한 지금의 삶에 대한 나의 미련일 뿐이고 미련을 숨기기 위해서 한탄했을 뿐이다. 아 불쌍한 내 인생. 이렇게 말하며 마치 나는 내가 아닌 것처럼. 나는 안 불쌍한데 단지 놓지 못하는 또 다른 나만 가엾고 불쌍한 것처럼.

'네가 날 좋아한다는 말은 거짓말이거나, 착각이야.'

멜이 했던 말이 번뜩 떠오르며 나오지 않을 것 같은 눈물이 또다시 줄줄이 샌다. 화장실 바닥에 앉아 꺽꺽 소리를 내며 모두 자신이었음을 인정한다. 거울 속 비치는 초라한 모습도 내 모습이고, 멜에게 찾아갔던 사람도 나 자신이었다고. 인정하고, 앞으로 나아가고. 더는 사물 같은 나 말고, 다른 수식어를 찾아 진짜 내가 되자고.

어느새 12월의 하늘에선 종잇장 같은 눈이 내리기 시작하고, 바삐 움직이던 사람들은 하나 둘 멈춰 눈을 감상한다. 다시 바삐 움직이다 다시 강해지는 눈발에 짬을 내어 저마다 운영하는 소셜 네트워

크 서비스에 '올해의 첫눈'이라는 제목으로 감상적인 코멘트를 단다. 수는 이상하다고 생각했다. 정말로 이 눈을 맞고 있는 모두가 이 눈이 첫눈이라고 생각하는 걸까? 작년 12월부터 올해 3월까지 지겹도록 내린 눈을 그새 잊은 걸까? 그렇게 지겹도록 내렸던 눈이 그치고 따뜻한 봄을 지나 땡볕 같은 더위에 데고, 땅이 뚫어져라 내리던 비에 지쳐 한기가 슬슬 들어오는 가을을 지나 온몸이 오들오들 떨리는 겨울에 마침 눈이 내려 주니 우리가 진짜 목격한 1월의 첫눈은 잊고 지금 내리고 있는 눈을 보며 첫눈이라 말을 한다. 그냥 설레고 싶으니까, 겨울이 됐으니까 첫눈이라고 치자. 이건가. 아마 지금부터 내리는 눈을 시작으로 내년까지 지겹게 내릴 눈에 무감각해져 계절이 바뀌고 또 바뀌어 12월의 눈을 보고 사람들은 또 설레겠지. 이것이 한파의 시작이라는 사실을 망각한 채 말이야.

수는 더 이상 아무것에도 설레지 않는다.

그럼에도 살아있음을 인정한다. 기왕 숨을 쉬고 있을 거라면 살아있고 싶다. 오늘도 내일도 모레도. 수는 지금부터 소리도 없이 불어날 눈덩이를 뒤로하고 바삐 걷는 사람들과 대형을 맞춰 걷는다. 곳곳에 차갑다 못해 깨질 듯한 향기를 남기며.

쿨프로모진

나의 끝나지 않는 하루